HEDWIG
COURTHS-MAHLER

Der Abschiedsbrief

HEDWIG COURTHS MAHLER

Der Abschiedsbrief

WELTBILD VERLAG

Genehmigte Lizenzausgabe für
Weltbild Verlag GmbH, Augsburg 1997

Einbandgestaltung: Peter Engel, München
Umschlagfoto: Superbild, München
Gesamtherstellung: Presse-Druck Augsburg
Printed in Germany
ISBN 3-89604-107-X

1

Der Chauffeur stand stumm, unbeweglich wartend neben dem eleganten Auto. In seinem gebräunten, energischen Gesicht bewegte sich kein Muskel. Nur die Augen schienen Leben zu haben, tiefliegende, stahlblaue Augen, in denen sich die ganze Energie des kraftvollen, schlankgewachsenen Mannes zu konzentrieren schien. Sie blickten zuweilen in das hell erleuchtete Vestibül hinein, zu dem Marmorstufen, mit dicken roten Teppichen belegt, hinaufführten, flogen aber dann immer wieder in brennender Unruhe zu den erleuchteten Fenstern im ersten Stock der vornehmen Villa empor, vor deren Portal er hielt.

Sie gehörte dem bekannten Rechtsanwalt Doktor Friesen und lag inmitten eines großen Gartens, der bis zum See hinunterführte. Rechts hinter der Villa befand sich, von Bäumen und Sträuchern verborgen, die Garage, in der noch ein großer Tourenwagen stand, außer der jetzt am Portal haltenden Limousine, die Doktor Friesen nur zu seinen Fahrten in die Stadt benutzte.

Immer ungeduldiger sah der Chauffeur zu den Fenstern hoch, aber endlich kamen drinnen im Vestibül zwei Gestalten die Treppe herunter. Es ging wie ein Ruck durch seine sehnige Gestalt, die wie die eines trainierten Sportsmannes wirkte. Seine Augen flammten auf, und die Muskeln seines Gesichts zuckten in verhaltener Erregung.

Gleich darauf aber stand er in scheinbar gleichmütiger Haltung am Wagenschlag und wartete auf das Nähertreten der beiden Personen. Es waren Herr Doktor Friesen, der Besitzer der Villa, und neben ihm die schlanke junge Dame, in einfacher, aber trotzdem vornehm wirkender Kleidung, Fräulein Lonny Straßmann, die Sekretärin Doktor Friesens. Sie schienen beide in ein wichtiges geschäftliches Gespräch vertieft zu sein. Fräulein Straßmanns Gesicht zeigte gespannte Aufmerksamkeit. Immer noch miteinander redend, standen sie nun unter dem hell erleuteten Portal.

Die Zähne des Chauffeurs bissen sich fest aufeinander, als er den Wagenschlag öffnete. Schnell schaltete er das Licht im Wagen ein, und dann trat er zur Seite. Seine Augen hingen dabei an dem Antlitz der jungen Dame. Unruhig forschte er in ihren Zügen, und als er sah, daß sie sehr gleichmütig und förmlich, wenn auch aufmerksam wirkte, hob ein erleichterter Atemzug seine Brust.

Doktor Friesen machte eine einladende Handbewegung. »Steigen Sie ein, Fräulein Straßmann, Sie können gleich mit mir in die Stadt fahren.«

Es sah auf die Uhr. Dann fuhr er fort:

»Wahrhaftig, schon wieder zwanzig Uhr. Also bitte, steigen Sie ein. Hennersberg setzt mich am Klub ab, wo ich schon längst sein sollte; sonst würde ich erst Sie nach Hause fahren. Sie kommen heute wieder spät zum Feierabend. Hennersberg fährt Sie nach Hause und wartet dann am Klub auf mich. Hören Sie, Hennersberg?«

Der Chauffeuer verneigte sich. Er ließ erst Fräulein Straßmann einsteigen, dann Doktor Friesen. Schnell schloß er den Wagen und nahm seinen Platz ein. Der Führersitz war von den beiden anderen Sitzen im Fond des Wagens nur durch eine verschiebbare Scheibe getrennt, die zum Teil offenstand. So konnte der Chauffeur einen Teil der Unterhaltung hören, die Doktor Friesen mit seiner Sekretärin führte.

»Also ich verlasse mich darauf, Fräulein Straßmann, wenn ich morgen früh nach dem Termin ins Büro komme, haben Sie die Protokolle fertig und auch den Vertragsentwurf«, hörte er Doktor Friesen sagen.

Die junge Dame antwortete ruhig und bestimmt:

»Sie können unbesorgt sein, Herr Doktor, ich werde alles bereit halten.«

»Gut, ich weiß, daß Sie sehr verläßlich sind. Wie ich ohne Sie fertig werden sollte, weiß ich nicht. Aber für Sie ist es gar nicht gut, daß man sich so fest auf Sie verlassen kann, dadurch verleiten Sie mich, Ihnen immer mehr aufzupacken. Ich glaube, das ist schon das zweite Mal in dieser Woche, daß ich Sie mit in meine Privatwohnung hinausschleppen mußte, damit Sie noch nach der Bürozeit Stenogramme aufnehmen konnten.«

»Das macht ja nichts, Herr Doktor, ich freue mich sehr darüber, daß ich Ihnen nützen kann. Es ist doch auch mein Vorteil, wenn ich Ihnen unentbehrlich bin. Und Sie haben ja auch jeden Tag Überstunden zu machen, wenn Sie alles schaffen wollen.«

Bei dem ruhigen, geschäftsmäßigen Ton, in dem die beiden miteinander sprachen, glättete sich langsam der gespannte Zug im Gesicht des Chauffeurs, der unwillkürlich gelauscht hatte. Aus den Augen wich die brennende Unruhe.

Die Limousine hielt nach kaum einer Viertelstunde vor dem Klub. Doktor Friesen stieg aus und sagte freundlich, aber etwas eilig und sehr nüchtern und sachlich: »Guten Abend, Fräulein Straßmann, und morgen früh alles pünktlich erledigen; erinnern Sie bitte auch meinen Büroversteher noch einmal an die Sache mit Klemm, er ist leider Gottes sehr vergeßlich. Also, Hennersberg, wenn Sie Fräulein Straßmann nach Hause gefahren haben, holen Sie mich hier wieder ab. Ich habe nur eine halbe Stunde im Klub zu tun.«

Wieder verneigte sich der Chauffeur, und während Doktor Friesen die Treppe zum Klubhaus emporstieg, nahm er den Führersitz ein und fuhr mit Lonny Straßmann davon. Aber er fuhr jetzt entschieden langsamer. Er wußte, wo die junge Dame wohnte, hatte sie schon öfter nach Hause gefahren, wenn sie, wie heute, Überstunden machte und Doktor Friesen den Wagen entbehren konnte.

Lonny Staßmann aber widmete dem vor ihr sitzenden Chauffeur ihre Aufmerksamkeit mit einer seltsamen Intensität. Sie konnte zuweilen sein scharf gezeichnetes Porfil sehen. Und wie so oft mußte sie denken, was für einen eigenartig vornehmen Eindruck dieser Chauffeur Hennersberg machte.

Der herbe Duft, der seinem Lederanzug entströmte, drang durch die halb geöffnete Scheibe zu ihr herein. Sie atmete ihn ein wie ein Parfüm. Er gehörte zu Lutz Hennersberg, und wenn sie zuweilen an ihn dachte, wenn er nicht zugegen war, spürte sie in der Erinnerung immer diesen Durft. Und – sie dachte sehr oft an ihn, wenn sie sich das auch nicht eingestand.

Immer langsamer fuhr Lutz Hennersberg, als wollte er die Minuten verlängern, in denen ihm Lonny Straßmann anvertraut war. Die heimliche Eifersucht auf Doktor Friesen, die ihn immer überfiel, wenn er Lonny mit diesem allein wußte, hatte ihn wieder einmal verlassen. Hatte er doch sein Herz an dieses schöne, reizvolle Geschöpf verloren, seit er sie zum erstenmal gesehen. Und weil er wußte, daß er, der ›Chauffeur‹, sich nie um sie bewerben durfte – was hätte sie wohl zu solcher Vermessenheit gesagt –, war er auf jeden Mann eifersüchtig, der in ihre Nähe kommen durfte, und natürlich am meisten auf ihren Chef, mit dem sie, wie er wußte, oft stundenlang allein war.

Viel zu schnell führ ihn – und auch für Lonny Straßmann – war nun das Haus erreicht, in dem sie wohnte. Schnell sprang der Chauffeur aus dem Wagen, um ihr die Tür zu öffnen und beim Ausssteigen behilflich zu sein. Er stützte sie sorgsam, und das Licht aus dem Wagen fiel auf seine in verhaltener Erregung zuckenden Züge. Lonnys Blick traf in den seinen, und einen Augenblick hingen die beiden Augenpaare weltvergessen ineinander. Aber dann stand Lonny auf festem Boden, und er mußte sie loslassen. Mit einer knappen Verbeugung trat er zurück, die Lippen hart aufeinandertreffend. Aber da reichte sie ihm, einem plötzlichen Gefühl gehorchend, mit einem unsicheren Lächeln die Hand. »Es tut mir so leid, Herr Hennersberg, daß Sie sich so oft meinetwegen bemühen müssen, und doch bin ich froh, wenn Doktor Friesen mich heimfahren läßt, wenn es so spät geworden ist. Hier in dieser abgelegenen Straße ist es unbehaglich, wenn die Schaufenster ringsum ihr Licht verlöscht haben. Ich bin dann immer froh, wenn ich Ihren Schutz genießen kann, bis ich im Haus bin.«

Lutz Hennersberg hatte die kleine, warme Mädchenhand festgehalten. Ihre Worte beglückten ihn, und von seinen Empfindungen hingerissen, vergaß er einen Augenblick, daß er jetzt nur Chauffeur war. Er beugte sich über ihre Hand und zog sie impulsiv an seine Lippen.

»Es ist mir eine Ehre und ein Vergnügen, wenn ich Ihnen einen Dienst erweisen kann«, sagte er mit verhaltener Stimme, aber in einer so weltmännischen-ritterlichen Art, daß sie stutzte. Auch der Handkuß, der auf ihrer Hand brannte, da sie den Handschuh schon abgelegt hatte, brachte sie außer Fassung. Sie sah noch einmal in sein erregtes Gesicht, in seine stahlblauen, tiefliegenden Augen hinein, und eine helle Röte stieg ihr ins Gesicht.

»Gute Nacht«, hauchte sie verwirrt, schloß schnell das Tor auf und verschwand.

»Gute Nacht!«

Dieser Ruf, der mit einer seltsamen Wärme und Innigkeit über seine Lippen drang, klang noch zu ihr hinüber.

Wie auf der Flucht vor sich selber schloß sie hastig die Tür hinter sich zu und eilte die Treppe hinauf, nachdem sie den elektrischen Lichtknopf berührt hatte. Hennersberg stand wie ein Steinbild und schaute durch die Glasscheiben der Tür in den hellen Hausflur hinein. Er hatte Lonnys Verwirrung bemerkt und fragte sich nun unruhig, ob er sich darüber freuen durfte oder nicht. Galt diese Verwirrung dem Mann – oder der Überheblichkeit eines Chauffeurs, der es gewagt hatte, ihr die Hand zu küssen wie ein Gleichberechtigter?

Er wußte, daß Lonny die Tochter eines Majors war, der freilich nach dem Krieg, der Not gehorchend, Versicherungsagent geworden war und seiner Tochter gestatten mußte, ihr Brot zu verdienen, weil er es ihr nicht mehr schaffen konnte. Aber immerhin war Lonny Straßmann eine Dame im besten und edelsten Sinnes des Wortes.

Doch – hatte sie ihm nicht freundlich, wie einem Gleichberechtigten, die Hand gereicht? Hatte sie damit nicht betont, daß sie keinen Unterschied gelten lassen wollte? Das hatte ihn so sehr beglückt, daß er selbstvergessen aus seiner Rolle als Chauffeur fiel, die er zu spielen gezwungen war.

Galt ihre Verwirrung wirklich nur dem Mann?

Seufzend setzte er den Wagen wieder in Gang und fuhr davon. Und während der ganzen Fahrt bis zum Klub hielt er sich eine Vernunftpredigt. Er mußte ablassen von seinen Träumen, durfte sich nicht den Luxus erlauben, sich in dieses süße, entzückende Mädchen zu verlieben. Wozu sollte das führen? Doch nur zu Kummer und Herzeleid. Er mußte vernünftig sein! So redete er sich zu.

Eine Weile später hielt er von dem Klub, mitten zwischen anderen Chauffeuren, die von seinem Herzenskummer keine Ahnung hatten.

2

Lonny war hastig die Treppe hinaufgestiegen bis zum dritten Stock. Dort öffnete sie mit einem Drücker die Korridortür zur Wohnung ihrer Eltern. Ihre Stiefmutter, eine noch sehr hübsche und stattliche Blondine, kam ihr auf dem Korridor entgegen. Mit einem forschenden und kritischen Blick sah sie in Lonnys noch immer etwas gerötetes und erregtes Gesicht.

»Guten Abend, Mama! Ihr habt hoffentlich nicht mit dem Essen auf mich gewartet?« fragte Lonny, Hut und Mantel abglegend.

»Nein, nein, was denkst du denn, das wäre doch viel zu spät für Papa. Du weißt doch, er schläft schlecht, wenn er spät ißt. Aber sag mal, Lonny, was war denn das für ein seltsam inniger Abschied, den du da von dem Chauffeur Doktor Friesens genommen hast? Ich stand am Fenster, hatte den Wagen anfahren hören und wollte sehen, ob du darin kamst. Und da sah ich, daß dir der Chaffeur sehr zärtlich aus dem Wagen half, daß ihr euch ansaht wie ein Liebespaar und daß du ihm die Hand reichtest, die er zum Überfluß auch noch wie ein Kavalier an die Lippen zog. Ich bitte dich, Lonny, du wirst doch nicht so unklug sein, dich in eine Liebelei mit dem Chauffeur einzulassen?«

Lonny war glühend rot geworden bei diesen wenig

zartfühlenden Worten ihrer Stiefmutter. Diese zeichnete sich nie durch großen Takt aus, was sie aber jetzt gesagt hatte, das erschien Lonny taktloser als alles andere bisher. Und dabei fühlte sie in brennender Verlegenheit, daß ihr das Blut jäh ins Gesicht stieg. Nur mit Mühe konnte sie sich so weit fassen, daß sie entrüstet hervorstieß:

»Aber Mama, wie kannst du so etwas aussprechen oder auch nur denken?«

Und dabei fühlte sie doch innerlich einen tiefen Schmerz, daß sie diesen Gedanken so entrüstet zurückweisen mußte. Es tat ihr weh, daß eine solche Möglichkeit ihr ungeheuerlich erscheinen mußte. Frau Major Straßmann zuckte die Achseln:

»Was ich sah, ließ eben keine andere Deutung zu. Es ist doch nicht üblich, daß eine Dame dem Chauffeur die Hand reicht.«

»Ich wollte ihm danken, daß er mich hergefahren hat.«

»Das wird ja wohl Doktor Friesen so bestimmt haben.«

»Gewiß, aber er wartet immer, bis ich im Haus in Sicherheit bin, und das ist eine Gefälligkeit, die er mir erweist und wozu ihn Doktor Friesen nicht beauftragt hat.«

»Diese Gefälligkeit konntest du mit einem Trinkgeld bezahlen.«

Wieder schoß Lonny das Blut ins Gesicht.

»Er ist kein Chauffeur wie andere, er ist ein gebildeter Mann. Es wäre mir unmöglich, ihm ein Trinkgeld anzubieten. Wer mag wissen, welcher Schicksalsschlag ihn dazu brachte, Chauffeur zu werden.«

»Das sind Phantastereien! Weil er dir die Hand küßt, muß er nicht gleich aus einem anderen Kreis stammen.

Ein Chauffeur bleibt ein Chauffeur, eine ganz untergeordnete Persönlichkeit. Und von einem Chauffeur läßt sich eine Dame nicht die Hand küssen. Ich bin ernstlich empört. Vergiß doch um Himmels willen nicht, daß du darauf angewiesen bist, eine gute Partie zu machen.«

Lonny richtete sich stolz auf. Gerade, weil sie fühlte, daß sie dem Chauffeur Hennersberg nicht ruhig und gleichgültig gegenüberstand, bäumte sie sich dagegen auf, das einzugestehen.

»Du kannst ganz unbesorgt sein, Mama, es liegt kein Grund vor, empört zu sein. Und du solltest Papa nicht mit solchen Besorgnissen aufregen, sie entbehren jeder Berechtigung. Was aber deine nun schon sehr oft geäußerte Ansicht anbelangt, daß ich auf eine reiche Partie angewiesen sein soll, muß ich dir doch einmal sagen, daß das durchaus nicht der Fall ist. Ich bin gottlob in der Lage, mir mein Brot selbst zu verdienen.«

Die Stiefmutter lachte heiter auf.

»Lieber Gott, du willst doch nicht ewig in abhängiger Stellung bleiben. Ein so schönes Mädchen wie du gehört in eine andere Lebensstellung. Bedenke doch, daß es Papas einzige Hoffnung ist, daß du eine reiche Heirat machst.«

»Liebe Mama, ich glaube, diese Hoffnung hast du Papa beigebracht. Er wäre von selbst nicht darauf gekommen.«

»Aber Lonny! Es ist doch geradezu deine Pflicht, uns alle aus diesem elenden Leben herauszuheben. Und wenn du klug bist – es liegt wirklich nur an dir. Doktor Friesen ist ein sehr reicher und eleganter Mann und mit seinen vierzig Jahren geradezu zur Heirat reif. Du hast so viel Gelegenheit, mit ihm allein zu sein. Nur klug mußt du sein und deine natürlichen Waffen brauchen, dann wird es dir nicht schwerfallen, ihn zu fesseln. Bei deinem Ausssehen kann man jeden Mann gewinnen, wenn man nur ernstlich will.«

Lonny zog gequält die Stirn zusammen, sie konnte es kaum ertragen, solche Ermahnungen ihrer Stiefmutter anzuhören.

»Ich bitte dich, Mama, sprich nicht so zu mir, du weißt, daß mich das peinigt.«

»Mein Gott, du bist doch ein sonderbares Mädchen, Lonny. Ich möchte nur wissen, wie du bei deinen Ansichten zu einem Mann kommen willst.«

»Ich sorge mich nicht darum, mir eilt es nicht, ich bin noch jung.«

»Mit einundzwanzig Jahren ist ein Mädchen nicht mehr so jung, daß sie nicht daran denken müßte, wie sie zu einem Mann kommt. Und du solltest nicht nur an dich denken. Wenn du deinen Vater wirklich liebhast, dann solltest du auch ein wenig überlegen, wie du seine Sorgen erleichtern könntest. Du weißt, daß er alles verloren hat in der Inflation, und was er jetzt verdient, ist erbärmlich wenig. Es wäre dir bestimmt ein leichtes, ihm – uns allen ein besseres Leben zu schaffen.«

Daß ihre Stiefmutter dabei viel mehr an sich selber dachte als an den Vater, wußte Lonny sehr genau. Aber Lonny glaubte auch, daß Doktor Friesen gar nicht daran dachte, sie mit anderen Augen anzusehen als mit denen eines Chefs, der außerordentlich zufrieden mit seinen Angestellten ist. Wohl erwies er ihr zuweilen kleine Aufmerksamkeiten, was ihre Stiefmutter immer mit großen Hoffnungen erfüllte, doch Lonny wußte, daß das nur geschah, weil sie oft mehr als ihre Pflicht tat und weil er sich ihr dafür dankbar erweisen wollte.

Wenn Lonny freilich darauf bedacht gewesen wäre, ihn zu erobern, dann hätte ihre Stiefmutter doch vielleicht recht behalten. Zuweilen sah Doktor Friesen das junge Mädchen mit einem ästhetischen Wohlgefallen an, wenn sie vor ihm saß und er ihr diktierte oder geschäftliche Dinge mit ihr besprach. Sie hätte dann sicher durch ein wenig Koketterie ihrem gegenseitigen Verhältnis mehr Wärme geben, hätte ihn doch vielleicht aus seiner trockenen Sachlichkeit herauslocken können. Aber Lonny dachte nicht daran. Ja, hätte Doktor Friesen um sie geworben, sie hätte ihn nur abweisen können!

So gern Lonny ihrem Vater alle Sorgen abgenommen hätte – um diesen Preis hätte sie es nicht gekonnt. Gern – o wie gern hätte sie ihm ein leichteres Leben schaffen mögen! Es quälte sie namenlos, wenn ihr die Stiefmutter wieder und wieder vorwarf, daß sie nur an sich selber dächte, daß sie nur ernstlich zu wollen brauchte, um dem Vater und sich selbst ein leichteres Leben zu schaffen. Sie tat ohnedies, was in ihren Kräften stand, um dem Vater zu helfen. Aber sich selbst zum Opfer bringen – dazu wäre sie nicht fähig gewesen. Und so sagte sie auf den Vorwurf der Stiefmutter, sich mit einer müden Bewegung über die Stirn streichend:

»Du tust mir unrecht, Mama, ich denke sehr viel an Papa und möchte ihm gern alle Sorgen abnehmen, aber so, wie du denkst, kann ich das nicht. Doch ich bin sehr froh, daß ich vom nächsten Ersten an etwas mehr zur Führung unseres Haushaltes beisteuern kann. Doktor Friesen hat mir eine Gehaltsaufbesserung von fünfzig Mark zugesagt. Ich kann also Papa außer der Hälfte meines jetzigen Gehaltes, die ich ihm immer zur Verfügung stellte, noch diese fünfzig Mark geben. Ich brauche ja für mich nicht mehr, als ich bisher hatte.«

Frau Hermine Straßmann seufzte auf.

»Lieber Gott, diese fünfzig Mark mehr machen uns

auch nicht glücklich«, sagte sie unzufrieden und verdrießlich.

Ehe Lonny etwas darauf erwidern konnte, wurde das Wohnzimmer geöffnet, und Major Straßmann, eine große, soldatische Erscheinung mit grauem Haar, stand auf der Schwelle.

»Was habt ihr denn hier draußen für lange Reden zu halten? Warum kommt ihr nicht herein, ich möchte auch was von eurer Unterhaltung haben.«

Lonny eilte auf den Vater zu und umarmte und küßte ihn.

»Guten Abend, Papa! Verzeih, daß ich so lange auf mich warten ließ. Mama und ich hatten in aller Eile noch einiges zu besprechen. Aber nun kommen wir hinein.«

»Nun ja, was ihr zu besprechen hattet, hättet ihr doch im Wohnzimmer abmachen können. Staatsgeheimnisse werden es doch nicht gewesen sein.«

Lonny hängte sich in seinen Arm und führte ihn ins Wohnzimmer zurück.

»Nein, nein, mit Staatsgeheimnissen geben wir uns nicht ab. Komm schnell ins Zimmer, hier draußen ist es kalt, und du hast nur deinen leichten Hausrock an.«

»Bist wieder so spät heimgekommen, Lonny; mir scheint, Doktor Friesen kann sich gar nicht mehr von dir trennen.«

Es sollte scherzhaft klingen, aber Lonny hörte doch aus diesen Worten, daß die Stiefmutter wieder am Werk gewesen war. Ein leichter Schatten flog über ihr Gesicht, aber sie zwang sich zur Unbefangenheit.

»Ich mußte noch ein langes Stenogramm aufnehmen, und da Doktor Friesen bis zum Büroschluß noch nicht einmal Zeit gehabt hatte zu speisen, bat er mich, mit ihm hinauszufahren in seine Villa, wie es ja zuweilen vorkommt. Er hat wirklich riesig viel zu tun und hetzt den ganzen Tag hin und her. Während er speiste, hat er mir diktiert und verschiedene geschäftliche Sachen mit mir besprochen. Ich muß morgen früh, während er Termin hat, ein Protokoll ausarbeiten und einen Vertrag aufsetzen. Das alles haben wir erledigt, und dann hat er mich in seinem Wagen mitgenommen.«

»Nun wirst du hungrig und durstig sein, Lonny?« fragte der Major.

»Nein, Papa, Hunger habe ich nicht; Doktor Friesen ließ mir ein paar belegte Brote vorsetzen. Aber eine Tasse Tee trinke ich gern noch mit euch.«

Die Stiefmutter füllte ihr eine Tasse, und ihr und ihres Mannes Blick trafen sich über Lonnys Kopf. Es war ein verständnisinniger Blick, denn Frau Hermine hatte ihm vorher beigebracht, daß Doktor Friesen wohl nur immer geschäftliche Vorwände suchte, um Lonny möglichst viel um sich haben zu können.

Der Major wandte sich zu Lonny hin:

»Eigentlich müßte dir Doktor Friesen Überstunden bezahlen, Lonny.«

»Das hat er mir schon wiederholt angeboten, Papa, aber es erscheint mir nicht richtig, dafür eine Extrabezahlung anzunehmen. Er zahlt mir ein sehr anständiges Gehalt, und wie ich eben Mama draußen berichtet habe, hat er mir vom Ersten an eine Zulage von fünfzig Mark zugebilligt. Das hat mich natürlich sehr gefreut, zumal ich daraus entnehme, daß er sehr mit mir zufrieden ist. Diese fünfzig Mark kann ich dir noch zur Verfügung stellen, Papa, und ich hoffe, daß du dir nun auch einige kleine Annehmlichkeiten leisten kannst. Zu einer Flasche Wein an den Sonntagen und einer guten Zigarre muß es mit reichen.«

Es zuckte wie Rührung über das Gesicht des alten Soldaten, und er legte seine Hand auf die Lonnys.

»Bist ein liebes, gutes Kind, Lonny – und leider bin ich nicht in der Lage, auf deine Beihilfe zu verzichten, da mein Verdienst immer mehr zurückgeht. Wirst du aber auch mit dem, was du zurückbehältst, für deine Kleidung und sonstigen kleinen Ausgaben ausreichen?«

Lonny umfaßte seine Hand und legte einen Augenblick ihre Wange darauf. »Unbesorgt, lieber Papa, ich richte mich schon ein. Es bleibt mir an den Sonntagen Zeit genug, mir meine Kleider selbst zu arbeiten, und ich kann mich daher sehr gut kleiden.«

»Ich wollte, ich hätte so viel Geld für Kleider wie Lonny, sie ist doch wahrhaftig sehr viel besser daran als ich«, bemerkte Frau Hermine verdrießlich. Sie war überhaupt immer schlechter Laune, wenn sich ihr Mann mehr mit Lonny beschäftigte als mit ihr.

Schnell wandte sich ihr der Major nun zu. Er faßte begütigend ihre Hand:

»Du hast recht, Hermine, leider muß ich dich viel knapper halten. Aber Lonny muß in ihrer Stellung auf gute Kleidung halten – und es läßt sich leider nicht ändern.«

»Laß nur, ich beklage mich ja auch nicht, ich weiß, daß ich mich bescheiden muß; ich wollte ja auch nur feststellen, daß Lonny immer noch sehr gut daran ist im Vergleich zu mir.«

Die Aufmerksamkeit des Majors wandte sich nun fast ungeteilt seiner Gattin zu. Lonny fühlte, wie immer, daß der Vater ihr viel weniger Interesse entgegenbrachte als der Stiefmutter. Diese sorgte schon dafür, immer lenkte sie die Aufmerksamkeit des Gatten von Lonny ab und war bemüht, daß eine Annäherung zwischen Vater und Tochter nicht stattfand. Lonny nahm deshalb bald ein Buch und vertiefte sich noch ein Stündchen in das Lesen. Dann sagte sie den Eltern gute Nacht und zog sich in ihr kleines Zimmer zurück.

Sie sah die Papiere in ihrer Aktentasche noch einmal durch und dachte über die Arbeit nach, die Doktor Friesen ihr aufgetragen hatte. Dann verschloß sie die Papiere wieder und trat ans Fenster. Sie sah hinab zu der Stelle, wo sie vorhin vor Lutz Hennersberg gestanden und wo er ihr die Hand geküßt hatte. Die Straße war nur matt durch eine Laterne an der Straßenecke beleuchtet. Hier draußen sparte der Magistrat der Stadt Berlin mit der Straßenbeleuchtung. Solange in den wenigen Schaufenstern Licht brannte, mochte das angehen, aber wenn die Läden geschlossen wurden, war es sehr dunkel.

Lonny mußte an die Abschiedsszene mit Lutz Hennersberg denken, die ihre Mutter von hier oben mit angesehen hatte, und ihr Gesicht rötete sich wieder, wie auf einem Unrecht ertappt. Sie fühlte, wie ihr das Herz unruhig klopfte bei dem Gedanken an den ›Chauffeur‹. Ihr war, als brenne die Stelle auf ihrer Hand noch, die seine Lippen berührt hatten. Dieser Handkuß und die weltmännische Verbeugung des Chauffeurs hatten ihr verraten, daß ihre Vermutung, daß er einem anderen Gesellschaftskreis angehört hatte, richtig war. Was hatte ihn in diese Stellung gebracht?

Sie mußte an den Vater denken. Er war doch auch aus seiner Karriere herausgerissen worden und mußte sich bescheiden mit der Stellung eines Versicherungsagenten. Konnte es Hennersberg nicht auch so ergangen sein? Krieg und Inflation hatten doch so manchen Mann aus seiner Lebensstellung hinausgedrängt. Vielleicht hatte er auch Unterschupf suchen müssen, ohne wählen zu dürfen, wie so viele.

Ganz sicher war er kein ungebildeter Mensch. Die durchgeistigte Gesichtsbildung, die sichere, elegante Haltung, die schmalen, wenn auch kraftvollen Hände, die immer sorgsam gepflegt waren und eher an einen Sportsmann erinnerten – überhaupt seine ganze Art verrieten ihr, daß er ein Mann von gesellschaftlicher Bildung war.

Und ihr Herz jubelte plötzlich: »Ich liebe ihn!«
Aber der Verstand fragte: »Was soll daraus werden?« An eine Verbindung war ja gar nicht zu denken – selbst dann nicht, wenn er sie wiederliebte. Er war arm, sonst hätte er nicht eine Stelle als Chauffeur angenommen, und sie war es auch. Sie mußte deshalb diese Liebe, die immer eine aussichtslose sein würde, fest in ihr Herz verschließen. Niemand durfte davon ahnen, am wenigsten er. Wenn er es wüßte, was würde er denken? Aber bei dieser Frage tat ihr Herz einen lauten Schlag – sie mußte an seinen Blick denken, mit dem er sie heute abend selbstvergessen angesehen hatte, an diesen sehnsüchtigen, flehenden Blick. Hatte dieser Blick nicht erst in ihrem Herzen die Liebe erweckt! Sieht ein Mann eine Frau so an, wenn sie ihm gleichgütlig ist?

Erregt sprang sie auf, wie auf der Flucht vor diesem Gedanken. Nur nicht weiter denken, nur nichts hoffen, nichts erwarten. Niemand brauchte darum zu wissen als sie allein.

Und langsam kleidete sie sich aus und suchte ihr Lager auf. Schlaf fand sie nicht sogleich, aber es war schön, von einer Liebe zu träumen, die man still in sich verschloß, und – von einem Glück, das freilich unerreichbar war.

3

Am nächsten Morgen trat Lonny mit hellen, klaren Augen, wie sonst, ins Wohnzimmer, um mit dem Vater und der Stiefmutter zusammen das Frühstück einzunehmen.

Man hatte nicht viel Zeit, sich zu unterhalten. Lonny mußte zuerst fort, weil sie heute besonders pünktlich sein wollte, um mit ihrer Aufgabe zur rechten Zeit fertig zu werden. Der Vater ging erst eine Weile später seinem Beruf nach. Herzlich verabschiedete sich Lonny vom Vater, von der Stiefmutter etwas kühler. Trotz aller Mühe, die sie sich gab, konnte sie ihrer Stiefmutter keine Liebe entgegenbringen. Sie waren beide zu sehr verschieden in ihrer Wesensart.

Mit elastischen, schnellen Schritten ging Lonny zur Haltestelle der Elektrischen, um ins Büro zu fahren. Um diese Zeit waren meist nur Menschen unterwegs, die zu ihrer Arbeitsstelle wollten. Alle sahen ernst und geschäftig aus. Auch Lonny blickte heute wieder ruhig und zielbewußt aus den Augen. Sie war mit sich im klaren, daß es für sie keine Träume von Liebe und Glück geben konnte, daß ihr Dasein auch weiterhin mit strenger Pflichterfüllung ausgelastet sein mußte. Das, was gestern abend in ihr zur Klarheit gekommen war, daß sie Lutz Hennersberg liebte, das sollte stillverschwiegen in ihrem Herzen ruhen. Im Alltag durfte das keinen Platz einnehmen – nur in Feierstunden wollte sie sich heimlich daran freuen.

Im Büro angelangt, ging sie ohne Säumen an die Arbeit, nachdem sie den Bürovorsteher an die Sache mit Klemm erinnerte, wie es ihr Doktor Friesen aufgetragen hatte. Sie wurde auch pünktlich fertig mit ihrer Aufgabe, und als ihr Chef vom Termin ins Büro kam, händigte sie ihm die tadellosen Ausführungen aus. Er sah die Papiere durch und blickte dann mit einem Lächeln hoch.

»Auf Sie kann man sich doch immer verlassen, Fräulein Straßmann. Das haben Sie wieder großartig gemacht. Ich danke Ihnen!«

»Keine Ursache, Herr Doktor, ich tat nichts als meine Pflicht.«

Mit einem sinnenden Blick sah er sie etwas länger an als sonst.

»Nichts als ihre Pflicht? Und dabei sehen Sie durchaus nicht aus wie ein trockener, starrer Pflichtenmensch. Eigentlich sind Sie viel zu jung und schön, als daß man Sie im Aktenstaub verkümmern lassen dürfte. Aber ich bin viel zu egoistisch, um mich nicht zu freuen, daß ich in Ihnen eine so außerordenlich tüchtigte Sekretärin gefunden habe. Ich kann mir gar nicht denken, daß ich einmal ohne Sie auskommen müßte. Hoffentlich verlassen Sie mich nicht so bald.«

»Nicht, solange Sie mit mir zufrieden sind, Herr Doktor«, erwiderte Lonny ruhig.

Er lachte ein wenig.

»Na, versprechen Sie nicht zu viel! Ein so schönes Mädchen, wie Sie sind, wird nicht lange unbeachtet bleiben. Wenn es nicht ein Verbrechen an Ihrer Jugend wäre, würde ich Sie mit einem langjährigen Vertrag binden. Aber dann kommt eines Tages ein Mann und will

Sie heimführen – dann könnte ich doch nicht auf meinem Vertrag bestehen, so ein Unmensch bin ich nicht.«

Sie sah ihn mit einem seltsam traurigen Blick an.

»Daraufhin können Sie ruhig einen Vertrag mit mir machen, Herr Doktor, ich heirate nicht.«

Das klang schwer und bestimmt.

Kopfschüttelnd sah er sie an.

»Das sagen alle jungen Damen so lange, bis der Rechte kommt. Wie gesagt, ich würde es für ein Unrecht halten, Sie zu binden. Ich könnte ja dabei nur gewinnen, wenn Sie nicht heiraten würden und immer bei mir blieben. Aber – um Sie wäre es schade, Sie sind so ganz dazu geschaffen, einen rechtschaffenen Mann glücklich zu machen.«

Während er das sagte, war es, als würde seine Stimme wärmer, als erwache plötzlich in seinem Innern ein Interesse für sie, das nichts mit seinen Geschäften zu tun hatte.

Lonny mochte das fühlen, sie wußte, das war so ein Fall, wo sie den Ermahnungen ihrer Stiefmutter hätte nachkommen sollen. Ganz sicher war das eine Gelegenheit, einen vertraulicheren Ton zwischen sich und Doktor Friesen anzubahnen. Wie gut, daß die Stiefmutter das nicht wußte.

Lonny richtete sich plötzlich wie in starrer Abwehr auf. Ihr Kopf hob sich stolz und ruhig.

»Was haben Sie sonst noch für Befehle, Herr Doktor?« fragte sie kurz und sachlich.

Er fühlte ihre Abwehr – und Doktor Friesen war nicht eitel, er konnte verstehen, daß dieses schöne Mädchen auf sich hielt und keine Vertraulichkeiten mit ihm aufkommen lassen wollte. Seine Hochachtung vor ihr war so groß, daß er ihrer Abwehr sogleich Folge leistete.

Ruhig und korrekt gab er ihr weitere Aufträge und kämpfte die leise Regung, die ihn bestimmt hatte, einen etwas vertraulicheren Ton anzuschlagen, in sich nieder.

Als alles Nötige besprochen war, entließ er Lonny. Aber ehe sie das Zimmer verließ, sagte er rasch: »Da fällt mir ein, ich habe meine Zeitung unten im Auto liegen lassen. Bitte, schicken Sie doch Zörner hinunter, mein Chauffeur soll ihm die Zeitung geben. Es ist ein ausführlicher Bericht des Naumann-Prozesses darin. Bitte, legen Sie diesen Bericht mit zu den Akten.«

»Es wird geschehen, Herr Doktor.«

Damit ging Lonny hinaus, froh, daß Doktor Friesen wieder zu seinem korrekten, sachlichen Ton zurückgefunden hatte. Sie rief draußen den Bürodiener Zörner herbei und richtete den Auftrag aus. Als sie in ihrem kleinen Büro angelangt war, trat sie unwillkürlich ans Fenster, um einen kurzen Blick hinunterzuwerfen – auf den Chauffeur. Aber sie fuhr sofort erschrocken zurück, denn Lutz Hennersberg stand unten neben dem Auto und blickte gerade empor – in ihre Augen hinein – und machte eine Verbeugung. Er hatte schon die ganze Zeit zu dem Fenster emporgeblickt, hinter dem er Lonny Straßmanns Büro wußte. Als er sah, daß Lonny erschrocken zurückfuhr, zuckte er ein wenig zusammen und wurde blaß vor Erregung. Warum war sie so erschrocken zurückgewichen bei seinem Anblick?

Ganz vertieft war er in seine unruhigen Gedanken. Aber plötzlich wurde er angesprochen.

»Sie sollen mich die Zeitung jeben, Chauffeur, die der Herr Doktor in seiner Benzindroschke hat liegen lassen«, sagte der Bürodiener zu ihm, ihn mit seinen kleinen, vergnügten Augen anblinzelnd.

Lutz Hennersberg öffnete den Wagen, legte die auf

dem Sitz ausgebreitete Zeitung zusammen und überreichte sie Zörner.

»Nich 'ne Zigarette, Chauffeur? Mir rochert so sehr, und ick habe keene mehr.«

Lutz zog sein Zigarettenetui und reichte es Zörner offen hin.

»Nehmen Sie, Zörner!«

Dieser starrte auf das elegante Etui.

»Mensch, wo haben Sie denn det jefunden? Det is doch mit 'ne Krone.«

Lutz wurde ein wenig verlegen, klappte das Etui schnell zu und sagte hastig:

»Ich habe es geschenkt bekommen.«

»O du dicke Luft? So'n Präsent möcht ick ooch mal haben.«

»Hat der Herr Doktor sonst noch Befehle für mich gehabt?« fragte Lutz ablenkend.

»Nee, nich det ick wüßt. Ick habe man jar nich mit ihm gesprochen, det Fräulein Sekretär hat mir runtergeschickt im allerhöchsten Auftrag.«

»So, so, Fräulein Straßmann?« sagte Lutz scheinbar gleichgültig.

»Jawoll, so is et.«

Zörner wollte die Unterhaltung noch weiterführen, er hätte den Chauffeur, der immer so nobel tat, gern noch ein bißchen ausgefragt, woher er das feine Zigarettenetui hatte. Aber dieser setzte seine undurchdringliche Miene auf und sagte ruhig:

»Der Herr Doktor wird auf seine Zeitung warten.«

Da trollte sich Zörner. Aber er dachte, während er die Treppe hinaufstieg: »Ob er det Ding geklaut hat?«

Und als er Lonny die Zeitung ablieferte, sagte er mit der unangebrachten Vertraulichkeit, die er ohne Ausnahme der Person für jeden Menschen hatte, selbst seinem Brotgeber gegenüber, der sich darüber amüsierte:

»Fräulein Sekretär, was der Chauffeur vom Herrn Doktor is, der is mir een schönet Rätsel.«

Lonny sah ihn scheinbar gleichmütig an.

»So?«

»Jawoll, ick habe so meine Betrachtungen über ihn. Er führt sich immer uff wie'n Jraf, und denn hat er noch een Zigarettenetui mit 'ne Krone drin. Ob er det woll geklaut hat?«

Lonny hatte alle Kraft nötig, um sich nicht zu verraten. Sie brachte es aber fertig, ruhig zu Zörner zu sagen:

»Sie haben doch immer einen losen Mund, Zörner, und werden noch mal in ernste Unannehmlichkeiten kommen. Wie können Sie so eine Anschuldigung aussprechen? Wenn das der Chauffeur wüßte, würde es Ihnen schlecht ergehen.«

Na, Sie werden es schon nich petzen, und zu 'nem andern sag ick nischt darüber. Ich wollte man bloß sagen, det et mir wundert, wo er det feine Ding her hat. Er sagt, er hat det geschenkt gekriegt.«

»Dann wird es wohl auch stimmen. Schwatzen Sie also nicht solchen Unsinn. Und nun lassen Sie mich in Ruhe, ich habe keine Zeit.«

So trollte sich Zörner auch hier mit der ungelösten Frage auf dem Herzen. Lonny aber sah eine Weile, wie in tiefe Gedanken versunken, hinter Zörner her. Der Chauffeur hatte ein Zigarettenetui mit einer Krone drin? Das gab ihr ein neues Rästel auf. Aber sie wehrte die Gedanken, die sie bestürmten, von sich. Vor ihr lag eine Arbeit, die all ihre Aufmerksamkeit forderte, da durften die Gedanken nicht abirren.

Unten aber neben dem Auto stand Lutz Hennersberg und schaute immer noch zu dem Fenster hoch, hinter dem er Lonny Straßmann wußte. Er hatte wohl eine Stunde zu warten, bis sein Herr herunterkam und sich von ihm hinaus zu einem großen Fabrikanwesen fahren ließ, wo er geschäftlich zu tun hatte. Vor der Fabrik mußte er längere Zeit warten. Hier aber sah er nicht nach den Fenstern, er saß auf seinem Führersitz und las in einem Buch – einem Buch in englischer Sprache.

Lonny hatte wieder einige Stunden mit Doktor Friesen gearbeitet, nachdem er aus der Fabrik zurückgekehrt war. Er hatte ihr einige Briefe diktiert, die sie in die englische Sprache übersetzen sollte. Lonny beherrschte diese Sprache ganz und gar.

Sie hatte dann bis zum Büroschluß damit zu tun, und als sie die Briefe Doktor Friesen hinüberbrachte, fragte sie, ob er noch etwas für sie zu tun habe.

»Nein, Fräulein Straßmann, heute sollen Sie nicht wieder Überstunden machen. Sie können nach Hause gehen. Ich erwarte nur noch einen telefonischen Anruf, dann mache ich für heute Feierabend.«

»Sie haben es auch sehr nötig, einmal auszuspannen, Herr Doktor.«

Er fuhr sich über die etwas gelichtete Stirn.

»Ich schlafe mich heute mal gründlich aus. Also bis morgen, Fräulein Straßmann.«

Lonny verabschiedete sich und machte sich langsam fertig zum Gehen. Sie wußte, unten vor dem Haus stand Hennersberg und wartete auf seinen Herrn, sie hatte das Auto anfahren hören. Und – sie mußte an ihm vorübergehen. Das Blut schoß ihr schon bei diesem Gedanken in die Stirn. Und es rötete das ganze Gesicht, als sie endlich aus der Haustür des Bürohauses hinaus auf die Straße trat.

Hennersberg gab sich einen Ruck, als er sie erblickte, und machte dann seine kurze Verbeugung. Sie neigte leicht das Haupt, aber er sah, wie tief sie errötet war. Seine Augen strahlten auf, und er sah ihr unverwandt nach, bis sie um die Straßenecke verschwunden war. Dann nahm er seinen Führersitz ein und zog sein Buch hervor, in dessen Inhalt er sich vertiefte. Das Fenster da oben hatte seine Anziehungskraft verloren.

Eine halbe Stunde später fuhr Doktor Friesen nach Hause. Als er seine schöne Villa in Wannsee erreicht hatte, sagte er beim Aussteigen lächelnd zu Hennersberg:

»Heute brauche ich Sie nicht mehr, Hennersberg, Sie können über diesen Abend frei verfügen. Guten Abend!«

»Guten Abend, Herr Doktor!«

Lutz Hennersberg fuhr das Auto in die Garage und übergab es dem Wagenwäscher, der das Amt hatte, die beiden Autos und die Garage sauberzuhalten und sich sonst in Haus und Garten nützlich zu machen.

Hennersberg hatte strengen Dienst von früh bis spät, und deshalb fand er keine Zeit, die Wagen in Ordnung zu halten. Daher kam es, daß, wie Lonny bemerkt hatte, seine Hände so gut gepflegt aussahen. Beim Fahren trug er immer Handschuhe.

Er begab sich dann in seine Wohnung, die über der Garage lag. Sie bestand aus einem Wohn- und Schlafzimmer. Er suchte sein Schlafzimmer auf, zog eine Gummibadewanne aus der Ecke hervor und nahm ein kaltes, erfrischendes Bad. Hierauf rasierte er sich – frühmorgens blieb ihm meist keine Zeit dazu – und kleidete sich um. Dann ging er in das geräumige Wohnzimmer hinüber. Hier stand auf einem runden Tisch vor dem Sofa schon sein Abendessen. Er wurde aus der Küche Doktor Friesens beköstigt, und die Köchin, die trotz ihrer fünfzig Jahre für den schmucken Chauffeur eine kleine Schwärmerei empfand, dabei aber etwas Mütterliches hatte, sorgte immer gut für ihn. Alles war sehr appetitlich hergerichtet, und der kleine elektrische Teekessel wartete nur darauf, eingeschaltet zu werden. In wenigen Minuten kochte das Wasser, und er konnte sich mit dem bereitstehenden Extrakt seinen Tee bereiten.

Daß er nicht mit den anderen Bedienten zusammen drüben in der Villa im Dienerzimmer speisen mußte, hatte er auch der Köchin zu verdanken. Er hatte ihr diesen Wunsch ausgesprochen, und sie hatte denselben erfüllt. Die anderen Dienstboten wollten erst darüber maulen, daß der Chauffeur allein speiste. Er sei doch kein Graf und brauche keine ›Extrawurst‹. Die Köchin aber, die eine Machtstellung im Haus hatte, war für ihn eingetreten.

»Macht bloß keinen Lärm, mir ist das gerade recht, daß er drüben in seiner Wohnung ißt, denn da er nicht regelmäßig, wie ihr, zu Tisch kann, wäre es mir nur eine Plage mehr, wenn ich ihn jedesmal extra abfüttern müßte. So stelle ich ihm sein Essen hinüber und bin fertig damit.«

So hatte sie gesagt, und da hatten sich die Leute zufriedengegeben. In Wahrheit machte es jedoch der Köchin immerhin etwas mehr Umstände, für den Chauffeur extra anzurichten, aber das tat sie gern. Und Lutz wußte, daß er ihr mancherlei Vergünstigungen zu danken hatte, und hatte sich zuweilen mit kleinen Geschenken ihr gegenüber abgefunden, worüber sich das alte Mädchen um so mehr freute, da Lutz sich um die andern nicht kümmerte. Er war freundlich und höflich zu den Dienstboten, hielt sich aber immer etwas reserviert.

»Er ist sicher mal was Besseres gewesen«, hatte die Köchin einmal gesagt, als über den Chauffeur gesprochen wurde. Die andern glaubten das ohne weiteres und gewöhnten sich daran, daß er sich von ihnen fernhielt.

Lutz lag viel daran, allein zu speisen, nicht etwa, weil er sich über sie erhaben dünkte oder sich an ihren Manieren stieß, er fürchtete nur, daß er sich durch sein Auftreten irgendwie verraten könne, und das wollte er nicht. Wer ihn jetzt bei seiner einsamen Mahlzeit hätte beobachten können, würde sofort gemerkt haben, daß er aus einem anderen Kreis stammte.

Nachdem er gegessen hatte, stellte er das Geschirr samt dem Teekessel auf das große Tablett und trug es hinaus auf den kleinen Vorplatz, wo ein Tischchen stand. Darauf setzte er das Tablett nieder, und hier wurde das Geschirr bei Gelegenheit abgeholt.

Er zog sich wieder in sein Wohnzimmer zurück und ließ sich aufatmend auf das Sofa nieder. Das Tischtuch hatte er zusammengelegt, und nun prangte eine rote Plüschdecke auf dem Tisch. Einen Aschenbecher hatte er bereitgestellt, und er rauchte nun mit Behagen eine Zigarette. Er hielt sehr auf Ordnung in seiner Wohnung, alles mußte gleich auf den rechten Platz kommen, wenn es benutzt worden war.

Obwohl er selten einen freien Abend hatte, mochte er nicht ausgehen. Das kostete nur Geld und machte ihm kein Vergnügen. So vertiefte er sich wieder in sein englisches Buch. Aber nach einer Weile ließ er es sinken, lehnte den Kopf zurück und schloß die Augen. Er dachte an Lonny, und von ihr schweiften seine Gedanken in die Vergangenheit zurück – in eine Vergangenheit, die so ganz anders gewesen war als die Gegenwart. Ein harter, düsterer Zug grub sich um seinen Mund, und tief und schwer kam der Atem aus seiner Brust. So verharrte er lange Zeit, bis er sich aufraffte und wieder zu seinem Buch griff.

Was nützte alles Grübeln, was nützte es, wenn er sich in die Vergangenheit zurückversetzte? Man mußte mit der Gegenwart rechnen. Und er mußte sich den Gedanken an das liebe, süße Mädel aus dem Kopf schlagen. Wozu sollte es führen, wenn er sich mehr und mehr in diese aussichtslose Liebe verstrickte. Aussichtslos? Ja, sie war ganz aussichtslos. Die Tochter eines Majors – wenn er auch längst nicht mehr Major war – würde niemals die Frau eines schlichten Chauffeurs werden. Was hätte er ihr denn auch zu bieten gehabt? Sollte er ihr vielleicht zumuten, mit ihm in dieser Zweizimmerwohnung über der Garage zu hausen? Oder in einer vielleicht noch ärmlicheren Mietwohnung?

Wenn er doch etwas hätte vollbringen können, was ihn aus diesen engen Verhältnissen wieder heraushob. Aber hatte er nicht schon alles versucht, ehe er die Stellung als Chauffeur annahm? War es nicht das einzige gewesen, womit er sein Brot verdienen konnte? Alles andere war aussichtslos gewesen. Selbst wenn er in der Lage gewesen wäre, sein Studium als Ingenieur fortzusetzen, was stand ihm dann nach beendetem Studium bevor bei diesem erschreckenden Überangebot an Ingenieuren? Er hätte höchstens ins Ausland gehen können. Aber was nützten solche Erwägungen, er hatte eben das Geld nicht, um sein Studium zu vollenden. Was er ersparen konnte, war wenig, es würde sehr lange dauern, bis er genügend zusammen hatte. Und wenn er so eine Summe gespart hätte, dann wäre es sicher besser, er fing etwas anderes damit an, was ihn schneller vorwärtsbrachte. Doch wie sich sein Schicksal auch in Zukunft gestaltete – der Chauffeur Hennersberg war nicht imstande, sich Lonny Straßmann zu erringen.

Immer wieder irrten seine Gedanken über das Buch hinaus, immer wieder stand lockend vor seinen geistigen Augen ein liebes, holdes Mädchengesicht, mit leuchtenden grauen Augen, mit einem blütenfrischen Teint, dem die Büroarbeit nichts hatte anhaben können, und mit dem kastanienbraunen Haar, das immer aussah, als seien metallische Funken darübergestreut.

»Lonny, süße, kleine Lonny, ahnst du, wie sehnsuchtsvoll ich an dich denke, ich – der Chauffeur Hennersberg?«

Was sie wohl sagen würde, wenn er vermessen genug wäre, ihr seine Liebe zu gestehen? Würde sie ihn auslachen – oder kalt und stolz zurückweisen wie einen unverschämten Zudringlichen? O nein, nein – sie würde keins von beiden tun, würde nur erschrecken und ihn mit so fassungslos verwirrten Augen ansehen wie gestern abend, als er ihr die Hand geküßt hatte. Fliehen würde sie vor ihm und ihn vielleicht ein wenig bemitleiden, zumal wenn sie wüßte, wie er aus seiner Bahn geschleudert worden war.

»Lonny – süße Lonny, wär' ich doch reich, könnte ich dir eine gesicherte Zukunft bieten –, ich weiß, du würdest mein, ganz gewiß würdest du mein. Dein Erröten, deine Verwirrung zeugen nicht von Gleichgültigkeit. Du siehst mir nicht ruhig und kalt in die Augen wie anderen Männern. Nein, ich weiß, ein wenig bist du mir gut – obwohl ich nur ein armer Chauffeur bin.«

Wie er es auch immer anstellte, schließlich waren seine Gedanken auf irgendeinem Weg wieder zu Lonny geeilt.

4

Es war einige Wochen später an einem Sonntagnachmittag. Die Natur war schon ganz herbstlich geworden, aber die Sonne schien noch sehr warm herab, und der Himmel zeigte die intensive Bläue klarer Herbsttage.

Doktor Friesen hatte seinen Chauffeur an diesem Sonntag beurlaubt. Ein Freund hatte ihn in seinem Auto abgeholt, um mit ihm zum Landgut seiner Eltern zu fahren. Das geschah in letzter Zeit zuweilen, und so kam Lutz Hennersberg jetzt öfter einmal zu einem freien Sonntag. Er hatte sich schon am Vormittag zu einem längeren Spaziergang aufgemacht, hatte draußen irgendwo einen Imbiß genommen und war nun auf dem Heimweg. Einsam wie immer schritt er am Ufer des Wannsees dahin. Auf dem Wasser wurde noch fleißig Sport getrieben, Ruder- und Segelboote glitten dahin, und auf manchem dieser Boote war lustige Gesellschaft, man hörte Lachen und Singen herüberschallen. Auch ein vollbesetzter Dampfer fuhr vorüber. Dies alles nahm Lutz mit offenen Augen wahr, und ein Lächeln huschte über sein ernstes Gesicht, als ein paar junge Leute, die dicht an ihm vorüberfuhren, ihm Scherzworte zuriefen.

Dies Lächeln war noch nicht ganz wieder verschwunden, als er, um eine Gebüschgruppe herum in einen

Nebenweg einbiegend, plötzlich eine junge Dame herankommen sah, bei deren Anblick er heftig erschrack. Er erkannte sofort Lonny Straßmann.

Sie trug ein sehr hübsches und elegantes Herbstkomplet, dem man nicht anmerkte, daß es nicht in einem namhaften Modeatelier, sondern unter Lonnys eigenen, sehr geschickten Händen entstanden war. Sie sah sehr vornehm aus.

Lonny hatte mit ihren Eltern, durch das schöne Wetter verlockt, einen kleinen Sonntagsausflug zum Wannsee unternommen; ihre Eltern hatten sich in einem Lokal niedergelassen, um eine Tasse Kaffee zu trinken, und Lonny hatte um Erlaubnis gebeten, einen Spaziergang am Seeufer entlang machen zu dürfen. Sie wollte später wieder mit den Eltern zusammentreffen. Da es sonntags um den See sehr belebt war, hatte der Vater es gestattet.

In dem gutgekleideten, schlanken Mann, der ihr jetzt begegnete und einen grauen Zivilanzug, einen weiten Paletot und grauen Filzhut trug, erkannte sie nicht gleich den Chauffeur Hennersberg, den sie bisher immer nur in seinem ledernen Fahranzug gesehen hatte. Sie wäre fast an ihm vorübergegangen, ohne ihn zu erkennen, wenn er nicht nach dem Hut gegriffen hätte, um sie zu grüßen. Denn es war nicht ihre Art, fremden Herren forschend ins Gesicht zu sehen. Nun aber sah sie zu ihm auf und zuckte leicht zusammen. War dieser vornehm und elegant wirkende Mann wirklich der Chauffeur Hennersberg?

Unwillkürlich verhielt sie ihren Schritt und wußte nicht, was sie tun sollte. Ihr Gesicht war von einer jähen Röte bedeckt, und ihre Augen blickten unsicher und verwirrt zu ihm auf. Sollte sie schweigend an ihm vorübergehen oder ein paar Worte mit ihm sprechen?

Sie entschloß sich zu letzterem, es hätte unfreundlich ausgesehen, wenn sie stumm an ihm vorübergegangen wäre.

Er hatte nicht gewagt, sie anzusprechen, aber als sie nun mit einem scheuen Lächeln zu ihm aufsah und ihn ansprach, leuchteten seine stahlblauen Augen auf.

»Sind Sie das wirklich, Herr Hennersberg?«

»Ja, mein gnädiges Fräulein.«

»Ich hätte Sie fast nicht erkannt.«

»Ich habe heute einen freien Tag; Herr Doktor Friesen ist von seinem Freund schon heute morgen im Auto abgeholt worden und mit ihm über Land gefahren.«

»Ach richtig, er sprach mit mir gestern davon, daß er wieder nach Bernau fährt.«

»So ist es, er fährt jetzt zuweilen dorthin, was mir immer einen freien Sonntag einbringt.«

»Der Ihnen sehr zu gönnen ist; ich weiß, daß Sie nicht viel freie Zeit haben.«

»Deshalb habe ich auch den schönen Tag zu einem ausgedehnten Spaziergang benützt.«

»Das ist recht! Auch mich lockte das schöne Wetter, ein Stück am Seeufer zu Fuß zu gehen. Meine Eltern sitzen bei ›Schultheiß‹ und trinken ihren Nachmittagskaffee. Sie warten dort, bis ich zurückkomme. Papa ist nicht fürs Laufen, er muß in seinem jetzigen Beruf so viel herumlaufen, daß er sonntags seine Ruhe haben will. Es ist auch sehr selten, daß wir solch einen Ausflug machen.«

»Sie sollten aber nicht so allein gehen, mein gnädiges Fräulein, ich sah heute schon verschiedene angetrunkene Menschen. Bedenken Sie, wenn Ihnen solch ein Mensch begegnen würde.«

Das klang so besorgt, daß sie gleich wieder zu ihrem Leidwesen sehr rot wurde.

»Daran habe ich gar nicht gedacht«, sagte sie erschrocken.

Er zögerte eine Weile, aber der Wunsch, sie ein Stück zu begleiten, wurde so mächtig in ihm, daß er entschlossen sagte:

»Wenn Sie mir gestatten, begleite ich Sie auf Ihrem Weg. Nur, damit Sie nicht schutzlos sind. Sie dürfen mir das nicht als Anmaßung auslegen. Ich möchte Sie nur vor etwaigen Belästigungen schützen.«

Das Herz klopfte Lonny bis zum Hals hinauf. In seiner Art lag eine so selbstverständliche Ritterlichkeit, daß sie nicht anders konnte, als seine Begleitung anzunehmen.

So wandte er sich um und ging mit ihr weiter, glückselig, ihre Nähe genießen zu können. Sie sprachen eine ganze Weile nichts, mußten sich beide erst ein wenig fassen. Endlich ergriff Lonny das Wort.

»Da uns ein Zufall hier zusammengeführt hat, Herr Hennersberg, möchte ich wohl einmal eine Frage an Sie richten. Wenn Sie dieselbe nicht beantworten wollen, brauchen Sie es nicht zu tun. Es ist nicht Neugier, die mich zu dieser Frage treibt.«

»Bitte, fragen Sie, mein gnädiges Fräulein, und ich werde Ihnen gern antworten.«

»Wie sind Sie eigentlich dazu gekommen, Chauffeur zu werden? Es ist ganz sicher nicht der Beruf, für den Sie erzogen wurden.«

Mit einem brennenden Blick sah er auf sie nieder. Es zuckte leise in seinem Gesicht.

»Die Not trieb mich dazu – und die Umwertung aller Dinge in Deutschland«, sagte er heiser vor unterdrückter Erregung.

Sie atmete schnell.

»Oh, ich dachte es mir. Und ich kann Ihnen so gut

nachfühlen, wie quälend es für Sie sein muß, daß Sie aus angestammten Verhältnissen gedrängt wurden. Erlebe ich doch ähnliches täglich an meinem armen Vater. Nicht wahr – Sie waren auch Offizier?«

»Nur im Krieg, mein gnädiges Fräulein. Obwohl ich aus einer alten Soldatenfamilie stamme, hatte ich nicht Lust, Soldat zu werden. Mein Vater war Offizier – er fiel im Krieg als Oberst. Er hätte es gern gesehen, wenn ich auch Offizier geworden wäre, aber dieser Beruf lag mir nicht. So brachte mein Vater das Opfer, mir die Erlaubnis zu geben, daß ich nach dem Abitur die Hochschule besuchte. Ich wollte Maschinen bauen, das lockte mich. Aber ich hatte erst das dritte Semester angefangen, als ich an die Front mußte, und bis zum Ende des Krieges war ich Offizier. Im dritten Kriegsjahr fiel mein Vater bei einem Fliegerangriff, und meine Mutter erlag einem Herzschlag, als sie die Kunde von seinem Tod bekam.«

Erschrocken sah sie in sein blasses Gesicht.

»Oh, nun habe ich durch meine Fragen trübe Erinnerungen in Ihnen geweckt, verzeihen Sie mir.«

Ein schwaches Lächeln spielte um seinen Mund.

»Wenn Sie wüßten, was für eine Wohltat es mir ist, daß ich einmal darüber sprechen kann. Ich stehe ganz allein im Leben, habe keinen Verkehr, seit ich – Chauffeur wurde. Es mußte sein. Meines Vaters geringe Hinterlassenschaft reicht gerade dazu aus, mancherlei Schulden zu bezahlen, die er ebenfalls hinterlassen hatte, obwohl meine Eltern kein luxuriöses Leben führten. Was der Vater verdiente, wollte nie ausreichen zu einer standesgemäßen Lebensführung. Ich versuchte trotzdem, mit dem Rest meiner Habe nach dem Krieg das Studium wieder aufzunehmen, und quälte mich noch durch weitere zwei Semester.

Aber dann kam die Inflation. Ich mußte mein Studium aufgeben, tat es schließlich aus den vernünftigen Erwägungen heraus, daß ich auch als Ingenieur jahrelang noch für ein sehr geringes Gehalt würde arbeiten müssen, wenn ich überhaupt bei der Überfüllung eine Stellung bekommen hätte.

Ich versuchte alles mögliche, um mich über Wasser zu halten, aber überall war ein Überangebot von Arbeitskräften. Es mißglückte alles. Und – so wurde ich schließlich Chauffeur. Da ich den Führerschein hatte und mit Motoren umzugehen wußte, bekam ich schnell eine Stellung. Die erste Anstellung bei einem protzigen Neureichen war für mich mit tausend Qualen angefüllt – ich hielt es schließlich nicht mehr aus. Aber dann engagierte mich Doktor Friesen. Bei ihm habe ich eine gute Stellung gefunden. Wenn ich auch wenig freie Zeit habe, so werde ich doch gut bezahlt, habe eine anständige, wenn auch bescheidene Wohnung, in der ich mich leidlich wohl fühle und zuweilen wenigstens das Gefühl habe, ein freier Mann zu sein.

Zuweilen träume ich davon, in dieser Stellung zu bleiben, bis ich mir eine kleine Summe gespart habe, mit der ich mir eine bessere Existenz gründen kann. Ob ich dann mein Studium doch noch vollenden oder auf andere Weise versuchen werde, wieder emporzukommen, weiß ich noch nicht, das alles liegt ja noch in weiter Ferne. Aber – verzeihen Sie mir, daß ich so weitschweifig geworden bin, das alles kann Sie kaum interessieren.«

Sie sah mit einem unbeherrschten, warmen und mitleidigen Blick zu ihm auf.

»Weiß Doktor Friesen um Ihre Vergangenheit?«

»Nein, er weiß nur, daß ich Chauffeur bin. Ich bekam von dem Neureichen wenigstens ein sehr gutes

Zeugnis, und auf dies Zeugnis hin nahm er mich an, ohne mich weiter auszufragen.«

Sie lächelte leise.

»Er ist ein guter Menschenkenner und wußte, daß er sich auf Sie würde verlassen können; ich höre sehr oft von ihm Lobsprüche über seinen überaus tüchtigen Chauffeur. Aber unser Bürodiener Zörner macht sich Kopfschmerzen über Sie. Er schwankt, ob er Sie für einen ‚Jrafen' halten soll – oder ...«

Sie brach lachend ab.

»... oder?« fragte er, entzückt in ihr lachendes Gesicht sehend.

»Nein, ich will Ihnen lieber nicht sagen, was für Vermutungen ein elegantes Zigarettenetui in Ihrem Besitz in ihm geweckt hat.«

»Ach so! Ich war unvorsichtig, als er mich um eine Zigarette bat, und reichte ihm mein Etui. Und da hat er die darin gravierte Freiherrnkrone gesehen. Ich heiße in Wahrheit Freiherr Lutz von Hennersberg, aber den ›Freiherr‹ und das ›von‹ habe ich seit Beendigung des Krieges gestrichen, das gehört nicht mehr in die neue Zeit und ist nur überflüssiger Ballast für mich. Ich möchte Sie auch bitten, nicht darüber zu sprechen.«

Sie sah tiefbewegt in seine Augen.

»Ich bewundere Sie, daß Sie mit alledem so ruhig fertig geworden sind!«

Es zuckte um seinen ausdrucksvollen, schmallippigen Mund.

»Ruhig? Nun, manchmal ging es sehr stürmisch zu in meinem Innern. Aber es gibt etwas, dem sich der stärkste Mann fügen muß – das ist die zwingende Notwendigkeit. Der Hunger zwingt uns schließlich doch, wenn man nicht feige ein Ende machen will. Und das wollte ich nie. Mancher an meiner Stelle hat es getan; ich bin nie soweit entmutigt gewesen. Bin es auch jetzt nicht. Irgendwie werde ich das Leben schon noch zwingen.«

Erschrocken hatte sie ihn angesehen, nun atmete sie auf und sah ihn an.

»Nein, so etwas konnten Sie nicht tun; ein Mann braucht nicht zu verzweifeln, solange er gesund ist und arbeiten kann.«

Ein Lächeln huschte um seinen Mund.

»Das sagte ich mir auch«, meinte er, und sein Gesicht wurde durch dies Lächeln seltsam verklärt.

Wieder gingen sie eine Weile schweigend nebeneinander her, jeder in seine Gedanken eingesponnen. Lonny mußte darüber nachdenken, daß neben ihr ein Freiherr Lutz von Hennersberg ging, der Sohn eines Oberst.

Sie bewunderte ihn, und ein heißer, brennender Wunsch stieg in ihr auf, ihm zu helfen. Ach, daß sie selbst so arm war! Aber wenn sie auch reich gewesen wäre, dieser Mann nahm keine Hilfe an von einer Frau. Der biß sich selber durch. Und aus diesem Gedanken heraus sagte sie warm und herzlich:

»Ich will Ihnen wünschen, daß Sie Ihr Ziel erreichen. Und ich glaube auch, daß es Ihnen auf irgendeine Weise gelingen wird.«

Seine Augen hingen an den ihren. Wenn sie geahnt hätte, wie glücklich ihn ihre Worte machten.

»Ich danke Ihnen, mein gnädiges Fräulein, daß Sie mir so viel Teilnahme erweisen. Vorläufig geht es mir ja nicht schlecht, ich verdiene mehr, als ich als Ingenieur jetzt verdienen würde, und genieße in Doktor Friesens Hause manche Vergünstigung. Alle Leute sind bei ihm gut gehalten.«

»Ja, er ist ein guter, edler Mensch«, sagte sie warm.

Da blitzte es wieder wie Eifersucht in ihm auf.

Aber er sagte nur:

»Ich kenne ihn zu wenig, sein Verkehr mit mir beschränkt sich auf seine Befehle, denen ich nachzukommen habe. Aber Sie sind oft und viel in seiner Gesellschaft und müssen ihn besser kennen als ich.«

Unbefangen sah sie ihn an.

»Ja, wir arbeiten oft stundenlang zusammen, und ich staune über seine Geistesschärfe, über seine schnelle Entschlußkraft und über seine Geistesgegenwart. Es ist unbedingt einer unserer tüchtigsten Rechtsanwälte. Wenn ich eine Klage zu führen hätte, nur ihn würde ich zu meinem Anwalt wählen. Und dabei ist er menschlich gut, ohne jede Einbildung, und von vornehmer Gesinnung.«

Er atmete schwer. Brennend neidete er seinem Herrn dieses Lob von ihrer Seite. Aber er war doch zu gerecht, um nicht hinzuzufügen:

»Alle seine Untergebenen halten viel von ihm. Ich bin sehr erstaunt, daß er noch unverheiratet ist. Sicher hat er doch die Auswahl unter den Frauen.«

Lonny lachte unbefangen.

»Ach, er hat ja gar keine Zeit, sich eine Frau zu suchen, und wenn ihm nicht einmal zufällig eine in den Weg läuft, wird er sicher als Junggeselle sterben.«

Ihre Unbefangenheit tat ihm wohl.

»Meinen Sie?«

»Ganz gewiß! Aber vielleicht findet er in Bernau eine Frau«, sagte sie mit einem Schelmenlächeln.

»Ist dazu Aussicht vorhanden?« fragte er hastig.

Sie hob abwehrend die Hand.

»Man darf nicht davon sprechen, sonst wird nichts draus. In letzter Zeit habe ich so meine kleinen Beobachtungen gemacht. Er hat freilich kein Glück bei

Frauen nach meinem Dafürhalten – und ich könnte mir auch gar nicht denken, daß sich eine Frau in ihn verliebt.«

Ihm wurde ganz leicht ums Herz.

»Nein?«

»Gewiß nicht. Er hat so gar nichts, was eine Frau bestricken könnte, immer denkt er nur an seine Arbeit. Und ein Adonis ist er auch nicht!«

»Aber er ist sehr reich, er könnte einer Frau ein Leben in Glanz und Luxus bieten«, warf Hennersberg ein.

»Freilich, wenn sich eine Frau damit begnügt. Wenn ihn eine Frau übrigens näher kennenlernen würde, dann würde sie wohl auch Werte an ihm finden, die sie fesseln könnten. Jedenfalls verdient er eine gute Frau, und ich wünsche ihm, daß er sie findet.«

»Und – Sie glauben, daß er so eine Frau vielleicht in Bernau finden könnte?«

Sie lachte ein wenig.

»Vielleicht ist da bei mir nur der Wunsch der Vater des Gedankens. Aber sein Freund hat eine Schwester, eine nicht mehr ganz junge und auch nicht sehr schöne Dame, die sehr sympathisch ist. Und sie besuchte ihn kürzlich mit ihrem Bruder im Büro, und – aber nein, es wäre indiskret, wenn ich meine Beobachtungen preisgeben wollte. Jedenfalls freue ich mich, daß er in letzter Zeit so oft nach Bernau fährt.«

Er atmete wie erlöst auf.

»Sie wünschen also, daß er sich verheiraten möge?«

»Ja – aus verschiedenen Gründen.« Sie dachte an die Quälereien ihrer Stiefmutter, doch davon konnte sie natürlich nicht sprechen. So fuhr sie nach kurzem Zögern nur fort: »Es wäre mir sehr angenehm, wenn ich mit einem verheirateten Chef zu arbeiten hätte.

Wenn Doktor Friesen auch äußerst korrekt und zurückhaltend zu mir ist, immerhin würde unser Zusammenarbeiten für mich leichter sein, wenn er eine Frau hätte.«

»Ich kann das verstehen, mein gnädiges Fräulein. Und so wollen wir beide Herrn Doktor Friesen wünschen, daß er bald ein Eheglück findet, wie er es verdient.«

Er konnte nun ganz unbefangen mit ihr über Doktor Friesen sprechen, denn er fühlte, daß er keinerlei Anlaß zur Eifersucht hatte. Daß Lonny Straßmann keine Frau war, die sich an einen ungeliebten Mann um Glanz und Luxus verkaufte, fühlte er auch.

Sie plauderten lebhaft weiter, tauschten ihre Ansichten vom Leben aus und empfanden beide mit inniger Befriedigung, wie sie miteinander harmonierten. Lonny vergaß ganz, daß sie neben dem Chauffeur Hennersberg ging, sie fühlte nur, daß ein untadeliger Ehrenmann an ihrer Seite ging, den ein widriges Schicksal aus seiner Bahn geschleudert hatte und der dennoch tapfer seinen Weg ging. Schließlich sah sie aber, sich an ihre Eltern erinnernd, auf ihre Armbanduhr und schrak leicht zusammen.

»Jetzt muß ich aber schnell zurückgehen, ich habe gar nicht auf die Zeit geachtet. Meine Eltern werden schon auf mich warten.«

Er kehrte mit ihr um, und sie schlugen nun eine schnellere Gangart ein. Aber sie plauderten dabei weiter. Und im Lauf des Gesprächs redete sie ihn einmal ›Herr von Hennersberg‹ an. Da sah er sie bittend an. »Nein, bitte, nennen Sie mich einfach Hennersberg. Ich weiß mit meinem Adelstitel nichts anzufangen und möchte nicht, daß Sie mich damit anreden, das könnte jemand hören.«

»Wie Sie wünschen, Herr Hennersberg. Aber Sie können unbesorgt sein, in Gegenwart von andern Menschen würde ich Sie nie so anreden.«

Sie waren nun schon wieder nahe der Stelle, wo sie sich vorhin getroffen hatten, und als sie in den anderen Weg einbiegen wollten, schreckte Lonny zusammen und wurde dunkelrot – sie sah ihre Eltern auf diesem Weg kommen.

»Meine Eltern!« stieß sie erschrocken hervor.

Er fühlte instinktiv, daß es ihr peinlich war, von ihren Eltern in seiner Begleitung getroffen zu werden, und wußte im Augenblick nicht, was er tun sollte. Sie wandte sich indessen schnell gefaßt zu ihm, reichte ihm die Hand und sagte, ihre Verwirrung verbergend, so gut es ging: »Ich danke Ihnen für Ihre Begleitung, Herr Hennersberg, aber nun habe ich genügend Schutz an meinen Eltern. Auf Wiedersehen!«

Er zog den Hut und verneigte sich.

»Wünschen Sie, daß ich mich entferne, ehe Ihre Eltern vollends herbeikommen?« fragte er leise.

»Ja – bitte, gehen Sie«, bat sie beklommen.

Da verneigte er sich nochmals und ging. Er fürchtete, sie würde Unannehmlichkeiten haben.

Das war ein etwas unbefriedigender Ausklang dieser für ihn so beglückenden Stunde. Langsam ging er davon.

Der Major und seine Gattin waren inzwischen nahe herbeigekommen und sahen mit erstaunten und etwas mißbilligenden Blicken hinter Lutz Hennersberg her.

»Wer war der Herr, der dich soeben verließ, Lonny?« fragte der Major streng.

Lonny nahm alle Selbstbeherrschung zusammen.

»Es war der Chauffeur Doktor Friesens, Papa, ich traf ihn zufällig, und wir gingen einige Schritte miteinander.«

»So, so – Doktor Friesens Chauffeur? Nun, für einen Chauffeur hätte ich diesen elegant gekleideten Herrn nicht gehalten. Doktor Friesen scheint seinen Chauffeur gut zu bezahlen«, erwiderte der Vater nun beruhigt und ganz harmlos.

Frau Hermine aber sah Lonny mit einem scharfen, forschenden Blick an, sagte aber vorläufig kein Wort des Tadels. Erst als man zu Hause angelangt war, sagte sie, als sie mit Lonny allein war:

»Mir scheint doch, Lonny, daß der Verkehr mit diesem Chauffeur nicht so harmlos ist, wie du es darstellst. Ich kann mich der Vermutung nicht erwehren, daß du dich mit ihm verabredet hattest.«

Lonny schoß das Blut ins Gesicht.

»Wenn du mich nur ein wenig besser kennen würdest, Mama, würdest du wissen, daß ich solcher Heimlichkeiten nicht fähig bin. Bitte, bedenke doch, daß ich mich durchaus nicht an diesem Ausflug beteiligen wollte. Papa mußte erst ein Machtwort sprechen. Du wirst dann einsehen, wie haltlos deine Anschuldigung ist. Ich traf ihn wirklich ganz zufällig und war sehr erstaunt, ihn so gut gekleidet zu sehen. Fast hätte ich ihn nicht erkannt, da ich ihn immer nur in seinem Chauffeuranzug gesehen habe.«

Frau Hermine war aber noch immer nicht überzeugt.

»Weshalb lief er dann so davon, als habe er ein schlechtes Gewissen?«

»Weil ich ihn verabschiedete, als ich euch kommen sah. Ich kenne ja deine Einstellung einem Chauffeur gegenüber und wollte ihn euch nicht vorstellen. Jedenfalls bist du selbst schuld, daß ich meine Unbefangenheit in dieser Hinsicht verloren habe.«

»Nun, mag sein, wie es will, du bist gewarnt, und das

kann nicht schaden. Dieser Chauffeur macht ganz den Eindruck, als könne er einem jungen Mädchen gefährlich werden. Heute sah er durchaus nicht aus wie ein Chauffeur.«

»Das ist er auch nur aus Not geworden, Mama, er hat als Ingenieur auf der Hochschule studiert, mußte aber sein Studium abbrechen, weil er an die Front ging, und konnte es nicht beenden, weil sein Vater im Krieg fiel und ihm nicht genug Vermögen hinterließ. Du brauchst dich also wirklich nicht aufzuregen, wenn ich einige Worte mit ihm wechsle; er ist ein sehr gebildeter und artiger Mann. Sein Vater fiel übrigens als Oberst im Krieg.«

»Um so gefährlicher ist für dich der Umgang mit ihm. Ich muß dir ganz entschieden verbieten, dich nochmals irgendwie mit ihm einzulassen, sonst muß ich es doch Papa sagen. Wozu soll das führen? Er ist arm und du bist arm, und – du bist besorgniserregend interessiert an seinem Schicksal!«

Lonny zog die Stirn wie im Schmerz zusammen.

»Du kannst unbesorgt sein, Mama, ich weiß genau, was ich tun und lassen muß«, sagte sie mit verhaltener Stimme.

»Um so besser, wenn du das weißt. Vergiß nie, daß du nur einen vermögenden Mann heiraten kannst. Und wenn du auf eine gute Partie reflektierst, mußt du vor allen Dingen auf deinen guten Ruf achten.«

Lonny richtete sich stolz empor.

»Für meinen Ruf stehe ich selbst ein, Mama. Und auf eine ›gute Partie‹ rechne ich nie – das tust nur du für mich.«

»Weil du es eben leider nicht selber tust. Man muß dir immer wieder klarmachen, daß du darauf angewiesen bist. Wie gesagt, wenn ich noch einmal etwas Verdächtiges in dieser Angelegenheit bemerke, muß ich doch mit Papa sprechen.«

Müde und traurig sah Lonny ihre Stiefmutter an.

»Du brauchst Papa deswegen wirklich nicht zu beunruhigen, er hat ohnehin schon Sorgen genug.«

»Die du ihm erleichtern könntest, wenn du nur wolltest.«

»Es gibt eben Dinge, die man nicht wollen kann, Mama. Bitte, quäle mich nicht mehr.«

»Quälen! Immer redest du gleich von Quälen, wenn man dir einmal vernünftig zuredet. Es ist ein Kreuz mit dir!«

Lonny brach das Gespräch ab. Es war ihr unerträglich, weiter in diesem Ton mit der Stiefmutter zu sprechen. Sie suchte ihr Zimmerchen auf, saß dort lange am Fenster und starrte vor sich hin. Und sie dachte trotz aller Vernunft doch nur an Lutz Hennersberg.

5

Als Lonny am nächsten Tag wieder an dem Chauffeur vorüberging, der mit dem Wagen auf Doktor Friesen wartete, trat er schnell an ihre Seite.

»Mein gnädiges Fräulein, bitte, beruhigen Sie mich darüber, daß Sie keine Unannehmlichkeiten hatten, weil Ihre Eltern mich in Ihrer Gesellschaft sahen. Ich bin sehr schweren Herzens Ihrem Wunsch nachgekommen, Sie allein zu lassen«, sagte er erregt.

Sie war ein wenig blaß geworden, sah ihn aber ruhig an.

»Nein, nein, ich hatte durchaus keine Unannehmlichkeiten. Sie können ganz beruhigt sein. Und Sie müssen mir verzeihen, daß ich Sie so schnell fortschickte, aber ich wußte wirklich im Augenblick nicht, wie ich Sie meinen Eltern vorstellen sollte.«

Mit einem schmerzlichen Blick sah er sie an.

»Bleiben Sie doch wahr! Sie wollten Ihren Eltern ersparen, ihnen einen Deklassierten in aller Form vorstellen zu müssen!« stieß er bitter hervor.

Teilnahmsvoll sah sie in sein erregtes Gesicht.

»Vergessen Sie doch nicht, daß mein Vater auch nichts anderes ist als ein Deklassierter, wie Sie es nennen. Ich wollte Sie nur nicht einfach als Doktor Friesens Chauffeur vorstellen und wußte nicht, ob ich meinen Eltern sagen durfte, wer Sie in Wirklichkeit sind.

Wenn Sie es mir aber gestatten, werde ich bei Gelegenheit meinem Vater von Ihrem Schicksal berichten.«

»Gern gestatte ich Ihnen das; Ihre Eltern werden ja kaum mit Doktor Friesen zusammenkommen und mit ihm darüber sprechen.«

»Ich werde es ihnen nur unter Diskretion erzählen. Und wenn Sie dann wieder einmal zufällig mit meinen Eltern zusammentreffen, dann stelle ich Sie vor. Mein Vater wird Sie gern begüßen, das weiß ich gewiß. Nur meine Stiefmutter – ganz offen: für meine Stiefmutter kann ich nicht garantieren; sie ist ein wenig engherzig.«

Er atmete erleichtert auf.

»Oh, Sie haben Ihre rechte Mutter verloren?«

»Ja, schon als ich kaum sechs Jahre alt war; meine Mutter verunglückte bei eine Bootsfahrt. Aber nun muß ich gehen, Herr Hennersberg, Doktor Friesen wird gleich herunterkommen.«

Mit einer artigen Verbeugung trat er zurück.

»Ich bitte um Verzeihung, daß ich Sie aufgehalten habe, ich war nur so in Unruhe.«

»Aber ganz ohne Ursache. Auf Wiedersehen, Herr Hennersberg!«

Mit aufleuchtenden Augen sah er ihr nach. Auf Wiedersehen hatte sie gesagt, und das klang ihm wie eine Verheißung in den Ohren.

Es erging ihm wie allen Liebenden: die Vernunftsgründe wollten nicht stichhalten. Er hoffte auf ein Wunder, das ihm doch ermöglichen könnte, Lonny Straßmann zu erringen.

So trafen die beiden noch oft für flüchtige Augenblicke zusammen, und auf diese Augenblicke konzentrierte sich für sie das ganze Leben. Auch Lonny vergaß die Ermahnungen ihrer Stiefmutter, wenn sie Lutz

Hennersberg sah. Sie vergaß alles, wenn sie in seine Augen sah, außer daß sie ihn liebte. Und auch sie begann nun auf ein Wunder zu hoffen, das ihrer Liebe Erfüllung bringen könnte.

Eines Abends, als sie aus dem Büro nach Hause kam, traf sie ihren Vater allein an. Die Stiefmutter hatte von einer befreundeten Dame eine Theaterkarte bekommen, die sie nicht selbst benutzen konnte, und so war sie ins Theater gegangen. Lonny war also seit langer Zeit wieder einmal ein Alleinsein mit dem Vater beschieden.

In Abwesenheit seiner Frau gab sich der Major zugänglicher und liebevoller Lonny gegenüber als sonst, und so war dieser Abend für Lonny ein sehr angenehmer und behaglicher. Sie plauderte mit dem Vater von allerlei Dingen, die sie sonst nicht berührte, sprach sich über ihren Beruf aus, über dessen Annehmlichkeiten und Unannehmlichkeiten. Dann berichtete auch der Major, offenherziger als in Gegenwart seiner Frau, über alle Nöte und Demütigungen, die er in seinem Amt erlebte. Lonny tröstete ihn nach Kräften, und das Herz tat ihr weh, daß sie ihm nicht helfen konnte.

Schließlich benutzte Lonny die Gelegenheit, um dem Vater von Lutz Hennersberg zu erzählen, von seinem Schicksal, wie er Chauffeur geworden war und wie tapfer und unverzagt er es trug.

Aufmerksam hörte der Vater zu. Lonny hatte den Namen des Chauffeurs noch nicht genannt, hatte immer von dem Chauffeur Doktor Friesens gesprochen.

»Nun ist mir erklärlich, Lonny, daß er so gar nicht den Eindruck eines Chauffeurs machte, als ich ihn neulich am Wannsee mit dir kommen sah. Aber um so unverständlicher ist mir nun, daß er davonlief, als er uns erblickte.«

»Das werde ich dir gleich erklären. Er ist sehr empfindsam, was man ja bei seiner prekären Situation verstehen kann, und er wollte euch nicht in die Lage bringen, euch einen schlichten Chauffeur in aller Form vorstellen lassen zu müssen.«

»Ah, nun verstehe ich. Aber du hättest ihn überzeugen müssen, daß gerade ich volles Verständnis dafür haben würde. Wie heißt er denn eigentlich?«

»Lutz Hennersberg.«

Der alte Herr stutzte. »Lutz Hennersberg? Und du sagst, sein Vater ist als Oberst im Krieg gefallen?«

»Ja, im dritten Kriegsjahr.«

Lebhaft richtete sich der Major auf.

»Im dritten Kriegsjahr? Lonny, ich kannte einen Oberst Hennersberg, der auch im dritten Kriegsjahr gefallen ist und – der ein alter Freund und Kriegskamerad von mir war. Aber das war ein Freiherr Georg von Hennersberg«, stieß er erregt hervor.

Lonnys Augen glänzten.

»Ja, Vater, der Chauffeur Doktor Friesens ist ein Freiherr von Hennersberg. Er hat nur seinen Titel abgelegt, als er Chauffeur werden mußte.«

Der Major sprang auf wie ein ganz Junger.

»Das bewegt mich sehr, Lonny! Georg von Hennersberg war ein sehr guter Freund von mir. Ja, ich erinnere mich, Lutz hieß sein Sohn, den ich nur als kleines Kind kannte. Bald nach seiner Geburt verließ ich die Garnison, in der ich mit Georg von Hennersberg als Leutnant diente, ich wurde zu einem anderen Regiment versetzt, und er blieb zurück.

Georg von Hennersberg hatte sich zwei Jahre früher mit einer Baroneß Brambach verheiratet. Sie war sehr schön, aber vermögenslos, und er besaß auch nichts. Die Kaution hatten die Verwandten der Baroneß zusammengelegt, das junge Paar war also nicht auf Rosen gebettet, aber glücklich war es über alle Maßen. Ich war zuweilen des Abends zu einem Butterbrot bei ihnen, und manchmal war es wirklich nur ein Butterbrot, das es zu einer Tasse Tee gab. Aber wie das gegeben wurde – ich glaube, ich bin trotzdem nie herrlicher bewirtet worden.

Also, ich verließ die Garnison, und einige Jahre blieben wir noch im Briefwechsel, dann schlief auch der ein. Wir hatten beiderseitig andere Sorgen und Kopfschmerzen. Erst draußen im Felde sahen wir uns dann plötzlich wieder, und es war gleich wieder, als seien wir nie vorher getrennt worden. Ein paar Wochen kampierten wir dicht nebeneinander.

Dann kam ein Fliegerangriff – und Georg Hennersberg wurde, wenige Schritte von mir entfernt, verwundet – schwer. Ich konnte nur einige Minuten an seinem Lager bleiben, wir mußten weiter, und der Arzt sagte mir, daß keine Hoffnung für ihn sei. Als ich zu ihm trat, war er bei Besinnung, und er sagte mir, matt die Hand nach mir ausstreckend: ›Leb wohl, alter Freund – es geht zu Ende mit mir, ich fühle es.‹ Ich mußte die Zähne zusammenbeißen, Lonny, so ein Scheiden tut weh, wenn man weiß, es ist auf Nimmerwiedersehen. Aber ich heuchelte frohe Zuversichtlichkeit: ›Unsinn, Georg, wir sehen uns wieder; sobald draußen Ruhe ist, komme ich wieder zu dir.‹

Nun – ich kam nicht wieder zurück, wir mußten weiter. Aber ich hörte, daß Georg von Hennersberg noch in derselben Nacht seinen Wunden erlegen war. Man mußte damals über so vieles hinwegkommen, ich kam auch darüber hinweg.

Aber jetzt, da du mir von seinem Sohn sprichst, wird das alles wieder lebendig in mir. Da draußen in dem

Tohuwabohu löste ja immer ein Grauen das andere ab, und ich hatte anderes zu tun und zu denken, als mich in den Schmerz um den Tod des alten Freundes zu versenken; er war ja nur einer von so vielen.

Und nun, mein Mädel, das geht mir nahe, daß der Sohn meines alten Freundes sich auch so schwer durchschlagen muß. Wäre sein Vater am Leben geblieben, ihm wäre wahrscheinlich nach dem großen Zusammenbruch auch nur ein Posten als Versicherungsagent oder Weinreisender offengeblieben. Schließlich hat ihn der Tod vor mancher Bitterkeit bewahrt. Aber den Lutz von Hennersberg, den mußt du mir mal schicken; frag ihn aber erst, ob seine Mutter eine geborene Baronesse Brambach war, damit wir sichergehen. Bejaht er das, dann soll er bald, sehr bald mal zu mir kommen.«

Lonnys Augen waren feucht vor Erregung.

»Ja, Vater, ich werde es ihm sagen. Aber – Mama wird es vielleicht nicht gern sehen, wenn uns ein Chauffeur Besuch macht.«

Hastig wehrte der alte Herr ab.

»Unsinn, ist er der Sohn meines alten Kameraden, dann soll er uns willkommen sein. So unvernünftig ist Mama doch nicht, mir zu verwehren, daß ich ihn zu mir bitte.«

Lonny schlang den Arm um seinen Hals.

»Wir werden es ihr vorher gar nicht erst sagen, Papa. Dann kann sie nicht erst Einwände machen. Wenn er kommt, soll er sich als Freiherr von Hennersberg melden lassen, dann wird sie ihn schon einlassen.«

Sie sahen sich beide an und lachten wie ein paar Kinder, die einen Streich vorhaben.

»Gut, Lonny, so machen wir das. Ich freue mich, wahrhaftig, ich freue mich, daß ich den Lutz von Hennersberg nun als Mann wiedersehe.«

6

Lonny freute sich auch, freute sich noch viel mehr als der Vater, weil sie Lutz Hennersberg eine Einladung vom Vater bringen durfte. Das würde alle Bitterkeit darüber auslöschen, daß sie ihn damals am Wannsee hatte fortschicken müssen, ohne ihn vorzustellen. Sie hatte Lutz noch nicht wieder gesprochen, nur ab und zu einen Gruß mit ihm getauscht. Aber schon am nächsten Tag, als er mit dem Auto wieder unten vor dem Büro hielt, trat sie zu ihm. Seine Augen leuchteten auf, und seine Stirn rötete sich ein wenig, als er in ihr strahlendes Gesicht sah.

»Herr Hennersberg, war Ihre Mutter eine geborene Baronesse Brambach?« fragte sie mit leise bebender Stimme.

Überrascht sah er sie an.

»Ja, mein gnädiges Fräulein.«

Ein frohes Lächeln flog über ihr Gesicht.

»Dann war mein Vater ein alter Freund und Regimentskamerad des Ihren. Mein Vater hat auch Sie gekannt in jener Zeit, als er in derselben Garnison mit Ihrem Vater diente. Aber Sie waren damals nur ein kleiner Junge. Und mein Vater und der Ihre sind nach langen Jahren erst an der Front wieder zusammengetroffen; mein Vater war dabei, als der Ihre durch einen Fliegerangriff verwundet wurde. Er hat auch noch einige Worte vor seinem Tod mit ihm wechseln können.«

Lutz Hennersbergs Gesicht war blaß und fahl geworden.

»Ich weiß so wenig über meines Vaters Tod – wie er starb. Sie werden verstehen, daß mich Ihre Nachricht sehr erregt.«

»Oh, wie gut kann ich das verstehen! Mein Vater läßt Ihnen sagen, daß er sich sehr freuen würde, wenn Sie ihn besuchten.«

Seine Augen wurden groß und weit.

»Wirklich – darf ich wirklich kommen?«

»Ja doch, und Papa bittet, daß Sie recht bald kommen mögen. Er freut sich so sehr auf Ihren Besuch.«

»Aber – Ihre Frau Mutter?«

Sie lachte ein wenig, obwohl sie nicht weniger erregt war als er.

»Ach, über Mama müssen Sie sich gar keine Gedanken machen. Papa und ich sind übereingekommen, ihr vorher gar nichts von Ihrem Besuch zu sagen. Man muß sie in solchen Dingen nicht ernst nehmen. Sie brauchen nur bei der Anmeldung von Ihrem Freiherrntitel Gebrauch zu machen, dann werden Sie sicher auch von Mama empfangen werden.«

»Und – wenn sie dann in mir den Chauffeur Hennersberg erkennt?«

Eine reizende Schelmerei prägte sich in ihren Zügen aus.

»Nun, dann müssen Sie sich schon darauf gefaßt machen, daß sie ein wenig steif und zurückhaltend ist, aber darum dürfen Sie sich nicht kümmern, das ist wirklich sehr unwichtig. Papa freut sich so sehr.«

Ihre Schelmerei machte auch ihm das Herz leicht.

»Und Sie?« fragte er leise.

Sie errötete.

»Ich? Oh, ich freue mich auch sehr, daran dürfen Sie nicht zweifeln. Der Sohn eines Freundes meines Vaters wird mir immer willkommen sein.«

»Auch, wenn er nur Chauffeur ist?«

Mit großen, ernsten Augen sah sie ihn an.

»Dieser Chauffeur ist zugleich ein ganzer Mann, der sich nicht durch Schicksalsschläge niederdrücken läßt. Und er ist zugleich ein Ehrenmann. Weiter antworte ich Ihnen nichts auf diese Frage«, erwiderte sie warm und herzlich.

Er sah sie mit einem Blick an, der sie bis ins Herz traf.

»Ich danke Ihnen – oh, ich danke Ihnen.«

»Keine Ursache! Für wann darf ich Papa Ihren Besuch ankündigen?«

Er überlegte.

»Am Tag habe ich leider so selten Zeit.«

»So kommen Sie abends.«

»Darf ich das?«

»Es ist sogar günstiger, da Papa am Tag auch selten zu Hause ist.«

»Ich habe übermorgen einen freien Abend – wenn ich da schon kommen dürfte?«

»Gewiß! Ich werde Papa sagen, daß er Sie übermorgen abend erwarten darf. Er wird sich sehr, sehr freuen. Auf Wiedersehen also, Herr Hennersberg!«

»Auf Wiedersehen, mein gnädiges Fräulein, und nochmals heißen Dank; ich weiß, daß ich Ihrer Güte diese Einladung verdanke.«

Sie schüttelte lächelnd den Kopf.

»Ich habe gar nichts dazu getan«, wehrte sie verlegen ab. »Ist es Ihnen recht, wenn ich Sie um sieben Uhr anmelde?«

»Sehr recht, ich bitte darum.«

Sie nickte ihm noch einmal zu und ging schnell davon.

Lutz Hennersberg sah ihr mit heißen Augen nach.

»Süßes, holdes Geschöpf – daß ich ein so armer Schlucker bin!« dachte er. Aber er freute sich sehr, daß er ihrem Vater einen Besuch machen durfte. Was er davon erhoffte, wußte er nicht, es erging ihm nur wie allen Liebenden: In jeder noch so unbedeutenden Begebenheit wartete er auf das Wunder, das kommen sollte, um seiner Liebe Erfüllung zu bringen. Vor allen Dingen aber konnte er doch hoffen, wieder einmal längere Zeit in Lonnys Gesellschaft zu sein, mit ihr sprechen zu dürfen. Daß ihr Vater der Freund des seinen gewesen war, betrachtete er als ein großes Glück, öffnete ihm dieser Umstand doch das Haus des Majors Straßmann.

Die Abneigung, die anscheinend Lonnys Stiefmutter gegen ihn hegte, wollte er mit gutem Humor in den Kauf nehmen. Sie war Lonny nicht wichtig, und wahrscheinlich auch ihrem Vater nicht, also sollte sie auch ihm nicht wichtig sein. Wenn er nur von Lonny und ihrem Vater willkommen geheißen wurde, das war die Hauptsache.

Er machte sich keine Gedanken darüber, was nach diesem Besuch werden würde. Es erschien ihm ja schon wie ein kleines Wunder, daß ihm ein glücklicher Zufall diese Einladung gebracht hatte. Er wollte ganz unverzagt sein.

Unablässig dachte er an diesen Besuch. Er freute sich auch sehr darauf, mit dem Major über seinen verstorbenen Vater sprechen und von ihm über die letzten Stunden seines Vaters hören zu können. Hatte er doch nie Näheres über dessen Tod erfahren. Nichts wußte er, als daß er einem Fliegerangriff erlegen war.

Voll sehnsüchtiger Ungeduld wartete er auf die Stunde, da er sich bei Major Straßmann melden lassen durfte.

Lonny hatten ihrem Vater gesagt, wann Hennersberg kommen würde,und er freute sich sehr darauf. Lonny war aber doch etwas ängstlich, wie die Stiefmutter diesen Besuch aufnehmen würde. Ihr Vater machte sich weniger Kopfschmerzen darüber, ahnte er doch nicht, daß seine Frau einen Verdacht hegte, daß etwas zwischen Lonny und Hennersberg spiele. Lonny hatte ihm kein Wort darüber verraten, aus Furcht, daß er dann Bedenken hegen würde, den Besuch zu empfangen.

So sah denn Lonny dem Tag einigermaßen aufgeregt entgegen und hatte alle Mühe, ihre Verfassung zu verbergen.

Als sie aus dem Büro nach Hause kam und den Vater schon vorfand, machte sie schnell noch einige kleine Verschönerungsversuche an ihrem Anzug, war jedoch darauf bedacht, daß sie nicht auffielen, damit die Mutter nicht etwa Bemerkungen darüber machte.

Sie ging dann zu den Eltern hinüber ins Wohnzimmer und begann eine Unterhaltung. Aber sie lauschte dabei immer wieder hinaus. Und pünktlich um sieben Uhr wurde die Flurklingel gezogen. Lonny zuckte leise zusammen, der Major warf, ahnungslos, wie aufgeregt Lonny war, dieser einen verstohlen-lächelnden Seitenblick zu, als die Mutter sagte:

»Wer will denn da noch etwas von uns?«

Meta, das junge Dienstmädchen, öffnete draußen die Tür und kam gleich darauf mit einer Visitenkarte herein, die sie dem Major überreichte.

Dieser sah darauf nieder und gebot Meta dann:

»Führen Sie den Herrn in das Besuchszimmer.«

Erstaunt blickte seine Gattin zu ihm auf, während Lonny die Hände krampfhaft zusammenpreßte.

»Jetzt noch Besuch?« fragte die Majorin.

Der Major reichte seiner Frau die Visitenkarte.

»Ach, richtig, Hermine, ich habe ja ganz vergessen, dir zu sagen, daß ich den Freiherrn von Hennersberg heute abend erwarte. Er ist der Sohn meines alten Regimentskameraden, und da er am Tag so wenig Zeit hat wie ich, habe ich ihn bitten lassen, heute abend um sieben Uhr hier zu sein.«

Keine Ahnung kam der erstaunten Frau, daß dieser Freiherr von Hennersberg identisch war mit dem Chauffeur Doktor Friesens. Wenn sie dessen Namen je gehört hatte, so hatte sie sich denselben sicher nicht gemerkt. Und ganz gewiß kam sie nicht auf den Gedanken, daß er der Besucher sei. Sie sah nur erstaunt zu ihrem Mann hin und fragte: «Aber Botho, davon habe ich doch keine Ahnung. Wo bist du denn mit dem Freiherr zusammengetroffen?«

Der Major hatte sich erhoben, und nun war ihm unter dem forschenden Blick seiner Gattin doch etwas unbehaglich.

»Das erzähle ich dir später, Hermine, jetzt will ich den jungen Mann nicht länger warten lassen. Sag mal – können wir ihn wohl an unserer Abendtafel bewirten?«

Frau Hermine hatte jetzt zu ihrem Leidwesen sehr selten Gäste, weil es die Verhältnisse eben nicht gestatteten. Sie dachte nicht daran, einen Gast, zumal einen Freiherrn, abweisen zu lassen, wenn er an ihrem Tische speisen wollte.

»Ja, wenn er mit einer bescheidenen Mahlzeit fürlieb nimmt, wie wir sie zu bieten haben?«

»Aber sicher, es ist ja eine ganz zwanglose, improvisierte Einladung. Umstände werden nicht gemacht.

Ich möchte nur nicht, daß er gleich wieder fortgeht, denn wir haben uns viel zu erzählen. Also bitte, gib Meta Bescheid, daß sie ein Gedeck mehr auflegt. Ich werde ihn bitten, zum Abendessen zu bleiben. Jetzt will ich hinübergehen. Ihr könnt mir in einigen Minuten folgen.« Damit war der Major schon draußen.

Lonny war zumute, als sei ihr die Kehle zugeschnürt. Sie sagte sich jetzt doch, daß es ein Wagnis sei, der Stiefmutter auf diese Weise den Besuch Lutz Hennersberg aufgenötigt zu haben. Wenn das nur gutging. Sie setzte an, die Mutter aufzuklären, wer drüben im Besuchszimmer war, aber sie brachte kein Wort über die Lippen. Unruhig sah sie zu der Stiefmutter hinüber.

Diese erhob sich jetzt.

»Ich will doch Meta sagen, daß sie etwas Rührei zurechtmacht und eine Büchse Ölsardinen öffnet, die ich zum Glück noch im Vorrat habe. Man ist jetzt leider Gottes nicht für unverhoffte Gäste eingerichtet.«

Lonny zwang sich zu einem ruhigen Aussehen und erwiderte:

»Ich habe doch gestern eine Zervelatwurst mitgebracht, Mama, und einige frische Tomaten sind auch noch da. Das genügt doch völlig.«

»Nun ja, armselig genug wird es freilich aussehen, aber ein Schelm gibt mehr, als er hat. Früher hatte man immer eine gefüllte Speisekammer, jetzt gerät man leicht in Verlegenheit, wenn ein Gast kommt. Ich will sehen, was ich tun kann. Du kannst inzwischen hinübergehen und es ein bißchen zu vertuschen suchen, wenn ich etwas länger ausbleibe.«

»Ja, Mama!«

Die Majorin ging hinaus, und Lonny sah ihr mit einem langen Blick nach, aber dann mußte sie vor sich hin lachen. Was Mama wohl für ein Gesicht machen würde, wenn sie in dem Besucher den Chauffeur Doktor Friesens erkannte? Sicher würde ihr jedes Ei leid tun, das sie geopfert hatte, um diesen Gast zu bewirten. Aber die Hauptsache war, daß Papa ihn empfangen und sicher schon seine Einladung vorgebracht hatte, am Abendessen teilzunehmen. Mama würde immerhin so viel Haltung bewahren, daß sie bei dem Anblick des Gastes nicht die Fassung verlieren würde. Solange Lutz Hennersberg dablieb, bewahrte sie sicher ihre äußerliche Ruhe, da nun doch nichts mehr zu ändern war. Und wenn er wieder fortgegangen sein würde, dann mochten ihre Vorwürfe niederprasseln, sie wollte sie gedulig über sich ergehen lassen.

Schnell ging sie hinüber in das kleine Besuchszimmer.

Dort hatte der Major inzwischen Lutz herzlich begrüßt.

»Mein lieber Herr von Hennersberg, Sie ahnen nicht, was für eine große, herzliche Freude es für mich ist, den Sohn meines alten Regimentskameraden bei mir zu sehen. Seien Sie mir herzlich willkommen!«

Lutz faßte seine Hand mit festem Druck.

»Ihre Freude kann keinesfalls so groß sein wie die meine, da Sie mir erlauben, Sie aufzusuchen.«

»Aber das war doch selbstverständlich, sobald ich von meiner Tochter erfuhr, daß Sie der Sohn meines unvergeßlichen Freundes Georg Hennersberg sind. Gleich, als ich Ihren Namen hörte und einiges von Ihrem Schicksal, ahnte ich, daß Sie Georgs Sohn sein mußten.«

»Verzeihung, Herr Major, selbstverständlich war das nicht. Sie dürfen nicht vergessen, daß ich jetzt nichts bin als der Chauffeur Doktor Friesens.«

Der Major drückte seine Hand noch stärker.

»Um so selbstverständlicher! Wenn Sie in einer glänzenden Lebensstellung gewesen wären, hätte ich wahrscheinlich nicht gewagt, Sie in mein sehr bescheidenes Heim zu bitten. Aber so sind wir gewissermaßen Schicksalsgenossen. Ich habe es bis zum Versicherungsagenten gebracht, was auch keine reine Freude ist. Wahrhaftig, wenn ich ein Auto steuern könnte, wäre ich vielleicht auch lieber Chauffeur geworden. Aber davon wollen wir jetzt nicht reden, ich freue mich so sehr, daß Sie da sind, und Sie müssen uns bei unserem einfachen Abendessen Gesellschaft leisten, wenn Sie nichts Besseres vorhaben. Mit einem formellen Besuch lasse ich mich nicht abspreisen. Dieser Abend gehört mir, nicht wahr?«

Ernst sah der junge Mann zu ihm auf.

»Ich bleibe gern, Herr Major, wenn Sie es mir erlauben, und betrachte es als eine große Auszeichnung.«

»Gut, gut! Da bleibt uns wenigstens Zeit zu einer gründlichen Aussprache; ich habe Sie so viel zu fragen, nach all den Jahren, da ich von Ihrem Vater getrennt war. Draußen an der Front, als wir so überraschend wieder zusammentrafen, blieb uns wenig Zeit. Sie lagen noch im Kinderwagen, als ich mich damals von Ihrem Vater trennen mußte, und bei Ihrer Frau Mutter – was war sie für eine reizende und liebenswürdige Frau! – habe ich manch liebes Mal ebenso zwanglos ein Butterbrot gegessen, wenn mich die Sehnsucht nach einer behaglichen Häuslichkeit aus meiner Kommißbude zu den Freunden führte. Ja, Sie müssen mir viel erzählen!«

»Und ich werde Ihnen sehr dankbar sein, Herr Major, wenn Sie mir so ausfürlich wie möglich über die letzten Tage meines Vaters berichten – über seine letzten Stunden. Ich habe so wenig darüber in Erfahrung bringen können, stand ich doch damals selbst im Felde.«

»Ich weiß, darüber sprach Ihr Vater mit mir, und er hat mir viel Gutes von Ihnen erzählt. Was ich weiß, will ich Ihnen gern berichten; viel wird es nicht sein, denn wir hatten kaum Zeit, uns auf uns selbst zu besinnen, um uns her sprühten Tod und Verderben.«

In diesem Augenblick trat Lonny ein.

»Ach, da ist meine Tochter! Na, vorzustellen brauche ich nicht, Sie kennen einander.«

Lonny ging scheinbar ruhig und unbefangen auf Lutz zu und reichte ihm mit warmem Druck die Hand.

»Ich freue mich, Sie bei uns zu sehen, Herr Hennersberg!«

»Herr von Hennersberg, Lonny«, mahnte der Vater.

Sie lächelte schelmisch.

»Nein, Papa, ich habe strikte Weisung, den ›Freiherrn‹ und das ›von‹ zu ignorieren. Nicht wahr, Herr Hennersberg?«

»Ich bat das gnädige Fräulein darum. in meiner jetzigen Lebensstellung ist mir der ‚Freiherr' mehr eine Last. Wer weiß, ob Doktor Friesen mich als Chauffeur engagiert hätte, wenn er gewußt hätte, daß ich Freiherr bin.«

Der Major nickte lachend.

»Kann ich verstehen; es würde mich auch genieren, einen Freiherrn zum Untergebenen zu haben. Aber jetzt sind wir doch unter uns, und da braucht Ihnen meine Tochter Ihren richtigen Namen nicht vorzuenthalten.«

»Wie Sie wünschen, Herr Major.«

»Wo bleibt denn Mama, Lonny«, fragte der Major.

Er wollte gern die Gegenüberstellung seiner Gattin mit dem Besucher hinter sich haben.

»Mama ist in die Küche gegangen, um unserem Gast zu Ehren noch ein luxuriöses Rührei dem frugalen Abendessen hinzuzufügen«, scherzte sich Lonny die eigene Befangenheit fort und sah Lutz tapfer in die Augen.

Aber während die drei Menschen anscheinend ganz unbefangen miteinander plauderten, sahen sie doch dem Eintritt der Hausfrau mit einiger Unruhe entgegen. Eine beklommene Spannung lag in der Luft.

Als die Hausfrau endlich eintrat, erkannte sie bei der nicht sehr strahlenden Beleuchtung des Besuchszimmers in dem Gast nicht gleich den Chauffeur Doktor Friesens. So genau hatte sie ihn überhaupt noch nicht angesehen. Und jetzt trug er weder den Chauffeuranzug noch wie neulich sonntags Hut und Paletot. Beides hatte er draußen abgelegt. Der Major stellte Lutz seiner Frau vor, und diese reichte dem Gast mit liebenswürdigem Lächeln die Hand, die er an seine Lippen führte. Aber nun sie ihn besser sehen konnte, zuckte sie plötzlich leicht zusammen.

»Ich weiß nicht – Sie kommen mir so bekannt vor, Herr von Hennersberg –, sollten wir uns nicht schon begegnet sein?«

Lutz richtete sich auf und sah sie fest an.

»Sie haben mich vielleicht schon auf dem Führersitz von Doktor Friesens Auto gesehen, ich bin der Chauffeur Doktor Friesens.«

Frau Hermines Gesicht zog sich bedenklich in die Länge und büßte sehr an Freundlichkeit ein. Ihr Blick flog mit einem unbeschreiblichen Ausdruck zu Lonny hinüber. Wohl bewahrte sie ihre Fassung, aber ihre ganze Haltung verriet jetzt eine große Reserve.

»Ach – daher erschienen Sie mir so bekannt! Ich hatte freilich keine Ahnung, daß –«

Ehe sie zu Ende sprechen konnte, fiel der Major ein:

»Herr von Hennersberg ist in der gleichen Lage wie ich und viele andere Männer, die der neuen Zeit Zugeständnisse machen müssen, liebe Hermine. Er ist ein Leidensgenosse von mir, und deshalb müssen wir ihn doppelt freundlich in unser Haus aufnehmen. Ich hoffe, er wird sehr oft unser Gast sein.«

Frau Hermine sah ihren Mann mit einem Blick an, als wollte sie sagen: »Was hast du da wieder angerichtet?« Aber sie sagte nur ein wenig vorwurfsvoll:

»Du hättest mich vorbereiten sollen, Botho.«

»Nun, für einen so zwanglosen Besuch bedarf es doch keiner Vorbereitungen; Herr von Hennersberg wird vorliebnehmen. Er wird ebensowenig verwöhnt sein wie wir. Aber nur Kopf hoch, mein lieber Herr von Hennersberg, Sie sind noch jung und werden sich wieder durchbeißen. Man darf sich nicht unterkriegen lassen.«

Damit war die gefährliche Klippe umschifft. Lutz atmete auf und Lonny auch.

Lutz antwortete dem alten Herrn:

»Unterkriegen lasse ich mich bestimmt nicht, Herr Major. Wenn es auch zuweilen nicht leicht ist, so sage ich mir doch immer, daß es noch schlimmer hätte kommen können und daß es jeden Tag wieder besser werden kann. Jedenfalls danke ich Ihnen und Ihren hochverehrten Damen, daß Sie es mich nicht entgelten lassen, daß ich, der Not gehorschend, eine untergeordnete Stellung einnehmen muß.«

»Aber mein lieber Herr von Hennersberg, für so kleinlich und engherzig werden Sie uns doch nicht halten?«

»Ich rechne es Ihnen jedenfalls hoch an, daß Sie mich in Ihrem Haus empfangen und an Ihrem Tisch dulden wollen.«

Abwehrend hob der Major die Hand.

»Ich weiß, man ist empfindlich, wenn man in gleicher Lage ist wie wir beide, aber so etwas dürfen Sie nicht sagen. Wir Leidensgenossen wollen nicht noch untereinander dazu beitragen, uns die Bitternisse unserer Lage zum Bewußtsein zu bringen. Ich sage Ihnen noch einmal, Sie werden uns jederzeit herzlich willkommen sein.«

Auf diese Worte ihres Gatten hin hätte Frau Hermine natürlich keinen Einspruch mehr einlegen können gegen Hennersbergs Besuch, aber sie dachte bei sich: »Wenn du nur wüßtest, mein guter Botho, was du mit dieser Einladung angerichtet hast. Du wirst es vielleicht noch bitter bereuen müssen.«

Aber sie sprach das nicht aus. Augenblicklich ließ sich doch nichts mehr ändern. Erst mußte sie wieder mit ihrem Gatten allein sein. Dann sollte er aber erfahren, welche Beobachtungen sie gemacht hatte und wie unklug es von ihm gewesen war, diesem jungen Mann Gelegenheit zu geben, mit seiner Tochter zusammenzukommen.

Lonny bekam jedenfalls schon jetzt einen Blick von ihrer Stiefmutter, der nichts Gutes verriet. Aber sie ließ sich durch diesen Blick nicht einschüchtern, war viel zu froh, daß der Vater Lutz Hennersberg sein Haus geöffnet hatte und ihn so freundlich aufnahm. Das konnte die Stiefmutter nicht mehr rückgängig machen, und das war die Hauptsache.

Daß die Mutter dem Vater, wenn Lutz Hennersberg sich wieder entfernt haben würde, natürlich in den Ohren liegen würde, erschien Lonny sicher. Aber der Vater würde doch nicht vergessen, daß Lutz Hennersberg der Sohn seines alten Freundes war. Und jedenfalls wollte sie sich die Freude nicht trüben lassen, daß er jetzt hier war und daß der Vater so warm und herzlich mit ihm sprach.

Man ging dann hinüber in das Wohnzimmer zu Tisch, das zugleich als Speisezimmer dienen mußte. Lonny und der Vater unterhielten sich sehr angeregt mit dem Gast. Frau Hermine zeigte sich freilich sehr zurückhaltend, doch Lonny suchte das geschickt zu vertuschen. Wußte sie doch, daß Lutz den Grund zu dieser Zurückhaltung nur darin suchen würde, daß er Chauffeur war. Um gar keinen Preis hätte er ahnen dürfen, daß sie vielmehr deshalb so reserviert war, weil sie in ihm ein Hindernis für ihre Pläne, Lonny mit einem reichen Manne zu verheiraten, sah.

Zum Glück fiel auch die Zurückhaltung Frau Hermines wenig auf, da der Major um so aufgeräumter war. Er ließ eine der wenigen, ängstlich behüteten Flaschen Wein auftragen, die er nur bei besonderen festlichen Gelegenheiten preisgab. Und die Gläser klangen hell gegeneinander.

Lutz mußte erzählen von den Jahren, als der Major von dem Freund getrennt leben mußte. Alles interessierte diesen, und er kam ein wenig ins Schwärmen, welch eine reizende und bezaubernde Frau Lutz' Mutter gewesen war. Darauf berichtete Lutz, was für ein inniges und harmonisches Familienleben daheim geherrscht habe, wie er und der Vater die Mutter um die Wette vergöttert hatten und wie tapfer und unverzagt die Mutter alles Schwere ertragen – außer dem Tod des Vaters, der ihr das Herz gebrochen hatte. Auch davon sprach er offen, wie knapp es zu Hause immer zugegangen war, weil es oft nicht einmal zum Nötigsten reichen wollte.

»Aber Vater wollte trotz allem mein Studium an der Hochschule ermöglichen, obwohl er am liebsten gesehen hätte, wenn auch ich Soldat geworden wäre, wie alle Hennersbergs – außer dem jüngeren Bruder meines Vaters«, sagte er.

Der Major blickte interessiert auf.

»Ach, richtig, ich erinnere mich, daß Ihr Vater darüber bekümmert war, daß sein Bruder nicht Offizier werden wollte. Was ist denn aus Henner von Hennersberg geworden?«

»Er ist ausgewandert, sobald er das kleine Erbteil ausgezahlt bekommen hatte, das Großvater seinen beiden Söhnen hinterließ. Er hat zu meinem Vater gesagt: ›Mit diesen paar tausend Mark kann ich in Deutschland nichts anfangen, Georg, ich werde mein Glück irgendwo draußen in der Welt versuchen. Die deutsche Heimat ist ohnedies zu eng für einen Menschen meines Schlages. Die Abenteuerlust steckt mir im Blut, ich muß hinaus, wenn ich nicht verkümmern oder Dummheiten machen soll.‹ Vater konnte freilich nicht verstehen, wie dieses Abenteurerblut in unsere Familie gekommen war, aber er liebte seinen Bruder sehr, und die Trennung von ihm hat ihm sehr weh getan. Ich habe immer ein bißchen für diesen Onkel Henner geschwärmt und mir ausgemalt, was für Abenteuer er wohl draußen in der Welt bestehen würde. Tatendurstig war er ausgezogen, als wolle er die Welt erobern – und mich gelüstete es in aller Stille manch liebes Mal, es ihm gleichzutun. Vielleicht steckt auch in mir ein Tropfen von diesem Abenteurerblut – aber das findet sich wohl in jedem jungen Mann, und meine Abenteuerlust war durch den Krieg vollständig abgekühlt.«

»Und wissen Sie nichts weiter von Ihrem Onkel Henner?«

»Er war zuerst nach Texas ausgewandert. Von dort hatte Vater einige Male Nachricht von ihm erhalten.

Dann kam ein Brief, in dem er mitteilte, er gehe in das Innere des Landes und habe allerlei Unternehmungen vor, von denen er noch nicht sprechen wolle. Er hoffe aber, sein Glück zu machen, wenn seine Pläne sich verwirklichen lassen würden. Eine Stelle in diesem Brief, der, wie alle seine Schreiben, voll Lebensfrische und Übermut war, habe ich mir gemerkt, weil sie mir besonderen Eindruck machte. Sie lautete: ›Es geht dabei ein bißchen scharf um Leben und Tod, mein lieber Georg, aber das Leben ist dann nur schön und lebenswert, wenn man es täglich neu erobern muß.‹ Ich mußte damals viel über diese Stelle nachgrübeln und schwärmte noch viel mehr für meinen Onkel Henner. Aber das war die letzte Nachricht, die Vater von ihm erhielt. Nie haben wir wieder von ihm gehört, er blieb verschollen. Wahrscheinlich ist er bei jenem gefährlichen Unternehmen, das er vorhatte, ums Leben gekommen.«

»Das ist wohl anzunehmen, sonst hätte er sicher wieder von sich hören lassen. Schade um ihn, er war eine Vollnatur. Wenn er am Leben geblieben wäre, müßte er wohl jetzt auch an die sechzig Jahre alt sein.«

»Ja, er war drei Jahre jünger als mein Vater, und dieser würde jetzt dreiundsechzig Jahre alt sein, wäre er noch am Leben.«

Lutz mußte dann auch von seinen Kriegsjahren erzählen, aber er faßte sich kurz. Wie alle, die draußen gewesen waren und das große Grauen miterlebt hatten, mied er die Erinnerungen. Er berichtete nur, wie schmerzlich es ihm gewesen war, weder seinem Vater noch seiner Mutter die Augen zudrücken zu können. Er hatte erst nach Wochen die Kunde vom Tod seiner Eltern erhalten.

Darauf blieb es eine Weile still. Alle saßen mit ernsten Gesichtern da, selbst Frau Hermine war nicht ungerührt geblieben. Lutz raffte sich zuerst wieder auf und bat nun den Major, ihm zu berichten, wie sein Vater verwundet worden war und was er von seinen letzten Stunden wußte.

Der Major berichtete, soviel er wußte, tat es so schonungsvoll wie möglich und schloß dann seinen Bericht mit den Worten:

»Ich hätte mich eigentlich, nachdem der Krieg zu Ende war, nach Ihnen umsehen sollen. Daß Ihre Mutter die Nachricht vom Tod ihres Vaters nicht überlebt hatte, war mir bekanntgeworden. Ich konnte mir auch so gut vorstellen, daß das Leben Ihrer Mutter mit dem des so innig geliebten Gatten verlöschen mußte. Ich weiß, wie sehr die beiden Menschen sich geliebt haben. Aber – die Jahre waren so verflucht schwer, für mich wie für so viele andere. Man hatte so viel mit sich selbst zu tun, mußte sich mit einem völlig aus den Fugen gegangenen Leben abfinden. Und das macht so selbstsüchtig! Daß Sie das Schicksal nun doch, freilich ohne mein Dazutun, in meinen Weg führt, das freut mich jetzt doppelt.«

So gab es viel zu berichten an diesem Abend. Lonny und Lutz Hennersberg sahen sich dabei immer wieder mit großen, glänzenden Augen an. Sie genossen beide dieses Zusammensein mit der ganzen Intensität ihrer Liebe.

»Was haben sie für Pläne für die Zukunft?« fragte der Major.

Lutz atmete tief auf.

»Ich spare jeden Groschen, den ich erübrigen kann. Gottlob werde ich gut bezahlt. Erst hatte ich vor, wenn ich das Nötige erspart haben würde, doch noch mein Studium zu vollenden und nachher ins Ausland zu gehen, weil man nur dort als Ingenieur ohne Vermögen hoffen kann, vorwärtszukommen. Aber« – ein Blick traf in Lonnys Augen – »diesen Plan habe ich aufgegeben, es würde lange Jahre dauern, ehe ich ein erstrebenswertes Ziel erreichen könnte. Jetzt habe ich einen anderen Plan, der mich vielleicht schneller vorwärtsbringen kann. Ich werde mir, sobald ich genug zusammen habe, ein Auto kaufen – es muß kein neues sein –, und dann fahre ich als Droschkenchauffeur auf eigene Rechnung. Ich muß dann alles dransetzen, bald ein zweites und drittes Auto anzuschaffen, zu deren Führung ich mir Chauffeure mieten werde. Bin ich auf diese Weise Droschkenautobesitzer geworden, dann werde ich sehen, ob ich mit eigenem Kapital in eine Autofabrik einspringen kann. Fachkenntnisse habe ich genug. Jedenfalls will ich vorwärtskommen und meine Tage nicht als Chauffeur beschließen, aber einige Jahre wird es doch noch dauern, ehe ich anfangen kann, diese Pläne in die Wege zu leiten.«

Und dabei traf ein schmerzlicher Blick in Lonnys Augen. Dieser stieg das Blut unter seinem Blick ins Gesicht, aber ihre Augen strahlten ihn doch zuversichtlich an.

Es wurde fast Mitternacht, als sich Lutz endlich verabschieden konnte.

Lonnys Hand wurde von der seinen fest und warm umschlossen, und sie gab den Druck in gleicher Wärme zurück. Auch der Major verabschiedete sich herzlich von ihm und bat ihn, bald wiederzukommen. Frau Hermine forderte ihn jedoch nicht zum Wiederkommen auf, sie verabschiedete sich sehr zurückhaltend von ihm. Aber das bedrückte ihn kaum.

Als er unten auf die Straße hinaustrat, hob ein tiefer Atemzug seine Brust. Seine Augen flogen an der Fassade des Hauses empor, als suche er etwas.

Lonny! Lonny!

Etwas anderes konnte er nicht denken in dieser Stunde, und sein ganzes Innere war druchpulst von einem heißen, drängenden Wollen. Er hätte die Welt aus den Angeln heben mögen, um sich Lonny Straßmann erringen zu können.

Leichteren Herzens trat er seinen Heimweg an.

Als Lutz die Wohnung des Majors verlassen hatte, sagte Lonny den Eltern schnell gute Nacht. Der Vater strich ihr über das Haar.

»Ja, ja, Lonny, heute ist es spät geworden, aber es war ein hübscher, behaglicher Abend. Hoffentlich besucht uns Lutz von Hennersberg recht oft«, sagte er noch ganz aufgeräumt.

»Das hoffe ich auch, Papa, da du dich so gut unterhalten hast. Es ist doch auch für dich ein wenig Abwechslung«, erwiderte Lonny tapfer, trotz des mißbilligenden Blickes ihrer Stiefmutter.

Sie küßte den Vater, reichte der Mutter die Hand und zog sich eilig zurück.

In ihrem Zimmerchen blieb sie stehen, die Hände fest auf das Herz gepreßt, und atmete tief auf. Jetzt würde die Stiefmutter mit allen Mittel versuchen, den Vater zu überzeugen, daß Lutz Hennersbergs Besuche in Zukunft unterbleiben mußten. Würde der sich beeinflussen lassen? Ach, sie wußte aus Erfahrung, daß die Macht der Stiefmutter über den Vater sehr groß war. Eine tiefe Entmutigung kam über sie. Viel härter als sonst empfand sie es heute, wie fremd ihr der Vater geworden war. Es war ja so natürlich, daß der Einfluß der Mutter weiter reichte als der ihre, sie war immer mit ihm zusammen, wenn er zu Hause war, sie war so oft mit ihm allein.

Mit einem tiefen Seufzer trat sie an das Fenster heran und sah hinaus in die Nacht. So ein lieber, schöner Abend lag hinter ihr. Ein heißes Sehnen, daß es immer so sein möge, erfüllte ihr Herz. Und ihre Gedanken flogen hinter Lutz Hennersberg her. Sie rief sich noch einmal jedes Wort, das er gesprochen hatte, ins Gedächtnis zurück. Was für ein guter, vornehmer Mensch er war – und ein ganzer Mann, ja – in allem Unglück ein ganzer Mann.

Sie ahnte, daß auch er sie liebte, daß er sich danach sehnte, es ihr zu sagen, daß er es aber nie, niemals tun würde, wenn er ihr nicht eine gesicherte Existenz bieten konnte. Schlaff ließ sie die Arme herabhängen. Wie bitter war es doch, arm zu sein.

Frau Hermine war mit ihrem Gatten allein im Wohnzimmer zurückgeblieben, als Lonny sich zurückgezogen hatte. Noch immer war der Major sehr angeregt und gut gelaunt. Aber dann sagte er lächelnd:

»Nun wollen wir auch zur Ruhe gehen, Hermine, ich muß ja auch zeitig wieder hinaus.«

Sie stellte sich dicht vor ihn hin und sah ihn mit großen Augen an. »Erst muß ich noch etwas mit dir besprechen, Botho, etwas von großer Wichtigkeit.«

Erstaunt sah er sie an.

»Was kann denn das sein, du siehst ja ganz feierlich aus.«

»Feierlich ist mir weniger zumute, Botho; ich muß dir leider sagen, daß es besser gewesen wäre, du hättest mich erst um Rat gefragt, ehe du den jungen Hennersberg ins Haus geladen hättest.«

Es sah sie etwas unbehaglich an.

»Ach, liebe Hermine, verdirb mir nicht den hübschen Abend noch zum Schluß. So etwas genießt man selten genug. Ich verstehe, du bist ein wenig verärgert, daß ich dir nicht vorher sagte, daß ich ihn aufgefordert habe, uns zu besuchen.«

»Weil du eine großeTorheit begangen hast. Wie sollte ich da erfreut sein über sein Erscheinen? Und nett war es nicht von dir, daß du mich übergangen hast, aber das wirst du noch bitter zu bereuen haben. Wie bist du nur auf den Gedanken gekommen, den jungen Menschen ins Haus zu bitten? Das kann dir doch nur Lonny beigebracht haben.«

»Beigebracht? Wie meinst du das? Lonny hat mir von diesem Chauffeur Hennersberg gesprochen, und dabei stellte sich heraus, daß er der Sohn meines alten Freundes Georg Hennersberg ist. Darauf habe ich Lonny veranlaßt, ihn aufzufordern, uns zu besuchen. Das war doch ganz selbstverständlich.«

»Mein lieber Botho, ich nehme an, daß Lonny dich diplomatisch dahin gebracht hat, daß du ihn auffordern ließest. Denn – damit du endlich begreifst, was du angerichtet hast, muß ich dir jetzt mitteilen, daß ich den Verdacht hege, daß Lonny und Lutz Hennersberg ineinander verliebt sind.«

Aber der Major zeigte sich bei dieser Eröffnung nicht entsetzt, wie seine Frau gehofft hatte, im Gegenteil, es leuchtete fast freudig in seinen Augen auf.

»Wie kommst du denn darauf!« fragte er.

»Nun, ich halte meine Augen offen, wie es mir zukommt, da ich doch Mutterstelle an Lonny vertrete. Ich habe schon lange bemerkt, daß dieser Chauffeur ihr gefährlich zu werden droht. Hast du denn heute abend nicht bemerkt, wie sich die beiden in die Augen schauten?«

Er schüttelte den Kopf.

»Nein, ich habe nichts bemerkt. Täuschst du dich auch nicht?«

Sie ärgerte sich über seine Seelenruhe.

Leider täusche ich mich nicht! Ich habe schärfere Augen als du und bin wachsamer. Dieser Chauffeur Hennersberg ist eine schwere Gefahr für Lonny.«

Der Major strich sich über das etwas gelichtete graue Haar.

»Mein Gott, Hermine, du bist ja ganz außer dir. Das ist doch keine Veranlassung, dich so aufzuregen. Diese beiden jungen Menschen sind doch schließlich nicht die einzigen, die sich ineinander verlieben könnten, und Lutz Hennersberg ist doch ein Ehrenmann.«

»Aber Botho, begreifst du denn noch immer nicht? Er ist doch ein Habenichts. Er kann doch in keiner Weise eine sichere Existenz bieten. Es ist doch deine Vaterpflicht, so ein Unglück zu verhüten! Bedenke doch nur, sie wird sich durch diese Neigung die glänzende Partie mit Doktor Friesen verderben, wenn wir nicht mit allen Mitteln gegen diese aufkeimende Neigung – für mehr will ich es nicht einmal halten – vorgehen.«

Der alte Herr sank ganz geknickt in einen Sessel.

»Ach, so meinst du das? Mein Gott – nun ja, sie sind freilich beide arm, das habe ich nicht gleich bedacht. Das arme Kind – nein, nein, an eine Verbindung zwischen den beiden ist natürlich nicht zu denken.«

»Na, Gott sei Dank, daß du das wenigstens begreifst.«

»Ja doch, ich sehe es ein, wenn es auch jammerschade ist, daß diese beiden Menschen nicht zusammenkommen können. Lutz Hennersberg ist ein so prächtiger Mensch, sein ganzer Vater. Er würde seine Frau auf den Händen tragen.«

»Das muß aber gerade hier verhindert werden«, fiel ihm seine Frau ins Wort. »Wir dürfen es nicht dazu kommen lassen, daß sie sich ernstlich ineinander verlieben.

Denn dann bringe ich Lonny überhaupt nicht dazu, die Aussichten mit Doktor Friesen zu nützen.«

Bekümmert fuhr sich der Major über die Stirn.

»Glaubst du denn wirklich, daß Lonny da eine Aussicht hat?«

Frau Hermine sah ihn überlegen an.

»Mein lieber Botho, ein Mädchen von Lonnys Aussehen, mit ihren Eigenschaften, die täglich stundenlang mit einem Junggesellen zu tun hat, die hat ganz gewiß Aussichten, und es kommt nur darauf an, sie zu nützen. Glaubst du, Doktor Friesen würde ihr so viel Aufmerksamkeit erweisen, wenn er sich nicht schon stark für sie interessierte?«

Der Major war nun schon überzeugt, daß seine Frau recht hatte. Er nickte seufzend.

»Ja, ja, Hermine, du hast recht, ich wäre ein schlechter Vater, würde ich das alles nicht einsehen. Mein armes Kind!«

»Ja, ja, so sage ich auch, das arme Kind; wir müssen es hindern, sich selbst unglücklich zu machen. Alle Hebel müssen wir in Bewegung setzen, es zur Vernunft zu bringen. Dazu mußt du aber helfen. Du mußt Hennersberg vor allen Dingen klarmachen, daß er ihm nichts zu bieten hat, daß er alles vermeiden muß, um mit ihm zusammenzukommen.«

»Aber – wie soll ich das tun? Das ist doch eine sehr heikle Sache.«

»Davor dürfen wir uns nicht fürchten, und ich weiß schon, was zu tun ist. Während ihr euch unterhalten habt, habe ich darüber nachgedacht, was zu tun ist. Du mußt ihn kommen lassen, wenn Lonny nicht zu Hause ist, er wird ja mal eine freie Stunde am Tag haben. Schreib ihm einige Worte, bitte ihn, Lonny nichts zu sagen von seinem Kommen. Und dann reden wir ganz offen mit ihm. Ich werde dir schon helfen, wir müssen das ganz diplomatisch machen. Er soll ja nicht gekränkt werden. An seine Ehre werden wir uns halten.«

Er seufzte auf.

»Muß das wirklich sein?«

»Ja, Botho, es muß sein, es ist deine Pflicht. Wenn du kein leichtsinniger Vater sein willst, mußt du dein Kind vor Not schützen.«

7

Als Lonny am nächsten Morgen etwas unsicher ins Wohnzimmer trat, um, wie jeden Morgen, mit den Eltern das Frühstück einzunehmen, fand sie diese scheinbar im besten Einvernehmen zusammen. Und zu ihrem Erstaunen gab sich die Stiefmutter so freundlich und liebenswürdig, als sei nichts geschehen. Der Vater zeigte sich sogar besonders zärtlich, nur schien es Lonny, als sähe er noch bedrückter und sorgenvoller aus als sonst.

Als sich Lonny dann verabschiedete, machte die Stiefmutter einen Scherz, und der Vater streichelte über ihr Haar. Was hatte das zu bedeuten? So fragte sich Lonny, kam aber zu keiner Antwort und wehrte endlich die unruhigen Gedanken von sich. Vielleicht hatte die Stiefmutter wirklich dem Vater nichts gesagt.

Heute bekam sie übrigens Lutz gar nicht zu Gesicht, da Doktor Friesen spät vom Termin kam und noch vor Büroschluß wieder fortfuhr. Am nächsten Tage konnte sie auch nur einen stummen Gruß mit ihm wechseln, aber die beiden jungen Augenpaare trafen aufleuchtend ineinander. Am Morgen des dritten Tages nach jenem Besuch bei Majors bekam Lutz einen Brief. Das geschah so selten, daß es ein Ereignis für ihn war. Er öffnete das Schreiben und sah nach der Unterschrift. Etwas befremdet sah er, daß der Brief von Major Straßmann war. Adressiert war das Schreiben an den Chauffeur Hennersberg. Es lautete:

»Mein lieber Herr von Hennersberg! Es liegt mir viel daran, mit Ihnen über eine Angelegenheit zu sprechen, die mir sehr am Herzen liegt. Doch soll meine Tochter nichts davon wissen. Wäre es Ihnen nicht möglich, mich während der nächsten Tage einmal auf eine Stunde aufzusuchen? Aber es müßte während der Bürozeit sein, wenn meine Tochter nicht zu Hause ist, Sie kennen ja diese Bürozeit. Sie brauchen mir nur die Zeit, in der es Ihnen paßt, anzugeben, ich werde dann bestimmt zu Hause sein für Sie.

Auf Ihre Antwort wartend, verbleibe ich mit herzlichem Gruß

Ihr Botho Straßmann«

Nachdenklich sah Lutz auf diesen Brief hinab. Was konnte Lonnys Vater ihm zu sagen haben, was seiner Tochter ein Geheimnis bleiben mußte? Eine seltsame Erregung überfiel ihn, hatte er doch verlernt, daran zu glauben, daß ihm das Schicksal etwas Gutes bringen könne.

Als er dann mit dem Auto vor dem Portal der Villa hielt und Doktor Friesen herunterkam, fragte er diesen, um welche Stunde er an einem der nächsten Tage einmal frei sein könnte, er habe eine wichtige Angelegenheit zu ordnen, die ihn nur eine Stunde fernhalten werde, aber er müsse diese Stunde im voraus wissen.

Doktor Friesen dachte nach. Sein Chauffeur hatte selten so ein Anliegen an ihn, und er wollte ihm daher seinen Wunsch gern erfüllen.

»Würde es Ihnen übermorgen vormittag passen, Hennersberg? Da habe ich wieder Termin und werde mindestens drei Stunden festgehalten. Können Sie Ihre Angelegenheit zwischen neun und zwölf Uhr erledigen?«

»Gewiß, Herr Doktor!«

»Gut, also übermorgen von neun bis zwölf Uhr sind Sie frei.«

»Danke ergebenst!«

»Gut – und nun los!«

Sie fuhren in die Stadt, zum Büro, und als Doktor Friesen ausstieg, gebot er dem Chauffeur zu warten, da er gleich weiterfahren werde.

Lutz sah sehnsüchtig zu dem Fenster hinauf, hinter dem er Lonnys Büro wußte. Seine Eifersucht auf Doktor Friesen war erloschen, es beunruhigte ihn jetzt nicht mehr, Lonny in seiner Gesellschaft zu wissen, aber er hätte gar zu gern ihr liebes Gesicht da oben auftauchen sehen. Und sein Wunsch sollte heute in Erfüllung gehen, Lonnys kastanienbrauner Kopf tauchte auf, und sie nickte ihm freundlich zu, als er respektvoll hinaufgrüßte. Daß sie dabei errötete, konnte sie nicht hindern, und dieses Erröten beglückte Lutz sehr.

Er mußte aber an den Brief des Majors denken und fragte sich wieder, was dieser mit ihm zu sprechen haben könne. Schnell lief er ins Büro hinauf und ließ sich von dem Bürodiener Zörner einen einfachen Briefbogen mit Kuvert aushändigen, auch eine Freimarke dazu. Zörner blinzelte ihn verständnisinnig an.

»Aha, een Briefken an ihr, der Herrlichsten von allen, wat, Chauffeur? Mensch, det Sie nur nich die Laternenpfähle umfahren, wenn Sie so verliebt sind.«

»Schwatzen Sie keinen Unsinn, Zörner; machen Sie schnell, ich muß wieder hinunter zu meinem Wagen.«

»Na, na, man sachte mit die jungen Pferde, Chauffeur, ick kann mir ja ooch nich gleich Blutblasen loofen, weil Sie es so eilig haben, eenen Liebesbrief zu schreiben. Soll ick Ihnen diktieren? Ick habe was los in solche Sachen.«

Damit reichte Zörner Lutz das Gewünschte. Dieser gab ihm dafür einige Zigaretten, aber heute hatte er diese vorsichtigerweise schon aus dem Etui genommen. Zörner griente ihn an.

»Aha, det feine Etui, det darf ick mit keenem Ooge mehr ankieken. Jotte doch, Mensch, mir können Sie doch vertrauen, wo sie es herhaben. Ich bin verschwiegen wie een Massengrab.«

Lutz mußte lachen. Lonny hatte neulich abends über Zörner gesprochen, hatte dabei gesagt, er sei im Grunde ein gutmütiger Mensch, müsse nur über alles seine Witze machen. Und diese Fürsprache Lonnys hatte ihn milde gegen Zörner gestimmt. Er nahm das Etui nun doch aus der Tasche und reichte es Zörner lachend hin.

»Langen Sie noch mal zu, Zörner, und wenn Sie es nicht verraten wollen, werde ich Ihnen anvertrauen, woher ich das Etui habe.«

Zörner langte sich umständlich noch eine Zigarette aus dem Etui und sah Lutz erwartungsvoll an.

»Na, raus denn mit det süße Geheimnis, Chauffeur, ich verrate nischt.«

Lutz beugte sich mit einem humoristischen Zucken in den Mundwinkeln zu ihm hinab und flüsterte geheimnisvoll:

»Ich habe es von einer türkischen Prinzessin geschenkt bekommen, der ich zur Flucht aus dem Harem verholfen habe.«

Zörner quietschte auf.

»O du dicke Luft. So'ne Räubergeschichten müssen Sie Zörnern nich uffbinden, Chauffeur.«

Lachend ging Lutz davon. Zörner aber suchte sofort

Lonny in ihrem Büro auf und stellte sich neben sie hin. Sie sah von der Schreibmaschine zu ihm auf.

»Wünschen Sie etwas, Zörner?«

»Ick wollte Ihnen man bloß sagen, det ick jetzt wissen tue, woher der Chauffeur det Etui mit det Wappen hat.«

Sie sah in forschend an.

»Wirklich?«

»Jawoll, er hat mich det anvertraut. Von eener türkischen Prinzessin hat er es, die er aus dem Harem geraubt hat.«

Lonny lachte.

»Das hat er Ihnen gesagt?«

»Jawoll! Sie glooben det woll nich, hm?«

»Nein!«

»Ick ooch nich! Irgend wat is nich richtig mit die Sache.«

»Sie werden sich noch den Kopf zerbrechen, Zörner. Geben Sie es nur auf.«

»Hm! Eins weiß ick aber nun.«

»Nun?«

»Det er keen schlechtet Gewissen dabei hat. Er hat so vajnügt jelacht dabei.«

»Sie sind doch ein großer Menschenkenner, Zörner; aber nun halten Sie mich nicht länger auf.«

Und Zörner trollte davon.

Lutz hatte das Briefpapier zu sich gesteckt und seinen Führersitz wieder eingenommen. Gleich darauf kam Doktor Friesen herunter. Lutz mußte ihn wieder zu der Fabrik vor der Stadt fahren, wo er geschäftlich zu tun hatte. Das würde lange genug dauern, daß Lutz inzwischen den Brief an den Major schreiben konnte. Er zog das Papier und seinen Füllfederhalter hervor und schrieb, ein Buch als Unterlage benutzend:

»Sehr geehrter Herr Major! Ihre geehrten Zeilen habe ich dankend erhalten und beehre mich, Ihnen mitzuteilen, daß ich übermorgen vormittag um zehn Uhr bei Ihnen sein werde.

Mit ergebenster Empfehlung an Ihre Frau Gemahlin begrüße ich Sie

Hochachtungsvoll
Ihr ganz ergebener Lutz Hennersberg«

Dann adressierte er und machte den Brief postfertig, damit er ihn später bei Gelegenheit in den Postkasten werfen konnte. Und am übernächsten Vormittag fuhr er vom Gerichtsgebäude, wo er seinen Herrn abgesetzt hatte, direkt zu der Wohnung des Majors.

In seinem Chauffeuranzug begab er sich, nachdem er seinen Wagen gesichert hatte, hinauf und wurde vom Major und seiner Gattin empfangen. Lutz entschuldigte sich seines Anzuges wegen, er habe aber nicht mehr Zeit gehabt, sich umzuziehen. Man empfing ihn trotzdem sehr liebenswürdig, aber Lutz hatte ein unbehagliches Gefühl, gerade, weil die Majorin diese Liebenswürdigkeit so sehr betonte, sie erschien ihm unecht. Und ohne Zaudern ging er auf den Kern der Sache los.

»Herr Major, Sie haben mich gerufen – ich stehe zur Verfügung!«

Rank und schlank stand er hochaufgerichtet vor dem Ehepaar. Der Major nahm seine Hand. Mit Wohlgefallen ruhte sein Blick auf Lutz. Und er seufzte tief auf; es erschien ihm so verständlich, daß sich ein junges Mädchen in diesen prachtvollen Menschen verlieben konnte.

»Mein lieber Herr von Hennersberg, es ist ein sehr seltsames Ansinnen, das ich an Sie stellen muß. Ich bitte Sie, mich verständnisvoll anzuhören. Und seien Sie im voraus gewiß, daß wir diese heikle Angelegenheit nur berühren, um ein Unglück zu verhüten.«

Lutz sah ihn beklommen an.

»Sie machen mich besorgt, Herr Major! Aber bitte, wollen Sie überzeugt sein, daß ich alles tun werde, was in meiner Kraft steht, um irgendein Unglück von Ihnen und Ihrer verehrten Familie fernzuhalten.«

»Und von Ihnen selbst, mein lieber junger Freund – ja, ja, auch von Ihnen selbst. Also ohne Umschweife: Ich bin ein alter Soldat und gewöhnt, gerade auf mein Ziel zuzugehen. Meine Frau ist von tiefer Sorge durchdrungen und hat mich damit angesteckt, daß zwischen Ihnen und meiner Tochter etwas aufkeimen könnte, was nicht aufkeimen darf. Meine Frau hat einige Beobachtungen gemacht; sie hat gesehen, daß Sie meiner Tochter, als diese von Ihnen nach Hause gefahren wurde, die Hand geküßt haben, wir beide haben gesehen, daß meine Tochter mit Ihnen am Wannsee zusammengetroffen ist und daß Sie sich beide entschieden etwas verlegen trennten, als wir unerwartet dazukamen –«

»Herr Major, verzeihen Sie, wenn ich Sie hier unterbreche; ich gebe Ihnen mein Ehrenwort, daß jenes Zusammentreffen mit Ihrem Fräulein Tochter ein ganz zufälliges war.«

»Ich glaube Ihnen, und wie ich meine Tochter kenne, habe ich das auch nicht bezweifelt; nur meine Frau war in Sorge. Sie hat außerdem zu bemerken geglaubt, daß Sie meine Tochter nicht mit gleichgültigen Augen angesehen haben. Verzeihen Sie, wenn ich an diese heiklen Dinge rühre; aber ich bin dazu gezwungen, um Klarheit zu schaffen.«

Lutz' Stirn hatte sich gerötet, aber seine Augen sahen fest und ruhig in die des Majors.

»Herr Major, Ihre Frau Gemahlin hat wohl mehr gesehen, als ich verraten wollte. Glauben Sie mir, ich habe mir alle Mühe gegeben, meine Gefühle vor Ihrem Fräulein Tochter zu verbergen, aber – ich kann und will in dieser Stunde nicht leugnen, daß ich eine tiefe Verehrung für sie empfinde. Ich weiß, daß ich meine Gefühle vor Ihrem Fräulein Tochter verbergen muß. Es lag also gewiß nicht in meiner Absicht, mir etwas anmerken zu lassen. Wenn sie, verehrte gnädige Frau, es doch gemerkt haben, so bitte ich inständig um Verzeihung, daß ich mich trotz meines Vorsatzes nicht genug beherrscht habe.

Da ich sehr wohl weiß, daß ich in meiner jetzigen Lage ganz außerstande bin, mich um eine Frau zu bewerben, die ich brennend gern an mich fesseln würde, wenn ich ihr ein sorgloses Dasein schaffen könnte, so dürfen Sie ganz überzeugt sein, daß ich in Zukunft noch vorsichtiger sein werde. Die Seelenruhe Ihres Fräulein Tochter liegt mir viel zu sehr am Herzen, als daß ich sie in Kämpfe und Unruhe verstricken möchte. Ich bitte Sie, mir das zu glauben.«

Aufatmend nahm der Major seine Hand.

»Sie machen es mir leicht, Ihnen zu sagen, was ich noch sagen muß als besorgter Vater. Ich danke Ihnen. Also ganz offen, nachdem sich die Befürchtungen meiner Frau als begründet erwiesen haben, muß ich Sie bitten, so schwer es mir fällt, uns nicht zu besuchen, wenn meine Tochter zu Hause ist, und mir Ihr Wort zu geben, daß Sie es so viel wie möglich vermeiden werden, mit ihr zusammenzutreffen.«

Jetzt mischte sich auch die Majorin ins Gespräch. Sie wollte mit noch wirkungsvolleren Waffen eingreifen.

»Ja, Herr von Hennersberg, darauf müssen Sie uns

Ihr Wort geben. Wir wollen ganz offen zu Ihnen sein, damit Sie unsere Sorge verstehen. Wir hoffen, daß unsere Tochter bald einem Freier die Hand reicht, der imstande ist, ihr ein sorgloses Leben zu schaffen, der ihr alle Wünsche wird erfüllen können. Diese sehr glänzende Partie würde sich zerschlagen, wenn unsere Tochter vielleicht durch ein Interesse an Ihnen von diesem Ziel abgelenkt werden könnte.«

»Aber, Hermine, diese Sache ist doch durchaus noch nicht spruchreif«, warf der Major ungehalten ein.

Sie wandte sich ihm kampfbereit zu.

»Es schadet gar nichts, wenn Herr von Hennersberg den Dingen auf den Grund sieht. Gerade wenn er Lonnys Wohl will, muß er einsehen, daß sie in einer Ehe mit einem reichen Mann besser aufgehoben sein wird, als wenn sie etwa einer aussichtslosen Liebe nachtrauern würde. Sie ist ganz arm, wird nicht einmal eine bescheidene Aussteuer haben können, und deshalb ist sie auf eine gute Partie angewiesen. Wir bitten Sie herzlich, unseren Plänen nicht hindernd im Weg zu stehen. Wenn nur die geringste Möglichkeit bestünde, daß Ihre beiderseitigen Verhältnisse sich bessern könnten, würden wir nicht so energisch einschreiten. Gegen Sie persönlich haben wir durchaus nichts einzuwenden.«

»Nein, wahrhaftig nicht, mein lieber Herr von Hennersberg. Ich glaube, keinem andern Mann als Ihnen würde ich die Hand meiner Tochter so vertrauensvoll zusagen. Aber es geht leider nicht an, das werden Sie selbst einsehen. Vermeiden Sie also nach Möglichkeit jedes Gespräch mit ihr, und vor allen Dingen zeigen Sie ihr in keiner Weise, was Sie für sie empfinden. Wollen Sie mir das versprechen?«

Es zuckte in Lutz Hennersbergs Gesicht vor unterdrückter Erregung. Seine stahlblauen Augen erschienen fast schwarz. Er biß die Zähne aufeinander und rang um Fassung. Endlich sagte er mit verhaltener Stimme:

»Ich erkenne an, daß Ihre Vatersorgen Sie berechtigen, ein solches Versprechen von mir zu fordern, Herr Major, und – ich kann Sie verstehen. Was es mich kostet, so machtlos vor Ihnen zu stehen, so unfähig, mich um das höchste Glück zu bewerben, das mir das Leben bieten könnte, das können Sie kaum ermessen. Aber es ist mir ernst damit, Ihr Fräulein Tochter in Ihrer Herzensruhe nicht zu gefährden, soweit mir das möglich ist. Ich verspreche Ihnen, soviel in meiner Macht steht, zu vermeiden, mit Ihrem Fräulein Tochter zusammenzutreffen. Wo es sich nicht vermeiden läßt, werde ich mich der größten Zurückhaltung befleißigen. Und – nun bitte ich Sie, da wir uns wohl nichts mehr zu sagen haben, mich zurückziehen zu dürfen.«

Wieder faßte der Major seine Hand.

»Niemals ist mir eine Vaterpflicht schwerer geworden, das glauben Sie mir. Ich danke Ihnen für Ihr Versprechen. Und, mein lieber Herr von Hennersberg, ich hoffe doch, daß wir Männer uns zuweilen an einem dritten Ort wiedersehen werden.«

Lutz fühlte, daß der alte Herr ehrlich betrübt war, und er erwiderte den Druck seiner Hand.

»Ich danke Ihnen, aber – lassen Sie mir Zeit, ich – ich – gnädige Frau, ich empfehle mich Ihnen.«

Mit einer Verbeugung verließ Lutz schnell das Zimmer; er konnte es nicht mehr ertragen, in das Gesicht der Majorin zu sehen, das ihm heute noch widerwärtiger war als bei seinem ersten Besuch. Es lag so wenig Ehrlichkeit und Aufrichtigkeit in diesem Gesicht.

Wie er aus der Wohnung hinaus und wieder hinunter in seinen Wagen kam, das wußte er nicht. Er fuhr davon, ziellos, nicht wissend, wohin, und fand sich nachher doch zur rechten Zeit vor dem Gerichtsgebäude ein, wo er seinen Herrn wieder erwarten sollte. Hier saß er dann stumm und starr auf seinem Führersitz und fragte sich, was das Leben jetzt noch für einen Wert für ihn hatte.

Am meisten bedrückten ihn die Worte der Majorin, daß Lonny einen anderen reichen Mann heiraten sollte. Wer war dieser Mann? Wen konnte diese kalte, herzlose Frau damit gemeint haben? Ihre Freundlichkeit hatte ihn nicht getäuscht; er fühlte, daß sie ihm feindlich gegenüberstand und daß ihre Sorge um Lonny nur einen egoistischen Grund hatte. Wen hatte sie gemeint?

Etwa Doktor Friesen? Lonny kam doch sonst mit keinem Menschen zusammen, das hatte sie ihm doch selbst gesagt. Also meinte die Mutter Doktor Friesen? Ja, er mußte es sein. Und da wurde ihm plötzlich das Herz leichter. Nein, Lonny heiratete nicht um Geld und Glanz, und ihre Augen logen nicht. Sie waren ihm holde Verräter gewesen, wie ihr Erröten und Erblassen, wenn er unerwartet vor ihr auftauchte. Lonny! Lonny! Sie wollen uns auseinanderreißen, und ich muß ihnen noch dazu helfen, weil ich dich nicht halten kann, nicht halten darf.

Das Herz war ihm so schwer.

8

Wenn Lonny in der nächsten Zeit wie bisher flüchtig mit Lutz zusammentraf, zeigte er ihr, so schwer es ihm fiel, ein sehr zurückhaltendes Gesicht. Er grüßte nur mit einer förmlichen Verbeugung und ohne das aufstrahlende Lächeln der letzten Zeit. Seine Augen blickten ausdruckslos, wie erloschen. Dagegen lag um den schmallippigen Mund, den er immer fest aufeinanderpreßte, jetzt ein Zug, der vordem nicht dagewesen war. Es war ein herber, schmerzlicher Zug, der Lonny nicht entging. Sie mußte bald merken, daß Lutz ihr gegenüber sehr verändert war. Sprach sie ihn einmal an, um ihm einige freundliche Worte zu sagen, dann antwortete er nur knapp und förmlich. Aber sie merkte, wie es dabei in seinem Gesicht zuckte, wie unterdrückte Erregung.

Voll Unruhe fragte sie sich, was das zu bedeuten habe.

Und noch etwas fiel ihr in der nächsten Zeit auf – daß der Vater mit keinem Wort mehr an den Besuch Lutz Hennersbergs rührte. Eines Tages fragte sie ihn:

»Wann wird Herr von Hennersberg wieder einmal zu dir kommen dürfen, Papa? Soll ich ihm nicht etwas sagen? Von selbst wird er nicht zu kommen wagen.«

Da hatte der Vater hastig erwidert:

»Es ist wohl besser so, daß er nicht wiederkommt, laß uns nicht mehr davon reden.«

Da wußte Lonny, daß die Stiefmutter doch ihre Hand im Spiel hatte. Eine unklare Angst befiel sie plötzlich.

Und eines Tages hielt sie diese Ungewißheit nicht mehr aus; sie blieb nach Tisch vor dem Vater stehen und fragte ihn geradezu:

»Ist irgend etwas zwischen Herrn von Hennersberg und die vorgefallen, Papa, verheimlichst du mir etwas?«

Der Major blickte unsicher auf seine Gattin, und diese kam ihm zu Hilfe. Sie erwiderte schnell:

»Ich habe Papa überzeugt, Lonny, daß es besser ist, wenn Herr von Hennersberg nicht wieder zu uns kommt.«

Mit großen Augen sah Lonny sie an.

»Du – also du hast ein Veto eingelegt. Ich hätte es mir denken können.«

»Ja, Lonny, er mußte sein, zu deinem eigenen Besten.«

Mit einem so schmerzlichen Blick sah Lonny den Vater an, daß er erschüttert war.

»Mußte das sein, Papa?«

Er faßte ihre Hand.

»Ja, mein Kind, es mußte sein.«

»Du hast ihn gekränkt, ich ahnte es. Es war nicht gut, Papa, daß das hinter meinem Rücken geschah.«

Mit diesen Worten verließ Lonny das Zimmer und zog sich in ihr eigenes Stübchen zurück. Sie mußte allein sein. Und sie grübelte darüber nach, was der Vater und die Stiefmutter unternommen hatten, um Lutz Hennersberg fernzuhalten und um ihn zu bewegen, so kalt und förmlich zu ihr zu sein.

Oh, sie hatte gewußt, gefühlt, daß es nicht aus ihm selbst herauskam; irgendwie hatte man ihn genötigt, ihr diese Zurückhaltung zu zeigen. Ein brennender Schmerz zerriß ihr Herz.

Dann aber warf sie entschlossen den Kopf zurück, ihre Augen blitzten auf. Sie mußte wissen, was vorgegangen war, mußte es von Lutz selber hören.

Und der Zufall half ihr dabei.

Es war am nächsten Nachmittag. Doktor Friesen, der jetzt anscheinend immer oft private Abhaltung hatte, bat Lonny, ihm einige Schriftstücke, sobald sie fertig bearbeitet waren, in seine Wohnung hinauszubringen. Er hatte Gäste; mit einigen von ihnen mußte er geschäftlich verhandeln und konnte nicht noch einmal ins Büro kommen.

So fuhr Lonny kurz vor Büroschluß hinaus nach Wannsee. Sie benutzte die Elektrische. Als sie die Villa Doktor Friesens erreichte, empfing sie ein Diener und führte sie, wie es sein Herr ihm aufgetragen hatte, in Doktor Friesens Arbeitszimmer. Er bat sie zu warten, der Herr Doktor habe noch mit ihr zu sprechen und werde, sobald er abkommen könne, herüberkommen.

Lonny saß nun eine Weile allein in dem eleganten Arbeitszimmer. Sie hörte das lebhafte Stimmengewirr einer großen Gesellschaft herüberklingen und wußte, daß Doktor Friesen außer seinem Freund und dessen Eltern und Schwester auch mehrere amerikanische Herren unter seinen Gästen hatte. Mit diesen hatte es in den lezten Tagen allerlei Verhandlungen gegeben; es ging um die Vertretung einiger amerikanischer und deutscher Firmen. Lonny hatte verschiedenen dieser Verhandlungen beiwohnen müssen, um sie stenographisch aufzunehmen. Diese Stenogramme hatte sie in deutscher und englischer Sprache ausarbeiten und vervielfältigen müssen.

Der eine dieser amerikanischen Herren war ein bekannter Trustmagnat, Mister John Stanhope, der andere ein New Yorker Rechtsanwalt, Mister Dumpy. Lonny wußte, um was für ein großes Projekt es sich handelte, und hatte sich viel Mühe gegeben, noch präziser als sonst zu arbeiten. In Gedanken versunken, lauschte sie nun auf das Stimmengewirr von drüben. Sie saß am Fenster und schaute hinaus in den Garten, der die Villa umgab. Bis zum See hinüber konnte man jetzt, da die Bäume nicht belaubt waren, sehen. Und seitwärts zwischen den Bäumen sah sie auch die Garage liegen. Sie wußte, daß Lutz Hennersberg da drüben über der Garage wohnte. Für den Augenblick hatte er wohl keinen Dienst. Ob er da drüben in seiner Wohnung weilte oder ob er ausgegangen war? Sie konnte die Fenster seiner Wohnung blinken sehen, aber von ihm selbst keine Spur. Nur der Wagenwäscher hantierte in der offenstehenden Garage; er war dabei, die Autos zu reinigen.

Ein tiefer Seufzer hob ihre Brust. In demselben Augenblick wurde aber die Tür geöffnet. Sie schrak zusammen und wandte sich um. Doktor Friesen trat mit den beiden amerikanischen Herren ein. Sogleich erhob sie sich und trat den Herren entgegen.

»Verzeihen Sie, Fräulein Straßmann, daß ich Sie warten ließ. Sie werden heute wieder über Ihre Zeit aufgehalten werden. Aber wir saßen noch bei Tisch. Haben Sie die Verträge mitgebracht?«

Lonny nahm die Papiere aus ihrer Aktentasche und reichte sie Doktor Friesen.

»Hier sind sie, Herr Doktor, und, wie Sie befohlen haben, in deutscher und englischer Sprache, je drei Durchschläge.«

Er nahm ihr die Papiere ab. Die Herren nahmen Platz, und Doktor Friesen forderte auch Lonny auf, sich niederzulassen.

»Sie haben hoffentlich noch ein wenig Zeit, Fräulein Straßmann?«

»Bitte, verfügen Sie über meine Zeit, Herr Doktor, ich habe nichts anderes vor.«

»Das ist mir lieb. Ich möchte mit Mister Stanhope und Mister Dumpy die Verträge gleich noch durchsehen, falls noch etwas zu ändern ist. Die Herren wollen morgen abreisen.«

Lonny verneigte sich. Die Herren sahen die Verträge durch. Mister Stanhope, der Trustmagnat, sah einige Male mit seltsam forschendem Blick zu Lonny hinüber. Eine Weile blieb es still, nur klang immer wieder von drüben aus den Gesellschaftsräumen ein leises Stimmengewirr und Gläserklirren. Endlich waren die Herren fertig, und Mister Stanhope sah mit einem Lächeln zu Lonny hinüber.

»Phänomenal! Das haben Sie gemacht sehr ausgezeichnet, Miß Straßmann, ganz ausgezeichnet! Eine ganz klare Darstellung, korrekt bis in alle Einzelheiten. Sie sein eine tüchtige Kraft! Doktor Friesen, ich beneide Sie um Ihre Miß Sekretärin! Ah, wenn ich eine solche Persönlichkeit haben könnte zu meine spezielle Dienst. Habe bewundert schon all diese Tage, wir firm und exakt Miß Straßmann arbeitet. Und sie beherrscht die englische Sprache wie ihre deutsche Muttersprache. Ohne Miß Straßmann wären wir nicht gekommen so schnell zu eine Ziel und Verständigung. Sie sollten mir abtreten Ihre Sekretärin, Mister Friesen, ich würde sein sehr froh darum.«

So schloß der Trustmagnat seine Rede mit einem Lächeln und einer Verbeugung vor Lonny.

Sie wurde sehr rot unter diesem Lob des bedeutenden Mannes, und Doktor Friesen antwortete schnell:

»Ich weiß sehr wohl, daß ich einen Schatz an Fräulein Straßmann habe, Mister Stanhope, und deshalb bedaure ich, Ihren Wunsch nicht erfüllen zu können. Freiwillig verzichte ich nicht auf die Dienste Fräulein Straßmanns.«

»Kann ich mir denken, Doktor Friesen, ich an Ihrer Stelle würde auch Miß Straßmann um jeden Preis festhalten. Aber – man weiß nie, was kommen kann. Es gibt Dinge, die man nicht voraussieht. Und – Sie sollen sich merken, Miß Straßmann, für so tüchtige Kräfte hat John Stanhope immer Verwendung. Falls Sie das Schicksal mal nach New York führen sollte – ich engagiere Sie auf der Stelle als Privatsekretärin. Das ist mein Wort!«

Lonny sah den unbehaglichen Ausdruck auf Doktor Friesens Gesicht. So sehr sie sich über die Anerkennung ihrer Tüchtigkeit durch Mister Stanhope freute, sagte sie doch ruhig und bestimmt:

»Solange Doktor Friesen mit mir zurfrieden ist und mich braucht, werde ich meine Stellung bei ihm nicht aufgeben. Ich bin zwar nicht vertraglich gebunden, habe aber Herrn Doktor Friesen mehr als einmal freigestellt, einen Vetrag mit mir zu machen. Er hat es abgelehnt, weil er mir keine Fesseln anlegen wollte; ich betrachte mich trotzdem an ihn gebunden, solange ich eine solche Stelle bekleiden kann und solange er mit mir zufrieden ist. Trotzdem freut es mich sehr, daß ein so bedeutender Mann wie Mister Stanhope so anerkennende Worte über meine Tätigkeit sagte. Ich danke Ihnen sehr dafür, Mister Stanhope.«

Dieser sah Lonny mit einem sinnenden Blick an. Aber ehe er etwas antworten konnte, sagte Doktor Friesen, durch Lonnys vornehme Gesinnung gerührt, um nicht hinter ihr zurückstehen zu müssen!

»Seien Sie nicht so großmütig, Fräulein Straßmann,

Sie ahnen wahrscheinlich gar nicht, was Sie da ausschlagen. Eine Stellung, wie Mister Stanhope sie Ihnen bietet, gibt es so leicht nicht noch einmal. Sie würden sich riesig verbessern, das muß ich Ihnen sagen als anständiger Mensch.«

Sie sah ihn ruhig und klar an.

»Es gibt Dinge, die man tun kann, und solche, die man nicht tun kann, Herr Doktor, das ist individuell. Ich bleibe bei meiner Ansicht. Aber damit Sie sich nicht etwa bedrückt fühlen, sage ich Ihnen ganz offen, daß meine Eltern mich gar nicht nach Amerika gehen lassen würden.«

Mister Stanhope hatte staunend zugehört. Jetzt lächelte er. »Ah, deutsche Sentiments! Wie sehr behindern sie die Persönlichkeit. Aber immerhin – nun ich möchte Sie noch viel lieber engagieren für meine Dienst. Oh yes! Aber – weil ich sage, man weiß nicht, was kommt, hier haben Sie meine Karte. Vielleicht Sie wollen eines Tages doch versuchen Ihr Glück drüben bei uns. Dann melden Sie sich bei John Stanhope – immer wird eine gute Anstellung für Sie bei ihm frei sein.«

Lächelnd nahm Lonny die Karte und steckte sie zu sich.

»Ich will es mir merken, Mister Stanhope«, sagte sie, als wolle sie einen Scherz beenden.

Die Herren besprachen noch einige Punkte des Vertrages. Lonny bekam von Doktor Friesen einen Auftrag für den nächsten Tag und wurde dann entlassen. Die Herren kehrten zur Gesellschaft zurück. Lonny packte ihre Aktenmappe ein, warf dann einen Blick zu der Garage hinüber und verließ das Zimmer.

Als sie unten durch das Portal in den Garten hinaustrat, sah sie im hellen Schein der Bogenlampe Lutz

Hennersberg von der Garage herüber auf dem breiten Weg herankommen. Er strebte wie sie dem Gartentor zu, das ins Freie führte. Und dicht vor dem Tor trafen sie zusammen.

Lutz hatte Lonny auch gesehen, aber er konnte ihr nicht ausweichen, ohne es auffällig zu machen. Brüskieren konnte und wollte er sich nicht; so weit konnte ihn sein gegebenes Wort nicht verpflichten. Er war im Zivilanzug, scheinbar zum Ausgang bereit.

Artig, den Hut abnehmend, öffnete er ihr das Gartentor mit einer Verbeugung und ließ sie hinaustreten, fest entschlossen, zu warten, bis sie davongegangen war. Aber Lonny war nicht willens, diese Gelegenheit, sich Klarheit zu schaffen, ungenützt vorübergehen zu lassen. Tapfer zu ihm auflächelnd, sagte sie scheinbar unbefangen:

»Guten Abend, Herr Hennersberg – wie gut, daß ich Sie treffe. Sicher sind Sie auch auf dem Weg zur Stadt. Ich hoffe, Sie haben so viel Zeit, mich bis zur Elektrischen zu begleiten; der Weg bis dorthin ist so einsam und unheimlich, weil er an den Baustellen vorüberführt.«

Ohne ungezogen zu sein, konnte er diese Bitte nicht abschlagen. Er verneigte sich höflich und erwiderte ruhig und korrekt:

»Sehr gern, mein gnädiges Fräulein.«

Sie gingen nebeneinander hin und waren beide stumm. Lonny sah verstohlen von der Seite in sein Gesicht. Plötzlich blieb sie stehen. »Herr von Hennersberg, was hat man Ihnen getan, daß Sie sich so sehr in Ihrem Wesen mir gegenüber verändert haben?«

Er wagte es nicht, sie anzusehen, blieb aber auch stehen und blickte an ihr vorbei, die einsame, schwach beleuchtete Straße entlang.

»Ich bitte, erlassen Sie mir die Antwort, mein gnädiges Fräulein; bitte, nehmen Sie keinerlei Notiz von mir.«

Ihre Augen hingen unverwandt an seinem Gesicht. Sie sah sehr wohl, wie er mit sich kämpfte, wie der herbe Schmerz in seinen Mienen sich vertiefte. Und das besiegte all ihre Schwachheit. Sie richtete sich straff empor.

»Also, Sie wollen mir nicht antworten – oder vielmehr –, Sie dürfen es nicht. Aber ich ahne, fühle, daß man Ihnen irgendwie weh getan hat. Ich habe zuweilen einen sechsten Sinn, und der sagt mir, daß meine Stiefmutter irgend etwas getan hat, um Ihre Besuche bei uns zu verhindern. Von meinem Vater geht das nicht aus, wenn er auch wahrscheinlich meine Stiefmutter hat decken müssen mit seiner Persönlichkeit. Sagen Sie mir nur eins: Sind Sie noch einmal nach jenem abendlichen Besuch in unserer Wohnung mit meinen Eltern zusammengetroffen? Das werden Sie mir doch wenigstens beantworten dürfen?«

Er hatte die Zähne fest aufeinandergebissen und sah jetzt in ihre großen, unruhigen Augen hinein.

»Ja, ich war noch einmal in der Wohnung Ihrer Eltern, ein Brief Ihres Vaters rief mich dorthin. Und nach einer Unterredung mit Ihren Eltern wußte ich, daß es meine Pflicht war, nicht wiederzukommen und – mich von Ihnen nach Möglichkeit zurückzuhalten.«

Trotz der schwachen Beleuchtung sah er, wie das Rot in ihre Wangen schoß und wie vor Erregung ihr Mund bebte.

»Ich habe es mir gedacht«, sagte sie leise, »man hat es Ihnen nahegelegt, daß es Ihre Pflicht ist.«

»Erlassen Sie es mir, mehr zu sagen«, bat er rauh.

Ein bitteres Lächeln huschte um ihren Mund.

»Es ist auch nicht nötig, daß Sie noch darüber sprechen, ich weiß nun alles, als sei ich dabei gewesen. Ich kenne doch meine Stiefmutter.«

Er wußte, daß er nun nichts mehr verschweigen konnte.

»Sie sollen nicht gehindert werden, Ihr Ziel zu erreichen«, stieß er heiser hervor, »Ihre Stiefmutter sah in mir ein Hindernis zu diesem Ziel.«

»Was für ein Ziel?« fragte sie mit blassen Lippen.

»Das Ziel, die Frau eines reichen Mannes zu werden – der sich um Sie bewirbt.«

Wie ein Schlag traf das Lonny. Das also hatte man ihm gesagt? Sie stand eine Weile wie versteinert und starrte ihn an. Ganz einsam war es um die beiden Menschen, niemand war weit und breit zu sehen. Drüben lag die hellerleuchtete Villa Doktor Friesens, in der noch ein geselliges Treiben herrschte. Hier draußen waren die beiden jungen Menschen ganz allein wie auf einer einsamen Insel.

Und plötzlich stürzten die Tränen aus Lonnys Augen, die Spannung ihrer Nerven ließ nach.

»Das hat man Ihnen gesagt? Sie hat gewagt, so etwas zu Ihnen zu sagen? Wie demütigend für mich!«

In heißer Unruhe sah er sie an.

»Mein gnädiges Fräulein, beruhigen Sie sich doch, es ist nicht demütigend für Sie, wenn Sie die Absicht haben, einen reichen Mann zu heiraten.«

Sie sah ihn mit einem Blick an, der all seine Selbstbeherrschung ins Wanken brachte. Ihre Augen flammten auf und ihre Tränen versiegten.

»Oh, wie wenig kennen Sie mich, wenn Sie glauben, daß ich einem solchen Ziel nachstrebe, einem Ziel, das meine Stiefmutter mir aus selbstsüchtigen Gründen als erstrebenswert hinstellt. Es ist auch nicht wahr, daß sich ein reicher Mann um mich bewirbt, das ist nur ein Phantasiegebilde meiner Stiefmutter. Nie habe ich daran gedacht, mich um materieller Vorteile willen an einen Mann zu binden. Gottlob, ich bin gesund und arbeitsfähig, und ehe ich mich so weit erniedrige, daß ich meine Hand ohne mein Herz verschenke, will ich lieber bis an das Ende meiner Tage im Büro sitzen und mein Brot verdienen.«

Er atmete tief und befreit auf. Seine Augen begannen zu leuchten wie früher, wenn sie die ihren trafen.

»Ich habe es gewußt, trotz allem, was Ihre Stiefmutter und, von ihr beeinflußt, Ihr Vater zu mir sagten. Aber – es traf mich doch hart. Um so härter, mein gnädiges Fräulein, weil – aber nein, ich darf Ihnen nicht mehr sagen, ich gab mein Wort, alles zu tun, was in meinen Kräften liegt, um Ihre Herzensruhe nicht zu gefährden. Obwohl ich das selber wünsche, wurde mir dies Versprechen sehr schwer, das weiß Gott – aber ich armer Schlucker kann ja nichts tun, als stumm verzichten auf ein Glück, das mir unerreichbar ist.«

Eine dunkle Röte flog wieder über Lonnys Gesicht, aber ihre Augen strahlten jetzt aufleuchtend in die seinen. Und dann sagte sie leise, mit einem Ausdruck, der ihn tief erschütterte:

»Zwei arme Menschen wie wir, die können nur eins tun in unserem Falle, Herr von Hennersberg.«

Er faßte nun doch mit jähem Druck ihre Hand.

»Was können wir tun – Lonny – Lonny, was können wir tun?« fragte er, sie mit einem brennenden Blick ansehend.

Ihre Augen feuchteten sich wieder. Und in rührender Weichheit sagte sie leise:

»Einander liebhaben, Lutz Hennersberg, und – einander treu bleiben, was auch kommen mag.«

Da hielt er sich nicht mehr, er riß sie in seine Arme und preßte seine Lippen auf die ihren. Sie lag ganz still an seinem Herzen, gab zärtlich und innig seinen Kuß zurück und löste sich dann sanft aus seinen Armen.

»Jetzt müssen wir weitergehen, Lutz Hennersberg.«

Er hielt ihren Arm fest.

»Lonny – ach Lonny, ich hätte das nicht tun dürfen. Nun habe ich dich doch hineingerissen in diese Kämpfe und Nöte. Ich habe nur eine Entschuldigung, ich habe dich unsagbar lieb. Es war stärker als ich!«

Mit fast verklärten Augen sah sie zu ihm auf.

»Dank dir, Lutz, daß du mir deine Liebe zeigtest. Nun wird mein Leben doch nicht ganz ohne Sonne sein. Du hättest meine Herzensruhe viel mehr gefährdet, wenn du in deiner starren Zurückhaltung verharrt wärest. Ob wir uns je angehören können, weiß ich nicht. Ich habe keine Hoffnung, kaum Wünsche, weiß nur, daß es mich glücklich macht, daß wir einander sagen durften, wie lieb wir uns haben. Du sollst nie zweifeln, daß du mir der liebste Mensch auf Erden bist und daß ich nie, niemals einem anderen Mann angehören werde.«

Er zog sie wieder fest in seine Arme und küßte sie innig.

»Lonny, vielleicht ist es schlecht, egoistisch von mir, aber es macht mich sehr glücklich, daß du so zu mir sprichst. Ich hatte große Angst, daß du einem andern Mann angehören würdest, und suchte mit heißer Eifersucht nach dem vermeintlichen Nebenbuhler. Auf Doktor Friesen war ich ohnedies schon einmal eifersüchtig, ihn mußte ich für den Mann halten, von dem deine Stiefmutter sprach.«

Sie schüttelte den Kopf.

»Sie wollte es erzwingen, daß ich Doktor Friesen

Hoffnung machen sollte. Aber dann müßte ich ein anderes Menschenkind sein. Doktor Friesen ist mein Chef, den ich sehr verehre und der gottlob sehr zufrieden mit mir ist. Ich hoffe, daß er bald eine andere Frau heimführt, damit mich meine Stiefmutter nicht mehr mit dieser Sache quält. Er sieht in mir gottlob nichts als seine Sekretärin.«

Und sie erzählte ihm von Mister Stanhopes Ansinnen, zu ihm zu kommen, und was Doktor Friesen darauf erwidert hatte.

Lutz wurde das Herz viel leichter, obwohl er auch jetzt noch wenig Hoffnung hatte, sich Lonny in absehbarer Zeit zu gewinnen. Lonnys Hand fassend, sagte er bewegt:

»So leicht hast du mir das Herz gemacht, Lonny, und doch ist es so schwer, weil ich dir vorläufig kein sorgloses Dasein schaffen kann.«

Zuversichtlich sah sie zu ihm auf.

»Wir werden arbeiten, Lutz, und sparen, so viel wir können. Und wer weiß, vielleicht geschieht ein Wunder, das uns doch zusammenbringt, eher, als wir jetzt annehmen können. Bis dahin müssen wir uns aber mit dem Bewußtsein trösten, daß wir einander lieben. Das muß unser Geheimnis bleiben, Lutz; aber werden wir nicht schon sehr glücklich sein im Besitz dieses wundervollen Geheimnisses?«

Er zog sie noch einmal in seine Arme und küßte sie.

Sie gingen weiter, Lutz schob seine Hand unter ihren Arm. Es war so köstlich für sie beide, nebeneinander zu gehen, wie zusammengehörig. Und sie sagten sich viele liebe und zärtliche Worte, wie es alle Liebenden tun. Aber so langsam sie auch gingen, endlich langten sie doch an der Haltestelle der Elektrischen an und sahen sie auch schon von weitem herankommen.

»Und was wird nun, Lonny?« fragte Lutz seufzend.

Mit ihrem lieben Lächeln sah sie ihn an.

»Es wird alles so weitergehen wie bisher, Lutz, nur daß wir nun um unsere Liebe wissen. Heimliche Zusammenkünfte ohne Wissen meines Vaters werden wir nicht herbeiführen, dazu sind wir beide zu ehrenhaft. Wir müssen uns damit begnügen, daß wir uns zuweilen, ohne unser Dazutun, sehen können, werden uns mit einem Blick oder einem Händedruck zufriedengeben müssen.«

Wieder seufzte er tief auf. So anspruchslos wie sie konnte er nicht sein.

»Das ist ja bejammernswert wenig, Lonny!«

»Aber viel, viel mehr, als wir bisher voneinander hatten. Wir müssen uns bescheiden, Lutz – bis das große Wunder kommt! Gute Nacht, Lutz!«

»Gute Nacht, Lonny – süße liebe Lonny!«

9

Wieder waren einige Wochen vergangen. Lutz und Lonny sahen sich nur flüchtig, wenn sie auch beide stillschweigend dem Zufall ein wenig nachhalfen, um ein solches Zusammentreffen etwas öfter herbeizuführen. Und wenn sie einander sahen, dann strahlten die beiden Augenpaare liebevoll ineinander, und wenn es ging, tauschten sie weinigstens einen Händedruck. Aber eines Tages bat Lutz Lonny dringend:

»Schreib mir doch wenigstens zuweilen einige Worte, Lonny, damit ich etwas habe, woran ich mich halten kann. Und – schenk mir ein Bild von dir.«

Sie nickte ihm zu. Am nächsten Tage brachte sie ihm ihr Bild.

Und in der Folge entwickelte sich ein reger Briefverkehr zwischen ihnen. Es fand sich immer eine Gelegenheit, daß sie einander ein Briefchen zustecken konnten. Lonny besaß nun auch eine Photographie von Lutz und trug sie immer bei sich, wie auch seine Briefe, denn sie war durchaus nicht sicher, ob ihre Stiefmutter nicht in ihren Sachen herumkramte, um nachzuspüren; und im Büro wollte sie auch nichts zurücklassen, wenn sie es verließ. Auch hätte sie sich nicht eine Minute davon trennen mögen.

Diese Briefe machten gegenseitig ihre ganze Glückseligkeit aus, denn nie trafen sie anders zusammen als bei den zufälligen Begegnungen. Lutz wollte Lonny zu einer Zusammenkunft nicht verleiten, denn ihr Ruf war ihm heilig. Und Lonny dachte nicht daran, ihm ein Rendezvous freiwillig zu gewähren. Sie wollte ihrem Vater offen in die Augen sehen können. Daß sie Lutz liebte und es ihm gestanden hatte, war kein Unrecht, aber es wäre in ihren Augen ein Unrecht gewesen, wenn sie sich heimlich und unerlaubt mit Lutz treffen würde.

Daheim hatte sich nichts geändert. Nach wie vor drängte die Stiefmutter, Lonny möge sich Doktor Friesen gegenüber klug benehmen und ihre Aussichten nützen. Deshalb sehnte sich Lonny geradezu danach, daß ihre Vermutung, Doktor Friesen würde sich mit der Schwester seines Freundes verloben, sich bewahrheiten möge. Dann mußte die Stiefmutter doch endlich mit diesen Quälereien aufhören.

Und eines Tages eröffnete ihr Doktor Friesen dann auch, daß er sich mit der Schwester seines Freundes verlobt hatte. Lonny sah ihn dabei mit so strahlenden Augen an, daß er ganz überrascht war.

»Sie scheinen sich ja sehr zu freuen, Fräulein Straßmann, daß ich mich verheiraten will?« fragte er.

Lonny lachte ihn an.

»Ja, Herr Doktor, ich freue mich wirklich sehr und habe schon eine ganze Weile darauf gehofft, daß Sie mir diese Eröffnung machen.«

Er schüttelte mit einem humoristischen Lächeln den Kopf.

»Daß ich Ihnen mit meiner Verlobung eine so große Freude machen würde, habe ich nicht geahnt. Darf ich fragen, weshalb Sie das so freut?«

»Weil – weil es für mich viel angenehmer ist, einem verheirateten Chef zu dienen als einem unverheirateten, und – weil ich mich für Sie sehr freue, daß Sie einen Menschen gefunden haben, der zu Ihnen gehört; Sie stehen doch ganz allein im Leben.«

»Das allerdings, bis auf einen weitläufigen Vetter habe ich wirklich keinen Menschen, der zu mir gehört. Aber bitte, sprechen Sie noch nicht darüber, meine Verlobung ist noch nicht öffentlich. Meine Braut und ich wollen erst die Rückkehr ihrer Eltern, die sich zur Kur in Karlsbad aufhalten, abwarten, ehe wir unsere Verlobung veröffentlichen. Ihnen wollte ich es nur nicht vorenthalten, weil Sie vielleicht einmal Zeuge eines Telefongespräches mit meiner Braut sein könnten. Sie würden ja doch gleich merken, daß es sich dabei nicht um Geschäfte handelt.«

Lonny lachte. Ihr war ein großer Stein vom Herzen gefallen, und wenn sie ihren Eltern auch jetzt nicht gleich berichten durfte, daß Doktor Friesen sich verlobt hatte, so mußte das doch bald geschehen können.

»Ich werde dann immer schnell diskret verschwinden, Herr Doktor«, sagte sie schelmisch.

Er sah sie lächelnd an.

»Sehr nett von Ihnen. Aber – nun wollen wir an unsere Arbeit gehen.«

»Bitte sehr, Herr Doktor.«

»Ich habe übrigens heute ein Schreiben von Mister Stanhope erhalten; er ist mit Mister Dumpy wohlbehalten in New York eingetroffen, und – er schreibt mir sehr viel Schmeichelhaftes über Sie. Ihre Fähigkeiten scheinen ihm einen riesigen Eindruck gemacht zu haben, und er legt mir nochmals ans Herz, daß ich, wenn ich Sie eines Tages nicht mehr brauchen würde, Sie bestimmen soll, zu ihm zu kommen. Sie seien ihm außer Ihren Fähigkeiten auch noch ungemein sympathisch, und es gäbe wenig Menschen, die er so gern in seiner Nähe wüßte wie gerade Sie. Was sagen Sie dazu?«

»Daß ich mich natürlich sehr freue, wenn ein Mister Stanhope so viel Schmeichelhaftes über mich schreibt. Als arme kleine Sekretärin muß ich auch zugeben, daß Mister Stanhope mir sehr sympathisch war; er ist ein sehr bedeutender, kluger und zuverlässiger Mensch. Es muß ein Vergnügen sein, mit ihm zu arbeiten.«

Er sah sie nachdenklich an.

»Ja, ja, er ist ein hervorragender Mensch, und die Stellung, die er Ihnen anbot, war sicher eine ganz erstklassige. Ich mache mir immer noch ein wenig Vorwürfe, daß ich Sie nicht beredet habe, diese Stellung anzunehmen, aber – der Egoismus ist nun mal das stärkste Gefühl im Menschen, und ich wüßte ja kaum, wie ich ohne Sie auskommen sollte. Sie sind mir eine viel größere Hilfe als mein Bürovorsteher.«

»Es freut mich sehr, Herr Doktor, daß Sie mir so viel Anerkennendes sagen, und Sie brauchen sich gewiß keine Vorwürfe zu machen. Ich würde doch nicht nach Amerika gehen, wenigstens nicht, solange mein Vater lebt.«

Und – solange Lutz Hennersberg nicht mit mir gehen könnte, vervollständigte sie diesen Satz bei sich selbst.

Sie arbeiteten nun, wie alle Tage, fleißig miteinander. Als Doktor Friesen Lonny dann entließ, ging sie in ihr Büro zurück, wo sie noch zu tun hatte. Als sie durch das Vorzimmer gehen wollte, sah sie hier erstaunt die sämtlichen Angestellten Doktor Friesens in großer Aufregung beisammenstehen. Und zu ihrer Freude sah sie auch Lutz mitten unter den Leuten. Seine Augen leuchteten ihr noch strahlender als sonst entgegen, und er erschien ihr erregt wie die andern.

Zörner, der Bürodiener, kam Lonny entgegen und fuchtelte erregt mit den Händen vor ihrem Gesicht herum.

»Fräulein Straßmann! Haben Sie schon gehört? Wir haben gewonnen – wir haben gewonnen!« rief er außer sich.

Lonny sah ihn erstaunt an und blickte fragend zu Lutz hinüber.

»Was denn? Wer hat gewonnen? Weshalb sind Sie denn alle so aufgeregt?«

»Jotte doch, vastehn Sie mir denn nich, Fräulein Straßmann? Ick rede doch nich ausländisch! Unser Los is raus, mit 'nem Bombentreffer; det Los, det wir Angestellte von Doktor Friesen zusammen gespielt haben. Wissen Sie noch, wie ick Ihnen zugeredet habe wie'n krankem Kind, det Sie sich ooch beteiligen sollten? Sie wollten doch erst durchaus nich. Und wat der Chauffeur is, der wollte ooch nich, ick habe ihm lange noch gute Worte geben müssen, weil wir doch noch eenen Mitspieler brauchten. Und wat sagen Sie nu? Der Herr Bürovorsteher hat schon angeklingelt beim Kollekteur, ob et wahr is. Et stimmt. Und ausgerechnet hat er ooch schon, wat uff jeden von uns kommt. Zehntausenddreihundertfünfundzwanzig Märker kriegen wir jeder; ick werde nun Privatier un mache mir selbständig. Und wat Sie sind und der Chauffeur mit det jräfliche Etui, Sie können sich beide bei mich bedanken, det ick Ihnen zu Ihrem Glück gezwungen habe.«

Lonny war fassungslos, sie wurde mit hineingerissen in den allgemeinen Jubel, und es fiel gar nicht auf, daß Lutz und sie sich eine Weile fest bei den Händen hielten und einander wie im Traum ansahen.

»Da ist ja das Wunder, Lutz, das Wunder!« sagte Lonny leise.

Und sie und Lutz statteten Zörner gerührt ihren Dank ab. Zörner nahm ihn »huldvoll« entgegen; er stolzierte herum wie ein römischer Cäsar, die Arme untergeschlagen und das strohblonde Haupt stolz zurückgeworfen. Und wieder und wieder schmetterte er in das Stimmengewirr mit seinem etwas schrillen Organ einen neuen Plan, was er mit seinem gewonnenen Geld anfangen wolle. Er fühlte sich mindestens als ein Rothschild. Eine Bemerkung kam aber immer wieder: »Und Mutter kriegt 'ne neue Kluft – aber pickfein!«

Das stand fest bei ihm.

Mitten in diese Aufregung hinein öffnete Doktor Friesen plötzlich die Doppeltür zu seinem Sprechzimmer und schaute ärgerlich heraus.

»Was ist denn hier für ein Lärm, dabei kann man doch nicht arbeiten!«

Lonny trat schnell vor.

»Verzeihen Sie, Herr Doktor, wir sind ein wenig außer Rand und Band; aber ein Lotterielos, das wir alle zusammen gespielt haben, ist mit einem großen Treffer herausgekommen, wir haben jeder über zehntausend Mark gewonnen.«

Doktor Friesen lachte.

»Na, dann gratuliere ich! Aber bitte, freuen Sie sich etwas geräuschloser, ich habe noch zu arbeiten!«

Damit machte er die Tür wieder zu.

So ganz geräuschlos ging es auch jetzt noch nicht zu, aber man bemühte sich doch, die Freude zu dämpfen. Aber an Arbeit war noch nicht zu denken; jeder machte Pläne, was er mit dem »vielen Geld« anfangen wollte. Für all diese auf ein mehr oder minder schmales Gehalt angewiesenen Menschen waren zehntausend Mark ein Vermögen. Nur Lonny und Lutz sagten nichts darüber, was sie mit ihrem Anteil beginnen wollten. Sie sahen sich nur strahlend an. Und dann mußte Lutz, der von Zörner herangeholt worden war, als die Kunde von dem Lotteriegewinn eintraf, wieder hinunter zu seinem Wagen, und auch Lonny mußte an ihre Arbeit. Sie flüsterte Lutz nur noch zu: »Ich schreibe dir!« Und er erwiderte leise: »Ich dir auch!«

Niemand achtete auf diese beiden Menschen. Jeder hatte mit sich selber zu tun, und in dem sonst so nüchternen Büro wurden heute phantastische Luftschlösser gebaut.

Auch Lutz baute unten auf seinem Führersitz an seiner und Lonnys gemeinsamer Zukunft. Wenn auch diese gemeinsam gewonnenen zwanzigtausend Mark noch keine gesicherte Zukunft bedeuteten, so gaben sie doch eine Möglichkeit, an einen Aufbau dieser Zukunft zu denken. Mit zwanzigtausend Mark in den Händen konnte man schon etwas anfangen. Und er war Zörner wirklich von ganzem Herzen dankbar, daß er ihn und Lonny überredet hatte, sich an dem Los zu beteiligen.

Lonny schrieb an Lutz, nachdem sie ihre Arbeit erledigt hatte:

»Mein geliebter Lutz! Das große Wunder ist da! Nicht wahr, mit zwanzigtausend Mark kann ein Mann wie Du daran denken, das Schicksal zu zwingen. Jetzt wirst Du vor meinen Vater hintreten können, um mich von ihm zu fordern. Wir werden ihn schon überzeugen, daß zwei Menschen wie wir nicht mehr brauchen, um den Grundstein zu ihrem Glück zu legen. Sobald wir uns wieder einen Augenblick sprechen können, sage mir, wann ich Dich bei Papa anmelden soll. Ich bin so froh, daß alle Heimlichkeit zu Ende ist; denn es ist mir nicht leichtgeworden, meinem Vater zu verschweigen, was zwischen uns geschehen ist. Nun können wir uns offen zu unserer Liebe bekennen. Und meine Stiefmutter wird hoffentlich auch klein beigeben, zumal sie bald erfahren wird, daß Doktor Friesen – dies unter größter Diskretion – sich verlobt hat. Es soll erst in einiger Zeit bekanntwerden. Du weißt, ich ahnte schon so etwas, und er hat es mir heute zu meiner großen Freude bestätigt. Heute ist wirklich ein großer Glückstag für uns. Zörner hat uns Glück gebracht, wie sehr danke ich es ihm. Gute Nacht, Lutz!

Deine glückliche Lonny«

Und der Brief, den Lonny am nächsten Morgen von Lutz bekam, lautete:

»Meine Lonny! Kannst Du Dir meine Glückseligkeit ausdenken? Lonny, was kann ein Mann wie ich mit diesem Geld anfangen! Ob es freilich Deinem Vater und Deiner Stiefmutter genug sein wird, weiß ich nicht. Jedenfalls will ich nicht lange zögern, Deinen Vater in aller Form um Deine Hand zu bitten. Ich habe mir noch neunhundert Mark gespart, wir werden darüber sprechen, wie wir das Geld anlegen werden, um uns eine Existenz zu schaffen. Das kann am besten in Gegenwart Deines Vaters geschehen. Hoffentlich gibt er mir seine Einwilligung. Bitte, frage ihn, wann ich kommen darf, um ihm meine Werbung vorzutragen. Denn jetzt, Lonny, hält uns nichts mehr zurück. Wir beide werden das Schicksal schon meistern. Du bist ja so tapfer und unverzagt, meine süße Lonny; es muß nun alles gut werden. Gib mir bitte, sobald du kannst, Bescheid, wann ich zu Deinem Vater kommen darf.

Dein glücklicher, erlöster Lutz«

10

Lonny war am Abend mit strahlenden Augen nach Hause gekommen, war vor ihren Vater hingetreten und hatte gesagt:

»Lieber Papa, mir ist ein großes Glück widerfahren!«

Mit müden Augen sah er zu ihr auf.

»Ein großes Glück? Ach, Lonny, ich kann nicht mehr an das Glück glauben; heute hatte ich wieder so einen schweren Tag. Das wird ein schlechter Monat.«

Frau Hermine hatte gespannt in Lonnys leuchtendes Gesicht gesehen. Nun sagte sie hastig:

»Botho, so laß doch Lonny reden, du hörst ja, sie bringt ein großes Glück nach Hause – und ich ahne schon, hat sich Doktor Friesen endlich erklärt, Lonny?«

Diese war bei des Vaters Worten, die sich wie Mehltau auf ihre frohe Stimmung legten, ein wenig blaß geworden. Bei den Worten der Mutter aber schüttelte sie hastig den Kopf.

»Das wäre doch kein Glück für mich, Mama. Nein, nein. Es ist etwas anderes – ich habe in der Lotterie gewonnen, wir alle, die wir bei Doktor Friesen angestellt sind. Jeder von uns hat zehntausend Mark gewonnen. Ich habe euch gar nichts davon gesagt, daß ich mich an dem Los beteiligt habe, machte ich mir doch selbst Vorwürfe, daß ich das Geld dafür ausgegeben hatte; ich tat es nur, weil unser Bürodiener mich so quälte. Aber nun hat es mir doch Glück gebracht.«

Der Major faßte Lonnys Hand.

»Welch eine Freude für dich, mein Kind! Ich wünsche dir von Herzen Glück!«

Frau Hermines Züge hatten erst eine leise Enttäuschung gezeigt; sie hätte natürlich lieber gehört, daß Lonny sich mit Doktor Friesen verlobt hätte. Aber nun glomm doch eine Gier in ihren Augen auf. »Zehntausend Mark, Lonny? Nun, immerhin ist auch das ein Glücksfall! Das wird uns wenigstens ein bißchen aus unserem Elend herausreißen«, stieß sie hervor.

Lonny fiel es schwer aufs Herz, daß die Stiefmutter das gewonnene Geld gleichsam mit Beschlag belegte. Unsicher sah sie zu ihrem Vater hinüber. Der aber ermannte sich, obwohl auch er zuerst daran gedacht hatte, wie gut er das Geld brauchen könne. Er sagte jetzt fest und energisch:

»Dies Geld gehört Lonny, und wir werden keinen Pfennig davon anrühren, Hermine. Lonny soll es auf die Bank legen, es wird einmal für ihre Aussteuer reichen, da ich ihr doch keine schaffen kann.«

Lonny küßte ihm die Hand, aber Frau Hermines Gesicht rötete sich.

»Aber Botho, Lonny wird doch nicht nur egoistisch an sich selbst denken. Zu einer Aussteuer braucht sie kaum die Hälfte dieser Summe, zumal sie doch nur einen reichen Mann heiraten wird. Doktor Friesen wird keine große Aussteuer von seiner Braut erwarten. Lonny ist doch ein gutes Kind. Wir brauchen das Geld wirklich sehr nötig, es muß so mancherlei angeschafft werden, wozu es nie gereicht hat. Jetzt muß es endlich einmal sein. Nicht wahr, Lonny, du wirst uns teilnehmen lassen, sag Papa, daß das ganz selbstverständlich ist.«

Lonny wurde das Herz noch viel schwerer. Sie wußte nicht, was sie sagen sollte, aber der Vater, der ihre Unschlüssigkeit merkte und dem jetzt plötzlich zum Bewußtsein kam, was für Opfer seine Tochter ihm schon gebracht hatte, richtete sich entschlossen auf.

»Das verhüte Gott, daß wir auch nur einen Pfennig von diesem Geld anrühren, Hermine. Sie hat wirklich schon mehr für uns getan, als wir hätten annehmen dürfen, wenn uns die Not nicht dazu gezwungen hätte. Aber weitere Opfer sollen ihr erspart werden, es bleibt dabei: dieses Geld legt Lonny für sich an. Man weiß nicht, was kommt.«

Lonny sah ihn dankbar an. Was eigentlich ganz selbstverständlich war, rechnete sie dem Vater hoch an. Aber sie dachte jetzt auch beklommen daran, was aus den Eltern werden sollte, wenn sie nicht mehr monatlich die reichliche Hälfte ihres Einkommens zur Verfügung stellen konnte. Zum ersten Mal wollte sie nur an sich selbst denken, weil mit ihrem Glück das des geliebten Mannes in Frage stand. Sie nahm des Vaters Hand in die ihre.

Es tat ihr doch wohl, daß er so für sie eintrat. Frau Hermine aber war sehr erbittert und an diesem Abend noch viel weniger liebeswürdig als sonst. Und Lonny wagte den Vater wegen Lutz nicht zu fragen. Sie fühlte, daß die Stiefmutter dann sofort ahnen würde, was kommen sollte, und daß sie strikt dagegen wäre. Es war besser, Lutz kam unangemeldet.

Und am anderen Tage flüsterte sie Lutz im Vorübergehen zu:

»Sonntag nachmittag wird Doktor Friesen wieder von seinem Freund abgeholt, und du wirst frei sein. Bitte, komm also am Sonntag, sobald du frei bist, zu den Eltern.«

Daß Doktor Friesen sich mit seinem Freund für den Sonntag verabredete, hatte sie durch ein Telefongespräch erfahren, das Doktor Friesen mit seiner zukünftigen Frau führte. Bis zum Sonntag würden noch einige Tage vergehen, und Lonny wollte sehen, wie sie den Vater ein wenig auf den Besuch von Lutz vorbereiten konnte.

Erst am Samstagabend, als die Stiefmutter in der Küche war, um mit Meta den Küchenzettel für den Sonntag zu besprechen, und sich so ein kurzes Alleinsein zwischen Vater und Tochter ergab, sagte Lonny, ihres Vaters Hand fassend:

»Papa, Lutz von Hennersberg hat auch mitgespielt, er hat auch zehntausend Mark gewonnen.«

Der alte Herr horchte auf und sah Lonny forschend an. Dann sagte er unsicher:

»So, so! Das freut mich für ihn. Mit zehntausend Mark kann er schon was anfangen. Ich denke, er wird dann seine Stellung als Chauffeur bei Doktor Friesen aufgeben.«

»Das denke ich auch; dafür kann er sich, wie er doch plante, schon ein sehr schönes Auto kaufen, vielleicht sogar zwei, wenn er gebrauchte kauft.«

»Hm! Kann ja sein, ich will's ihm wünschen. Aber – das geht uns im Grunde nichts an.«

Sie sah auf ihre Hände hinab.

»Nun, mich sollte es nicht wundern, wenn er dieser Tage zu dir kommen würde, um das mit dir zu besprechen.«

»Wie käme er denn dazu?«

»Du warst doch der beste Freund seines Vaters, und er hat niemand sonst auf der Welt.«

Es zuckte unbehaglich in seinem Gesicht. Es fiel ihm ein, daß Lonny ja nicht wissen konnte, daß er Lutz gewissermaßen das Haus verboten hatte. Aber freilich – wenn er jetzt damit rechnete, daß er zehntausend Mark besaß und Lonny auch – da konnte es sein, daß er daraufhin eine Werbung um Lonny wagte. War es denn nicht möglich, daß die beiden jungen Menschen daraufhin ihr Glück aufbauen konnten? Es riß an seinem Herzen, als er in Lonnys flehende Augen sah. Und er stieß hastig hervor:

»Hm! Nun ja, es könnte doch wohl sein. Aber sprich nicht davon, wenn Mama dabei ist, hörst du, sie darf nichts davon ahnen.«

Schnell drückte sie ihre Lippen auf seine Hand.

»Nein, nein, Papa!«

»Es ist ja auch nur eine bloße Vermutung, ich glaube nicht, daß er kommen wird.«

»Aber, du wirst ihn nicht abweisen lassen – bedenk doch, sein Vater war dein Freund.«

»Ich werde ihn nicht abweisen lassen, aber er wird nicht kommen«, sagte er unsicher.

Lonny entgegnete nichts mehr, sie wußte nun, daß der Vater auf Lutz' Besuch vorbereitet sein würde. Alles andere mußte sich fügen. Der Major sah an diesem Abend seine Tochter einige Male forschend an. Und es fiel ihm auf, daß ihr Gesicht etwas schmaler und blasser geworden war in letzter Zeit. Das Herz tat ihm weh. Sollte sein blühendes Kind verwelken an einer unglücklichen Liebe? War es nicht möglich, daß dieser Lotteriegewinn den beiden jungen Menschen den Weg zum Glück ebnen würde?

Er sprach nicht darüber, aber als er später mit seiner Gattin im Schlafzimmer allein war, brachte er wie zufällig die Rede darauf.

»Was meinst du, Hermine, ob man jetzt nicht doch in eine Verbindung zwischen Lonny und Lutz Hennersberg willigen könnte? Er hat auch zehntausend Mark gewonnen, und mir scheint doch, daß Lonny sehr an ihm hängt.«

Frau Hermine fuhr empört nach ihm herum.

»Bist du denn von Sinnen, Botho? Was denkst du dir, was sind denn zwanzigtausend Mark? Du mußt bedenken, daß Lonnys Gehalt fortfallen würde, wenn sie heiraten wollten. Und was soll dann aus uns werden? Wir können doch nicht von deiner kleinen Pension und dem Wenigen leben, was du verdienst, und die beiden hätten dann genug mit sich selber zu tun; es wäre ausgeschlossen, daß sie uns etwas abgeben könnten. Verrenne dich nicht wieder in diese Sache; wenn Lonny heiraten will, kann sie nur einen reichen Mann nehmen, sonst gehen wir alle zugrunde.«

Uns sie redete so heftig und nervös auf ihren Mann ein, daß er ganz eingeschüchtert wurde und klein beigab. Die eigene Lebensnot ließ ihm die Herzensnot seiner Tochter wieder klein erscheinen. Seine Frau hatte ja recht, wenn Lonny einen armen Mann heiratete, war für ihn und seine Frau das Elend da.

Lonny hatte keine Ahnung, daß die Stiefmutter sich abermals vernichtend in ihr Glück eingemischt hatte. Sie verbrachte den Sonntag mit der Anfertigung eines neuen Kleides und verließ ihr Zimmer nur während der Mahlzeiten.

Gegen sechs Uhr war sie mit ihrer Arbeit fertig und legte das hübsche Kleid, das sie sich gearbeitet hatte, gleich an. Sie wollte festlich aussehen, wenn Lutz kam und um ihre Hand anhielt. Damit der Stiefmutter nicht auffiel, daß sie sich so geschmückt hatte, ging sie hinüber zu ihr, um ihr das neue Kleid zu zeigen.

»Wie gefällt es dir, Mama, ich bin eben fertig geworden.«

Frau Hermine prüfte das Kleid. Sie mochte es gern, wenn Lonny gut aussah, konnte sie doch nur dann auf einen Mann wie Doktor Friesen wirken.

»Reizend ist das Kleid geworden, Lonny, du hast wirklich viel Geschick und einen auserlesenen Geschmack. Vielleicht hättest du als Modistin noch mehr Geld verdienen können denn als Sekretärin bei Doktor Friesen; aber eine Modistin hat noch weniger Aussichten, in die gute Gesellschaft hineinzuheiraten. Du solltest das Kleid einmal ins Büro anziehen.«

»Aber Mama, dazu ist es doch zu unpraktisch.«

»Mein Gott, Lonny, du bist manchmal zu schwerfällig. Du müßtest natürlich sagen, daß du am Abend vom Büro aus gleich ins Theater gehen wolltest, das würde das festliche Kleid erklären, und die Hauptsache wäre doch, daß Doktor Friesen dich darin sehen würde. Mancher Mann ist schon mit einem hübschen Kleid erobert worden.«

Lonny wollte sich, wie gewöhnlich, gegen solche Ratschläge zur Wehr setzen, aber sie sagte sich, daß die Mutter ja ohnedies bald erfahren würde, daß ihr Traum mit Doktor Friesen ausgeträumt sein mußte. Sie erwiderte nichts, zumal in diesem Augenblick die Flurklingel anschlug. Und gleich darauf brachte Meta, wie beim ersten Mal, Lutz Hennersbergs Visitenkarte. Die Majorin griff hastig danach.

»Das ist ja unerhört, Botho – Hennersberg will uns einen Besuch machen; das ist doch wider die Abrede. Wir empfangen ihn natürlich nicht.«

Der Major sah unsicher von einer der Damen zur andern. Lonny hob bittend und beschwörend die Hände.

»Papa, Meta hat schon gesagt, daß wir zu Hause

sind; es wäre eine Beleidigung, wolltest du Herrn von Hennersberg abweisen lassen. Sicher hat er doch eine wichtige Veranlassung zu diesem Besuch, sonst wäre er nicht gekommen. Meta, führen Sie Herrn von Hennersberg gleich hier herein ins Wohnzimmer.«

So nahm Lonny dem Vater die Entscheidung aus der Hand, und Meta war hinaus, ehe die Majorin einen Einspruch erheben konnte. Gleich darauf stand Lutz auf der Schwelle.

»Ich bitte um Verzeihung, meine verehrten Herrschaften, wenn ich störe, aber eine Sache von Wichtigkeit führt mich hierher, und Sie werden mir verzeihen, daß ich gegen Ihren Wunsch komme.«

Lonny hatte sich erhoben und kam ihm entgegen. Sie reichte ihm die Hand.

»Guten Abend, Herr von Hennersberg. Sie stören gewiß nicht, und wir freuen uns, Sie endlich einmal wiederzusehen«, sagte sie tapfer.

Es führte ihre Hand, die er mit warmem Druck umschlossen hatte, an seine Lippen. Dann begrüßte er den Major und seine Gattin. Der Major sah verlegen aus, und Frau Hermine zeigte eine eisige Kälte. Sie reichte dem Besucher nicht einmal die Hand. Lutz übersah das als unwichtig für ihn, er ließ sich auch nicht durch die Unsicherheit des Majors aus der Fassung bringen; seine Augen leuchteten nur in die Lonnys, und dann sagte er, sich vor dem Major verneigend:

»Ich will mich kurz fassen, Herr Major. Als ich das letztemal hier vor Ihnen stand, gab ich Ihnen ein Versprechen. Ich gab es unter anderen Verhältnissen, als sie heute eingetreten sind. Ein seltener Glücksfall hat meine Verhältnisse gebessert, und auch Ihr Fräulein Tochter ist von diesem Glücksfall betroffen worden. Wir haben beide in der Lotterie gewonnen und sind dadurch in die Lage versetzt worden, uns eine, wenn auch bescheidene Existenz gründen zu können. Ich werde meine Stellung als Chauffeur Doktor Friesens aufgeben und mich selbständig machen. Und so bitte ich Sie herzlich und inständig um die Hand Ihrer Tochter Lonny. Wir lieben uns beide von ganzem Herzen und sind gewillt, alles miteinander zu tragen, Freud und Leid, wie es das Schicksal will. Ich bitte Sie, zeigen Sie sich mir als der Freund meines Vaters und geben Sie uns Ihre Einwilligung zu unserem Bund.«

Der Major war so, wie es Lutz beabsichtigt hatte, völlig überrumpelt. Hätte seine Gattin ihn gestern abend nicht so gründlich bearbeitet, dann wäre er wohl nicht imstande gewesen, seine Einwilligung zu versagen. So aber wußte er nicht, was er erwidern sollte. Auch jetzt noch hätte er sehr gern das Schicksal seiner Tochter in Lutz Hennersbergs Hände gelegt, aber der drohende Blick seiner kampfbereiten Gattin schüchterte ihn ein. Er hatte noch nicht vergessen, was für Schrecknisse sie ihm gestern abend ausgemalt hatte, wenn eine solche Verbindung zustande kommen würde. Und unter der Nachwirkung dieser Predigt und unter dem Zwang, den der Blick seiner Frau auf ihn ausübte, sagte er, sich zur Festigkeit zwingend:

»Sie bringen mich in eine sehr schwierige Lage, Herr von Hennersberg, die Sie mir hätten ersparen sollen. Er tut mir leid, Ihnen die Hand meiner Tochter verweigern zu müssen. Sie sehen die Verhältnisse von einer sehr rosigen Seite an. Was hat sich viel daran geändert? Sie werden ein Kapital von zehntausend Mark besitzen, das gleiche wird allerdings meine Tochter ausbezahlt bekommen. Aber – Sie müßten Ihre immerhin gutbezahlte Stellung aufgeben, und meine Tochter die ihre auch. Ehe Sie sich mit dem Geld eine Existenz gründen können, wird der Teil, der auf meine Tochter fällt und der zur Hälfte doch sicher durch eine bescheidene Aussteuer aufgebraucht wird, schon kaum mehr existieren. Ich selbst bin durchaus nicht in der Lage, meiner Tochter eine Aussteuer zu schaffen – im Gegenteil, ich bin auf den Zuschuß angewiesen, den meine Tochter zum Haushalt beigetragen hat. Meine Geschäfte verschlechtern sich von Tag zu Tag. Wo also sind die Aussichten, die Sie berechtigen, an die Gründung einer Familie zu gehen?«

Lutz war sehr blaß geworden – vielleicht, weil er dem Major nicht ganz unrecht geben konnte. Aber er sagte, als Lonny jetzt unwillkürlich an seine Seite trat und ihn mutig und zuversichtlich anstrahlte:

»Sie vergessen, Herr Major, daß wir beide jung sind und daß wir jetzt immerhin eine Grundlage haben. Ich habe mich schon erkundigt, ich kann jetzt zwei schöne, guterhaltene Wagen durch Zufall sehr billig kaufen, für elftausend Mark. Außer den gewonnenen zehntausend Mark habe ich mir neunhundert Mark gespart, die fehlenden hundert Mark kann ich am Ersten von meinem Gehalt dazulegen. Ich werde den einen Wagen selber fahren, mein Verdienst fängt sofort an, wenn ich meine Stellung bei Doktor Friesen aufgebe. Für den anderen Wagen nehme ich einen Führer, und auch der wird mir, wenn auch nicht so viel wie bei eigener Führung, etwas einbringen. Das wird reichlich für unsere bescheidenen Ansprüche genügen; ich hoffe, mit der Zeit noch Ersparungen zu machen, um einen weiteren Wagen kaufen zu können. Wir werden schon vorwärtskommen. Die zehntausend Mark, die Ihr Fräulein Tochter gewonnen hat, kann sie zur Aussteuer benützen, und was übrig bleibt, als Notgroschen für sich zurücklegen. Und es wird mir dann auch vergönnt sein,

Sie für den Ausfall zu entschädigen. Vertrauen Sie doch bitte meinem Mut, meiner Kraft; es wird schon alles gutgehen.«

»Oder auch nicht!« rief die Majorin mit greller Stimme dazwischen. »Malen sie meinem Mann doch nicht Potemkinsche Dörfer vor! Das sind ja alles Phantasiegebilde! In was für ein jammervolles Leben wollen Sie Lonny hineinreißen? Ist das Ihre vielgerühmte Liebe? Halten Sie so Ihr Versprechen, ihre Herzensruhe nicht zu stören? Wenn hier niemand weiter den Verstand behält, muß ich es tun. Was soll aus uns allen werden, wenn Ihre Pläne ins Wasser fallen, wenn Sie nicht genug Geld verdienen, um den Unterhalt für zwei Familien zu schaffen – jawohl, für zwei; denn was mein Mann verdienen kann, ist nicht das Salz auf das Brot. Ich sehe in Ihrer Werbung nichts als einen sträflichen Leichtsinn und hoffe, daß mein Mann Energie genug hat, diesen Leichtsinn nicht noch zu unterstützen. So, Botho, nun sprich du ein Machtwort!«

Aufatmend schwieg die erregte Frau und sah ihren Gatten mit strengen, beschwörenden Blicken an.

Der Major reckte sich in den Schultern, als müsse er sich Mut machen. Und dann sagte er, schroffer, als er selbst wollte:

»Ich kann mich den Ausführungen meiner Frau nur voll und ganz anschließen. So leid es mir tut, Sie geben mir keine genügenden Garantien für die Zukunft meiner Tochter, und deshalb muß ich Ihren Antrag abweisen.«

Lonny trat leichenblaß vor den Vater hin.

»Papa, es geht um mein Glück!« rief sie flehend.

Der Vater machte eine abweisende Handbewegung, sich an seinem Mut selber stärkend.

»Mein liebes Kind, du mußt mir schon glauben, wenn ich dir sage, daß ich kein Glück für dich in dieser

Verbindung sehe. Not und Elend würde das Ende sein, wenn ich schwach werden wollte. Ich bedaure am meisten, daß ich dir deinen Herzenswunsch nicht erfüllen kann.«

Lutz stand bleich, mit brennenden Augen und zukkendem Gesicht.

»Ist das Ihr letztes Wort, Herr Major?«

»Ja, es ist mein letzes Wort. Nun machen Sie bitte dieser Szene ein Ende.«

Lonny faßte mit krampfhaftem Druck Lutz Hennersbergs Hand.

»Lutz, was auch kommen mag, ich warte auf dich und bleibe dir treu«, sagte sie.

Er zog ihre Hand an seine Lippen, sah sie mit großen, ernsten Augen an und sagte weich und zärtlich:

»Verzage nicht, Lonny, ich werde alles daransetzen, mir eine Lebensstellung zu gründen, die deinem Vater genügend Garantien für deine Zukunft geben wird. Gott mit dir, bis wir uns wiedersehen dürfen.«

Sie sahen sich fest und innig in die Augen, und ihre Hände umschlossen sich mit warmem Druck. Dann verbeugte sich Lutz vor dem Major und seiner Gattin – und ging davon.

Frau Hermine wollte mit einer Flut von Vorwürfen über Lonny herfallen, doch ihr Gatte hob gebietend die Hand.

»Kein Wort des Vorwurfs für Lonny. Es ist mir schwer genug geworden, Hennersberg abzuweisen. Lonny wird selbst einsehen lernen, daß ich nur ihr Bestes gewollt habe. Jede Kränkung ihrerseits wäre jetzt eine Grausamkeit. Sie wird sich ins Unabänderliche fügen müssen.«

Lonny hatte ihre Stiefmutter nur groß angesehen. Nun trat sie zu dem Vater und faßte seine Hand.

»Es kam dir nicht aus dem Herzen, Vater, und – vielleicht glaubtest du wirklich, nur deine Pflicht zu tun. Aber ich gebe dir mein Wort, nie werde ich einem andern Mann angehören als Lutz Hennersberg.«

»Du bist von Sinnen, Lonny! Ein Mädchen, das einen Freier haben kann wie Doktor Friesen und das sich verplempern will an so einen armseligen Habenichts, das muß von Sinnen sein. Von Verliebtheit wird man nicht satt!« zeterte Frau Hermine erregt und wütend, daß ihr Plan mit Doktor Friesen nicht glücken wollte.

Lonny wandte sich mit blassem Gesicht nach ihr um.

»Du kannst mich nach deiner Wesensart nicht verstehen, Mama, kannst dich nicht in meine Seele hineinversetzen. Ich würde lieber mit Lutz Hennersberg hungern, als mit einem andern Mann, wer es auch sei, in Glanz und Luxus zu leben. Gib die Hoffnung endgültig auf, daß ich jemals einen reichen Mann heiraten werde, wenn er nicht Lutz Hennersberg heißt. Und was Doktor Friesen anbelangt – ich sollte noch nicht darüber sprechen, aber ich muß dir endlich klarmachen, daß du dich da in eine ganz unsinnige Idee verrannt hast, Doktor Friesen ist bereits verlobt, wenn diese Verlobung auch erst in einiger Zeit bekannt wird. Bitte, behandle das aber diskret; es soll, wie gesagt, noch nicht bekanntwerden.«

Frau Hermine starrte fassungslos in Lonnys blasses Gesicht. Dann lachte sie grell und nervös auf.

»Ah, so lange hast du also meine Ratschläge in den Wind geschlagen, bis ihn dir eine andere vor der Nase weggeschnappt hat! Du bist ein törichtes, überspanntes Geschöpf. Nun sitzen wir ohne Aussicht auf Hilfe im Elend. Nie wieder wird dir so eine günstige Gelegenheit geboten, eine glänzende Partie zu machen. Wärest du meinen Ratschlägen gefolgt, dann wären wir jetzt aus aller Not, aber du hast nur an deine Verliebtheit mit dem Chauffeur gedacht, statt dir seinen Herrn zu erobern.«

»Sprich nicht von Verliebtheit, Mama; ich bin nicht verliebt, ich liebe Lutz Hennersberg.«

Wieder lachte Frau Hermine grell auf.

»Ein albernes dummes Ding bist du, das aller Vernunft Hohn spricht. Ich habe mein möglichstes getan, ich wasche meine Hände in Unschuld, wenn wir nun alle im Elend verkommen.«

Und mit diesem dramatischen Ausspruch verließ Frau Hermine das Zimmer und schlug die Türe recht unsanft in das Schloß.

Lonny blieb mit dem Vater allein. Sie schwiegen beide. Was hätten sie sich auch noch zu sagen gehabt? Der Major verschanzte sich freilich hinter dem Bewußtsein, daß er nur seine Pflicht getan hatte, aber ganz still in seinem Herzen sprach eine Stimme zu ihm: »Du hast mehr an dich gedacht als an dein Kind.« Nach einer Weile zog er sich zurück, und auch Lonny suchte ihr Zimmer auf.

Sie war so niedergeschlagen, daß sie müde in einen Sessel fiel und lange vor sich hinstarrte. Und ihr wollte nun auch scheinen, als sei der Glücksfall mit der Lotterie doch nicht groß genug gewesen, um ihr eine glückliche Vereinigung mit dem Geliebten zu ermöglichen. Zum ersten Mal fühlte sie die Verpflichtung, auch für den Vater mitsorgen zu müssen, als eine schwere Last. Denn, so sagte sie sich, daran war ja schließlich ihr Glück gescheitert. Für sie und Lutz hätte gereicht, was er verdienen würde; aber – konnte sie Lutz zumuten, auch noch für die Eltern zu sorgen? Würde sich diese Verpflichtung nicht wie eine Last an ihn hängen, die ihm den Aufstieg erschwerte oder vielleicht gar unmöglich machte? Sollte sie Lutz nicht lieber freigeben?

Und sie setzte sich nieder und schrieb ihm alles, was ihre Seele bedrückte, schrieb ihm, daß es besser sei, wenn er sie aufgebe.

»Ich sehe ein, Lutz, daß ich Dich freigeben muß, Du darfst nicht belastet werden mit der Sorge um eine ganze Familie. Ich habe das nicht bedacht, es ist mir erst klar geworden bei den Worten meines Vaters. Ich weiß, er hat selber darunter gelitten, daß er uns trennen mußte, und er hat doch wohl auch gefühlt, daß man Dir diese Last nicht aufbürden darf. Ich liebe Dich zu sehr, um zugeben zu können, daß Du Dich zermürbst mit solchen Sorgen. Allein wirst Du schnell vorwärtskommen. Das Herz tut mir weh, weil ich Dir das schreiben muß, aber ich bin in einer so elenden, verzagten Stimmung nach der Hoffnungsfreudigkeit der letzten Tage, daß ich ganz zerbrochen bin. Du bist frei, Lutz, ich will Dich nicht halten. Gott mit Dir, Lutz – alles Glück mit Dir.

Deine verzagte Lonny«

Diesen Brief machte sie gleich fertig und trug ihn noch hinunter in den Briefkasten. Sie fürchtete, daß sie am anderen Morgen nicht mehr den Mut haben würde, ihn fortzuschicken; es mußte gleich geschehen. Als der Brief in den Kasten fiel, klopfte ihr das Herz bis zum Hals. Ihr war, als müsse sie ihn wieder herausholen.

Langsam ging sie nach Hause zurück. Und als sie dann müde und zerschlagen in ihrem Bett lag, da dachte sie: »Lutz wird mich schelten, aber er wird nicht daran denken, die Freiheit anzunehmen, die ich ihm biete. Aber ich habe dann wenigstens meine Pflicht getan und ihn darauf aufmerksam gemacht, daß er eine Last auf sich nimmt, wenn er sich an mich bindet.«

Sie war jedenfalls so verzagt und von quälenden Gedanken hin und her gerissen, daß sie lange nicht einschlafen konnte.

11

Am nächsten Morgen aber geschah etwas sehr Seltsames. Frau Hermine war, noch sehr schlecht gelaunt, frühzeitig aufgestanden; sie hatte wenig Schlaf gefunden. Ihr Lieblingsplan, Lonny mit Doktor Friesen zu verheiraten, war gescheitert. Lonny würde kaum jemals wieder Gelegenheit haben, eine so glänzende Partie zu machen, ganz abgesehen davon, daß sie in ihrer »störrischen Verliebtheit« gar nicht dazu zu bewegen sein würde, sich einen anderen reichen Freier zu erobern. Es gab also keine Besserung der elenden Verhältnisse, und man mußte alles tun, um wenigstens diese verrückte Heirat zu hintertreiben. Verheiratete sich Lonny nicht so glänzend, daß sie den Eltern helfen konnte, dann mußte sie wenigstens in ihrer Stellung bleiben und nach wie vor den Zuschuß zum Haushalt leisten. Was sollte sonst werden?

Fröstelnd, in ihren warmen Morgenrock gehüllt, setzte sie sich im Wohnzimmer an den Ofen, in dem Meta schon ein Feuer angezündet hatte. Sie starrte vor sich hin und zergrübelte sich den Kopf, was nun werden sollte. Lonny würde jetzt natürlich nichts von den gewonnenen zehntausend Mark herausrücken, da es der Vater selbst nicht wollte. Man hätte das Geld so gut brauchen können. Aber nicht einmal dieser Lichtblick wurde ihr vom Schicksal vergönnt.

So saß sie noch, als Meta die Zeitung hereinbrachte.

Sie griff danach und blätterte mißmutig darin herum, hier und da eine Zeile überfliegend und immer mit ihren Gedanken halb abwesend. Aber plötzlich bohrte sich etwas, was sie gelesen hatte, in ihr Bewußtsein – es war der Name Freiherr Lutz von Hennersberg. Ganz groß und fett gedruckt stand dieser Name inmitten einer Anzeige. Sie riß sich zusammen, las die Anzeige jetzt mit wachem Bewußtsein, und ihre Augen sahen weit geöffnet darauf hin. Wieder und wieder las sie die Anzeige. Ihr Gesicht wurde abwechselnd rot und blaß in höchster Erregung, und ein tiefer Atemzug hob ihre Brust.

Wieder versank sie dann in tiefe Grübelei, versank so völlig darin, daß sie nicht einmal Lonny eintreten hörte und erst aufschrak, als diese ihr guten Morgen bot. Erschrocken raffte sie die Zeitung zusammen, faltete sie ganz klein und eng zusammen und steckte sie in die große Tasche ihres Morgenrocks.

Lonny sah ihr etwas erstaunt zu. Aber noch mehr erstaunte sie, als die Stiefmutter plötzlich mit ausgebreiteten Armen auf sie zukam.

»Mein liebes Kind, verzeihe mir, daß ich gestern abend so heftig geworden bin. Ich habe mir so viel Sorgen gemacht, vielleicht mehr, als nötig war, und habe die ganze Nacht nicht geschlafen.«

Lonny war sehr blaß, und man sah ihr an, daß auch sie keine ruhige Nacht gehabt hatte. Um so mehr staunte sie jetzt über diese Worte ihrer Stiefmutter und über die liebevolle Umarmung.

»Es tut mir leid, daß du schlecht geschlafen hast, Mama«, erwiderte Lonny, ohne imstande zu sein, die Liebenswürdigkeit der Stiefmutter zu erwidern. Ihr Gesicht blieb ernst und bekümmert.

Aber die Stiefmutter fuhr zu ihrer Verwunderung sehr liebevoll und zärtlich fort: »Ich weiß, du bist ein gutes, liebes Kind, und deshalb quält es mich, daß du unglücklich werden sollst. Das hat mir keine Ruhe gelassen. Immer wieder habe ich diese Nacht darüber nachgegrübelt, ob ich euch, dir und Lutz Hennersberg, nicht doch irgendwie zu eurem Glück helfen könnte, wie eine Verbindung zwischen euch zu ermöglichen wäre. Noch habe ich keinen Ausweg, aber sei versichert, ich werde einen finden. Ich will mich bemühen, alles in Ordnung zu bringen. Du weißt, ich besitze noch meinen Schmuck aus guten Tagen, den ich ängstlich behütet habe für die allerschlimmsten Fälle. Und nun bin ich zu dem Entschluß gekommen, meinen Schmuck zu opfern, damit wir, Papa und ich, euch nicht noch mit unseren Sorgen kommen müssen. So lange, bis Lutz Hennersberg imstande sein wird, auch für uns etwas tun zu können, wird uns der Erlös des Schmuckes über Wasser halten. So wird es dann gehen. Laß mich nur erst noch einmal in Ruhe das alles überlegen; du sollst nicht unglücklich werden, mein liebes Kind, es würde mir das Herz brechen. Ich hatte freilich mit deiner Verbindung mit Doktor Friesen gerechnet – wollte aber damit gewiß nur dein Bestes. Da dieser schon verlobt ist, sehe ich ein, daß ich diesen Plan, dich glücklich zu machen, fallen lassen muß. Und so will ich versuchen, dir und Lutz von Hennersberg zum Glück zu verhelfen.«

Lonny war ganz betroffen. So hatte die Stiefmutter noch nie gesprochen. Und nun gar nach dem heftigen Ausfall von gestern abend? Was sollte sie daraus machen? Was hatte die Stiefmutter plötzlich so sehr verändert? Sie stand diesem Ton fassungslos gegenüber.

»Du siehst mich sehr überrascht, Mama; aber es ist

sehr lieb von dir, daß du dich anders besonnen hast. Wenn du mir wirklich helfen wolltest, ich würde dir sehr dankbar sein«, sagte sie etwas beklommen und ungläubig.

Frau Hermine zog sie in überwallender Zärtlichkeit in ihre Arme. »Ach, Lonny, ich habe in dieser Nacht erst so richtig erkannt, wie lieb du mir bist. Ich kann dich nicht leiden sehen. Lange habe ich mich mit allen Mitteln gegen eine Verbindung zwischen euch gewehrt – immer nur in Angst um deine Zukunft. Nicht wahr, du bist mir nicht mehr böse, wir sind wieder ganz versöhnt?«

Lonny vermochte das alles noch nicht zu fassen. Daß die Stiefmutter ihren Schmuck sogar opfern wollte, den sie bisher so energisch gegen jeden möglichen Angriff verteidigt hatte, erschien ihr unglaublich. Sie kam sich sehr schlecht und nachtragend vor, daß sie diese plötzlich zutage getretene Liebe und Zärtlichkeit nicht erwidern konnte; doch war sie viel zu dankbar, daß dieser Meinungsumschwung stattgefunden hatte, als daß sie nicht alle Waffen gestreckt hätte.

Es fiel ihr nun doppelt schwer auf die Seele, daß sie gestern abend in ihrer tiefen Niedergeschlagenheit Lutz einen Abschiedsbrief geschrieben hatte. Wie gern hätte sie das ungeschehen gemacht. Aber sie wußte doch, wie sehr Lutz sie liebte. Der Brief würde ihn schmerzen, weil er sie darin als kleinmütig und verzagt erkennen mußte, aber er würde nicht daran denken, sie freizugeben. Gottlob, sie durfte nun doch noch glücklich werden.

Und sich schämend, daß sie nicht so herzlich und zärtlich sein konnte wie die Mutter, sagte sie, dieser die Hand drückend:

»Liebe Mama, ich bin so froh und so dankbar, daß

du uns nun helfen willst, Lutz und mir. Ich gestehe, daß ich gestern abend sehr verzagt war und Lutz noch einen Abschiebsbrief geschrieben habe.«

Frau Hermine verfärbte sich und sah Lonny ganz entsetzt an. »Aber Lonny, bist du denn unklug geworden!« stieß sie außer sich hervor.

Das erschien Lonny noch viel rätselhafter.

»Ich war so verzagt, weil ich selbst einsah, daß man Lutz zu viele Sorgen aufbürden müsse, wenn er für zwei Familien sorgen sollte. Damit hattest du ja eigentlich recht.«

»Ganz unrecht hatte ich damit«, ereiferte sich Frau Hermine. »Wie konntest du dich nur durch meine übertriebene Sorge zu einem solchen Schritt hinreißen lassen! Das mußt du sofort rückgängig machen; ich würde mir ewig Vorwürfe machen, wenn ich schuld daran wäre, daß ihr, die ihr euch so herzlich liebt, nicht zusammenkommen könntet. Hörst du, Lonny, du mußt das sofort rückgängig machen.«

Lonny sah ihre Stiefmutter immer verständnisloser an. Aber nun mußte sie doch lächeln.

»Ach, Mama, Lutz wird diese Absage gar nicht gelten lassen, das weiß ich; er wird schelten, daß ich so verzagt war, und mir den Kopf zurechtsetzen.«

»Das verdienst du auch, du kleinmütige Lonny! Aber ich bin doch schuld daran und muß auch das wiedergutmachen. Vieles muß ich gutmachen, damit Lutz mich ein bißchen liebgewinnt und mir ein guter Sohn wird, wie du mir eine gute Tochter bist. O Lonny, wie leicht ist mir nun das Herz!«

Und wieder umarmte sie Lonny.

Meta brachte jetzt das Frühstück herein, und die beiden Damen ließen sich am Frühstückstisch nieder. Dabei schob sich die kleinzusammengefaltete Zeitung aus

Frau Hermines Morgenrocktasche und fiel zu Boden. Lonny bückte sich danach, aber Frau Hermine tat das zu gleicher Zeit und so hastig, daß sie beide zusammenstießen. Lonny erfaßte jedoch die Zeitung, und weil sie noch immer ein wenig beklommen, fast verlegen war, faltete sie die Zeitung auseinander und wollte hineinsehen. Aber Frau Hermine nahm ihr hastig und lächelnd die Zeitung fort und sagte:

»Laß doch jetzt die dumme Zeitung, es steht ja doch alle Tage das gleiche drin. Laß uns lieber noch ein wenig plaudern. Du mußt ja doch bald fort. Wie gedenkst du Lutz zu benachrichtigen, daß dein törichter Abschiedsbrief nicht gilt?«

»Ich hoffe ihn im Büro zu treffen und werde gleich mit ihm sprechen.«

»Ja, das tu nur, Lonny. Und weißt du, wenn ich erst mit Papa gesprochen und ihn bestimmt habe, euch seine Einwilligung zu geben – er wird ja im Grunde nur sehr froh darüber sein, denn es hat auch ihn sehr bedrückt, daß er Lutz abweisen mußte –, dann werde ich einige liebenswürdige Zeilen an Lutz schreiben. Ich muß mich doch entschuldigen, denn schließlich will ich nicht als böse Schwiegermutter gelten.«

Sie hatte die Zeitung wieder fest in ihre Morgenrocktasche gesteckt. Lonny konnte noch immer nicht fassen, wie sehr sich die Mutter geändert hatte. Es fiel ihr besonders auf, daß die Mutter die Zeitung, die sonst immer auf dem Tisch lag, in die Tasche steckte und auch noch den Knopf der Tasche schloß. Aber sie glaubte, das sei eine unbewußte, zerstreute Handlung. Und außerdem wurde sie dann plötzlich durch ein anderes Ereignis abgelenkt, so daß sie jetzt nicht mehr an die so sonderbar zusammengefaltete und in der Tasche verschwundene Zeitung dachte. Trotzdem blieb diese Unwichtigkeit, wie sie glaubte, fest in ihrem Gedächtnis haften, wie man sich zuweilen später an nebensächliche Dinge ganz genau erinnert, während wichtige Dinge in Vergessenheit geraten können.

»Es wäre sehr lieb von dir, wenn du Lutz schreiben wolltest«, hatte Lonny gerade noch gesagt, als draußen die Flurklingel heftig gezogen wurde, als wenn das ein Mensch in höchster Eile getan hätte. Lonny und Frau Hermine lauschten hinaus. Zugleich mit dem Major trat Meta ein und sagte hastig:

»Gnädiges Fräulein, der Bürodiener von Herrn Doktor Friesen ist da; er muß Sie dringend sofort sprechen. Es ist ein Unglück geschehen, sagt er.«

Lonny fuhr leichenblaß empor. Ihr erster Gedanke galt Lutz. Sie stürzte hinaus und sah Zörner mit ganz entsetzten Augen an.

»Was ist geschehen, Zörner?«

Dieser sah so blaß und verstört aus, wie ihn Lonny noch nie gesehen hatte.

»Ach, Fräulein Straßmann, so'n Unglück! Unser Herr Doktor!«

Lonny taumelte ein wenig, aber eine ungeheure Last fiel ihr vom Herzen. Sie konnte nur denken, daß dies Unglück, das ihr gemeldet werden sollte, nicht Lutz betraf, und das machte sie gefaßt.

»Was ist mit dem Herrn Doktor, Zörner? So sprechen Sie doch!«

»Lieber Gott, Fräulein Straßmann, det werden Sie noch ville zu schnell erfahren – fassen Sie Ihnen man – unser Herr Doktor ist tot!«

Lonny wurde leichenblaß.

»Zörner – das kann doch nicht sein!« stieß sie heiser und entsetzt hervor.

Zörner nickte tragisch.

»Is aber leider so, Fräulein Straßmann, er ist diese Nacht so gegen zwei Uhr mit seinem Freund im Auto von Bernau nach Berlin gefahren, und da is mit dem Auto ein Unglück passiert. Herr Doktor is gleich tot gewesen, und was sein Freund is, der hat'n Arm und auch ein Bein gebrochen. Und er hat noch ein Stunde draußen im Freien gelegen, weil niemand vorbeigekommen is; erst gegen drei Uhr hat man sie gefunden. Der Freund vom Herrn Doktor hat selber gefahren, sein Chauffeur is nich mit dabei gewesen. Und in aller Herrgottsfrühe hat man den Herrn Bürovorsteher angerufen, und er hat allens zusammengetrommelt. Und nun soll ick Ihnen holen, ick habe gleich een Auto mitgebracht. Et is doch heute früh Termin angesetzt, und der Herr Bürovorsteher findet sich nich mang die Akten zurecht, weil er een bißken den Kopp verloren hat.«

Lonny zwang sich zur Ruhe, so sehr sie auch der Tod Doktor Friesens erschütterte.

»Es ist gut, Zörner, ich komme sofort; warten Sie unten auf mich, ich will nur meiner Mutter Bescheid sagen.«

Lonny ging mit blassem Gesicht ins Zimmer. Sie berichtete hastig, was geschehen war.

»Ich muß sofort ins Büro. Auf Wiedersehen, Mama – und nochmals Dank für alles Gute.«

Damit verabschiedete sie sich, nahm eilig draußen Hut und Mantel und eilte die Treppe hinunter.

Als der Major eintrat, berichtete Frau Hermine sogleich über den Unfall. Aber dann nahm sie Doktor Friesens Tod zum Vorwand, um auf ihr jetzt so sehr verändertes Ziel loszugehen.

»Lieber Botho, der plötzliche Tod Doktor Friesens zeigt mir wieder einmal, wie wenig wir Menschen das Schicksal aufhalten oder abwenden können. Dieser gesunde, kräftige Mann in den besten Mannesjahren ist so jäh aus einer regen, erfolgreichen Tätigkeit herausgerissen worden. Ich bin ganz erschüttert.«

Der Major krümelte matt und abgespannt an seinem Brötchen herum. Auch er hatte schlecht geschlafen. Ein tiefer Seufzer hob seine Brust.

»Da hat eine höhere Macht auch zugleich einen deiner Lieblingspläne zerstört, Hermine«, sagte er, und es klang fast wie eine heimliche, leise Befriedigung.

Sie faßte mit einem auffallend liebenswürdigen Lächeln nach seiner Hand.

»Erinnere mich nur gar nicht mehr an diese Torheit, Botho. Ich muß gestehen, daß ich in dieser Nacht, die ich schlaflos verbrachte, all diese Pläne aufgegeben habe. Ich habe mich schon vorhin mit Lonny ausgesprochen, weißt du, es ließ mich nicht zur Ruhe kommen, daß ich Lonnys Glück zerstören sollte. Ich habe das Kind lieb, viel lieber, als ich bisher selbst gewußt habe. Und Lutz Hennersberg ist ein so gediegener, vornehmer Charakter, es hat mir auch um ihn leid getan. Und ob er nun Chauffeur ist oder sonst etwas, schließlich bleibt er doch der Freiherr von Hennersberg. Kurzum, Botho, ich kann es doch nicht über das Herz bringen, diese beiden Menschen unglücklich zu machen. Mag kommen, was will, der liebe Gott wird schon helfen, wenn wir alle das Unsere dazu tun. Ich habe Lonny schon versprochen, daß ich dich bestimmen will, daß du ihnen doch dein Jawort gibst.«

Der Major sah seine Gattin fassungslos erstaunt an.

»Aber Hermine, wie kommt es, daß du heute so ganz anders sprichst als gestern abend?«

»Ich sage dir ja, Botho, ich kann es nicht über das Herz bringen, die beiden jungen Menschen zu trennen. Du mußt mir erlauben, Botho, daß ich Hennersberg ein paar liebenswürdige Zeilen schreibe und ihm mitteile, daß wir unsern Sinn geändert haben. Gleich heute vormittag soll das noch geschehen, eher habe ich nun doch keine Ruhe.«

Der Major staunte seine Gattin an, und die Hoffnung, daß sein Kind doch noch glücklich werden könne, wie er es sich trotz allem heimlich gewünscht hatte, wachte in ihm auf. Aber er sagte doch unsicher:

»Es ist ja sehr lieb von dir, Hermine, daß dir Lonnys Glück so sehr am Herzen liegt. Aber im Grunde hattest du ja leider nur zu recht mit deinem Widerstand. Diese Heirat ist und bleibt eine Unvernunft. Und – was soll aus uns werden?«

Sie lächelte ihm zu.

»Ich habe mir schon alles überlegt, Botho, und es auch schon mit Lonny besprochen. Ich werde meinen Schmuck opfern, sobald es nötig ist. Gern trenne ich mich nicht von diesen Zeugen einer einstigen besseren Zeit. Aber Lonnys Glück gilt mir mehr. Nicht wahr, Botho, du gibst deine Einwilligung?«

Der Major nahm ihre Hand und küßte sie.

»Liebe Hermine, ich muß dir sagen, daß du mir heute so liebenswert erscheinst wie seit langem nicht. Ganz offen, ich habe auch keine Ruhe finden können; immer sah ich Lonny vor mir stehen und hörte sie sagen: Papa, es geht um mein Glück! Es wurde mir sehr schwer, den hartherzigen Vater zu spielen. Und wenn du meinst, daß es so geht, wenn du wirklich deinen Schmuck opfern willst, dann gebe auch ich von Herzen gern meine Einwilligung.«

Sie lächelte ihm freundlich zu.

»Gottlob, mir ist eine Last vom Herzen! Gleich nachher werde ich an Lutz schreiben. Wie gut, daß er schon damit gerechnet hatte, seine Stellung bei Doktor

Friesen aufzugeben; nun dieser so plötzlich verschieden ist, wird er ja doch entlassen werden, und auch Lonny wird wohl ihre Stellung verlieren. Nun, um so schneller können sich die Kinder heiraten. Es hat ja keinen Zweck, sie noch lange zu quälen.«

»Ja, richtig, Doktor Friesen, das hätte ich fast vergessen vor Überraschung über deine Sinnesänderung. Schade um den Mann! Soviel ich weiß, hat er nicht einmal direkte Erben, es soll nur noch ein Vetter von ihm da sein, der in Thüringen ein Landgut hat. Der wird wohl nun alles erben, denn – wenn er auch, wie Lonny sagte, heimlich verlobt ist, öffentlich ist die Sache doch nicht geworden, und an ein Testament wird er noch nicht gedacht haben.«

»Nun, dieser Vetter kann sich freuen, es wird ein fettes Erbe sein. Ein Glück nur, daß Doktor Friesen nicht mit Lutz als Chauffeur gefahren ist, sonst wäre Lutz am Ende mit verunglückt.«

«Oder – er hätte das Unglück abwenden können. Hätte der Freund Doktor Friesens seinen Chauffeur mitgenommen, dann wäre es vielleicht nicht zu dem Unglück gekommen. Aber nun muß ich doch aufbrechen, es ist die höchste Zeit für mich.«

Frau Hermine half ihrem Gatten liebenswürdiger als sonst, sich fertig zu machen, wickelte ihm sein Frühstück ein, das er immer mitnahm, weil er erst gegen Abend nach Hause zu kommen pflegte.

Als er fortgegangen war, schloß sich Frau Hermine im Schlafzimmer ein und entnahm ihrer Morgenrocktasche die zusammengelegte Zeitung, die sie hastig entfaltete. Sie suchte wieder die große Anzeige, in der Lutz von Hennersbergs Name fett gedruckt zu lesen war, und überflog sie wieder und wieder. Dann atmete sie tief auf. Welch ein Glück! Hoffentlich kam diese

Zeitung vorläufig Lutz Hennersberg nicht zu Gesicht. Aber heute würde wohl kaum im Friesenschen Hause jemand zu einer ruhigen Zeitungslesestunde kommen. Es würde alles drüber und drunter gehen. Das war gut! Es war wichtig, daß er vorläufig nichts von dieser Anzeige erfuhr, bis sie alles in die Wege geleitet hatte. Jemand anderes würde ihn auch kaum auf diese Anzeige aufmerksam machen; es wußte ja niemand, daß er ein Freiherr von Hennersberg war. Sie mußte Zeit gewinnen, sich ihm erst in einem günstigeren Licht zu zeigen, mußte die Großmütige spielen, um dann um so sicherer auf seine Großmut rechnen zu können. Und er mußte auch erst mit Lonny verlobt sein, vielleicht sogar verheiratet – aber sicher verlobt, das war wichtig. Denn wußte man, ob er sonst noch daran denken würde, sich mit der armen Majorstochter zu verbinden, wenn er erst die Anzeige gelesen hatte? Sie schätzte die Menschen nach sich selbst ein.

Wenn ihm die Zeitung nur nicht vor die Augen kam! Aber – Anzeigen würde er dann auch vielleicht noch nicht lesen. Ihr Blick war ja auch nur ganz zufällig an dem Namen hängengeblieben.

Auch Lonny und ihr Vater durften diese Zeitung nicht zu Gesicht bekommen, bevor sie es für gut fand. Klug mußte sie sein. Die Zeitung würde vorläufig verschwinden. Das würde einen kleinen Auftritt geben, ihr Gatte pflegte jeden Abend seine Zeitung zu lesen, und wehe, wenn sie einmal verschwunden war, dann gab es immer eine kleine Szene. Aber das nahm sie gern mit in Kauf. Erst mußte sie den nötigen Gewinn aus dieser Entdeckung ziehen, ehe sie diese Anzeige preisgab. Sie versteckte die Zeitung sorgfältig in ihrem Wäscheschrank, zu dem sie allein den Schlüssel hatte, dann kleidete sie sich um.

Als sie fertig war, ging sie ins Wohnzimmer hinüber und schrieb den Brief an Lutz. Er war ein diplomatisches Meisterstück. Und sie brachte ihn selber zur Post, als sie ausging, um die täglichen Wirtschaftseinkäufe zu machen. Befriedigt begab sie sich dann wieder nach Hause. Sie hatte das Möglichste getan, um sich ein gutes Ansehen bei ihrem künftigen Schwiegersohn zu schaffen. Und sie wollte die Fäden in der Hand behalten, um alles nach ihrem Sinn zu lenken.

12

Als Lonny ins Büro kam, fand sie ein Chaos vor. Die Angestellten waren noch viel aufgeregter als neulich bei der Kunde von dem Lotteriegewinn. Alles hastete durcheinander. Der Bürovorsteher, ein blasser, nervöser Mensch, war nicht fähig, Ordnung zu schaffen. Er hatte rote Flecken im Gesicht, schob die Brille einmal hinauf und dann wieder herunter und kam Lonny schon entgegen.

»Fräulein Straßmann, ich weiß nicht, wo mir der Kopf steht. Was wird aus dem Termin, der heute vormittag in Sachen Heller–Winkler angesetzt ist? Wo sind die Akten? Hat Doktor Friesen Ihnen die Akten übergeben? Ich kann sie nicht finden.«

Lonny dachte einen Augenblick nach.

»Nur Ruhe, Herr Bürovorsteher, sonst geht alles schief. Die Akten sind da, ich bringe sie gleich. Aber erst muß ich Doktor Tanner anrufen. Bringen Sie bloß die Leute zur Ruhe, alles andere überlassen Sie mir.«

Lonnys Erscheinen genügte schon, um etwas Ruhe zu schaffen. Sie setzte sich gleich mit Doktor Tanner telefonsich in Verbindung. Er war ein Freund Doktor Friesens und hatte ihn schon oft vertreten, wenn er auf Reisen war. Doktor Tanner war zum Glück zu sprechen.

»Hier ist das Büro Doktor Friesens, die Sekretärin,

Herr Doktor. Haben Sie schon von dem Autounglück gehört, das Herrn Doktor Friesen betroffen hat?«

»Wie? Ein Autounglück? Kein Wort habe ich davon gehört. Doktor Friesen ist doch hoffentlich nicht davon betroffen?«

»Leider in erster Linie, Herr Doktor. Wir sind hier ganz erschüttert, Herr Doktor Friesen ist – leider tot«, sagte Lonny mit versagender Stimme. Sie hörte einen erschreckten Ausruf. Eine Weile war es still, dann fragte Doktor Tanner beklommen:

»Ist das wirklich wahr, Fräulein Straßmann?«

»Leider, Herr Doktor! Und bei uns ist, wie gesagt, alles aus den Fugen. Heute vormittag um zehn Uhr ist in einer wichtigen Sache für Herrn Doktor Friesen Termin angesetzt. Ich habe die Akten bearbeitet. Könnten Sie Herrn Doktor Friesen nicht vertreten, wenn ich Sie in die Sache einführe?«

»Herrgott! Ich bin noch ganz benommen. Wann ist denn das Unglück geschehen?«

Lonny gab Auskunft, so gut sie konnte. Dann sagte Doktor Tanner entschlossen:

»Was ich tun kann, tue ich natürlich, Fräulein Straßmann. Aber ich müßte Sie sprechen und kann jetzt hier nicht abkommen.«

»Dann komme ich zu Ihnen, Herr Doktor, und bringe die Akten mit.«

»Gut, Fräulein Straßmann. Liegt sonst noch was vor?«

»Dieser Termin ist vorläufig das wichtigste, alles andere hat Zeit. Ich komme gleich zu Ihnen, Herr Doktor.«

»Dann auf Wiedersehen!«

Lonny atmete auf. Welch ein Glück, daß sie Doktor Tanner gleich erreicht hatte. Sie gab dem Bürovorsteher Bescheid und schickte Zörner fort, daß er ein Auto für sie holte, sie wollte inzwischen die Akten zurechtlegen. Und zu den anderen Angestellten, die immer noch unruhig herumstanden, sagte sie engergisch:

»Seien Sie bitte alle vernünftig, und gehen Sie an Ihre Arbeit. Wir wollen doch unsere Pflicht tun.«

»Erst möchten wir wissen, was aus uns wird«, sagte ein kleines Tippfräulein.

Und der Bürovorsteher jammerte:

»Ich habe doch Frau und Kinder, wenn ich jetzt meine Stelle verliere, bin ich erledigt. Wo soll ich jetzt gleich eine andere Stellung herbekommen?«

Lonny strich sich über die Stirn.

»Es gibt vorläufig keinen Grund zum Verzagen! Für eine Weile werden wir sicher unser Gehalt noch ausbezahlt bekommen, auch wenn die Praxis Doktor Friesens erlöschen sollte mit seinem Tod. Und dann, gottlob, haben wir doch alle für den schlimmsten Fall unseren Lotteriegewinn. Vielleicht übernimmt aber Doktor Tanner die Praxis, und da wird der eine oder andere sicher mit übernommen werden, Sie bestimmt, Herr Bürovorsteher; ohne Sie kann sich ein anderer doch gar nicht einarbeiten.«

Der Bürovorsteher sah sie trübe an, er war sich in diesem Augenblick seiner Untüchtigkeit sehr wohl bewußt.

»Sie sind ja in alles viel besser eingeweiht als ich, Fräulein Straßmann. Sie werden übernommen werden, aber ich nicht.«

»Beruhigen Sie sich, ich werde mich nicht weiterengagieren lassen. Wie gesagt, es liegt kein Grund zum Verzagen vor. Jetzt ist die Hauptsache: die Ruhe bewahren und jeder auf seinem Posten sein.«

Der Bürovorsteher atmete auf. Wenn Fräulein Straßmann nicht blieb, dann war Hoffnung für ihn.

In diesem Augenblick wurde die Tür geöffnet; Zörner erschien und neben ihm – Lutz Hennersberg.

Lonny wurde sehr rot, und ihre Augen sahen beklommen zu Lutz hinüber. Hatte er ihren Brief schon erhalten? Aber Lutz sah sie ganz unbefangen an. Er trat vor sie hin, sah sie mit ernsten Augen an und fragte:

»Kann ich hier irgendwie von Nutzen sein, Fräulein Straßmann? Zörner sagte mir, Sie brauchen einen Wagen, da kann ich Sie doch fahren.«

Lonny schaltete jetzt ihre eigene Angelegenheit aus.

»Wie steht es draußen in Herrn Doktor Friesens Villa, Herr Hennersberg?« fragte sie.

»Langsam wird wieder Ruhe, Fräulein Straßmann. Ich bin seit dem frühesten Morgen unterwegs, um allerlei Leute herbeizuschaffen.«

»Hat man Doktor Friesen in seine Wohnung gebracht?«

»Ja, aber erst vor zwei Stunden. In der Nacht hat er auf der Samariterwache gelegen. Wir erfuhren erst gegen fünf Uhr von dem Unglück, und seither bin ich unterwegs. Nun bin ich draußen vorläufig abkömmlich, und ich wollte sehen, ob ich hier etwas nützen kann.«

»Ja, Herr Hennersberg, Sie können mich gleich zu Doktor Tanner fahren, ich muß ihm Akten bringen. Warten Sie eine Minute, ich mache mich gleich fertig.«

Im Büro war nun doch einige Ruhe eingetreten, dank Lonnys Eingreifen. Sie verließ mit Lutz das Büro. Draußen in dem leeren Vorraum blieb Lutz stehen.

»Bist du sehr erschrocken, meine Lonny?«

»Ach Lutz – es hat mich sehr erschüttert, daß Doktor Friesen ein solches Ende fand. Aber jetzt erst einmal zu unserer Sache – Lutz, hast du meinen Brief bekommen?«

»Ja, Lonny, aber ich hatte noch keine Minute Zeit, ihn zu lesen.«

Sie atmete tief auf.

»Gottlob, Lutz!«

Besorgt sah er sie an.

»Hattest du mir etwas Schlimmes mitzuteilen, hat man dich gestern abend noch gequält, mein armes Lieb?«

Sie sah ihn unruhig an.

»Nicht sehr, Lutz, aber ich war natürlich furchtbar verzagt und mutlos. Und in dieser Stimmung schrieb ich dir den Brief. Lies ihn nicht, Lutz, bitte, gib ihn mir wieder.«

Mit einem guten, warmen Lächeln faßte er ihre Hand.

»Es ist kein Wunder, daß du bedrückt warst nach der Hoffnungsfreude der vorhergegangenen Tage. Ich war auch sehr niedergeschlagen. Aber – warum soll ich deinen Brief nicht lesen? Ich will dich auch in einer verzagten Stimmung kennen lernen, kenne ich dich doch nur als mutig und tapfer.«

Sie seufzte tief auf.

»Nun wohl, Lutz, du magst ihn lesen, hast recht, wir wollen keine Geheimnisse voreinander haben. Aber versprich mir, nicht böse zu sein – und mich nicht zu schelten.«

»Das verspreche ich dir, Lonny, du hast ganz sicher nichts geschrieben, weshalb ich dir zürnen müßte.«

Er zog sie schnell an sich und küßte sie. Erschrocken sah sie sich um.

»Lutz, wenn uns jemand sieht!«

»Das mußte sein, Lonny; ich brauchte wahrhaftig eine Herzstärkung. Nun komm!«

Sie gingen die Treppe hinunter, und Lonny fragte:

»Hast du etwas von Doktor Friesens Braut gehört, Lutz?

»Sie soll ganz von Sinnen sein, aber man glaubt, daß sie sich hauptsächlich ihres Bruders wegen so aufregt, es weiß ja noch niemand um die Verlobung. Ihr Bruder ist doch auch schwer verwundet. Ihre Eltern sind telegraphisch von Karlsbad zurückgerufen worden, sie kommen heute nacht zurück.«

Lonny setzte sich im Wagen neben Lutz, und nun berichtete sie ihm von der erstaunlichen Veränderung ihrer Stiefmutter. Erregt hörte er zu und stieß dann erlöst einen Seufzer aus.

»Gottlob, Lonny, ich hätte auch nicht gewußt, wie ich es hätte ertragen sollen, jetzt von dir getrennt zu sein. Mir geht so viel durch den Kopf. Zu kündigen brauche ich ja Doktor Friesen nun nicht, und wir werden sicher von den Erben einige Monate unser Gehalt ausbezahlt bekommen.«

Er sah sie zärtlich an.

»Laß uns an uns denken, Lonny. Gestern abend sah es freilich noch sehr schlimm um unser Glück aus, aber nun soll doch alles gut werden. Wenn sich deine Stiefmutter nur nicht wieder anders besinnt.«

»Oh, ich werde sie beim Wort nehmen. Mir erschien ihre Umwandlung freilich so seltsam, daß ich kaum daran zu glauben wagte. Ich hatte ihr noch gestern abend, als sie mir wieder mit dem Heiratsplan mit Doktor Friesen kam, gesagt, daß dieser schon verlobt sei. Das hat sie wohl auch mit umgestimmt.«

»Sie kam dir wieder mit diesem Plan, Lonny?«

»Wie so oft, Lutz; es war schon faßt zur fixen Idee bei ihr geworden. Immer quälte sie mich damit und behauptete, ich brauche nur zu wollen, um ihn zu erobern.«

Sie waren vor dem Haus angekommen, in dem Doktor Tanner sein Büro hatte.

»Wartest du auf mich, Lutz?«

Er strahlte sie zärtlich an.

»Ich wüßte nicht, was mich veranlassen könnte, fortzufahren, ohne dich mitgenommen zu haben«, entgegnete er liebevoll.

Sie nahm ihre Aktenmappe.

»Ein Weilchen wird es dauern, Lutz!«

»Macht nichts, Lonny; ich habe ja deinen Brief, den werde ich jetzt endlich lesen.«

Beklommen sah sie ihn an und seufzte.

»Ach Lutz, der dumme Brief. Mußt denken, daß alles wieder vorbei ist, daß ich nun schon wieder ganz tapfer bin.«

Er nickte ihr zu, und als sie im Haus verschwunden war, öffnete er den Brief – Lonnys Abschiedsbrief an ihn – und las. Sein Gesicht wurde ein wenig blaß, er starrte vor sich hin und fragte sich, wie dieser Brief auf ihn gewirkt haben würde, wenn sie ihn nicht vorbereitet hätte und wenn er nicht gewußt hätte, daß diese mutlose Stimmung bei ihr schon wieder verflogen gewesen wäre. Es las den Brief mehrere Male durch, und eine tiefe Rührung bemächtigte sich seiner. Wie schwer mußte ihr das Herz gewesen sein, wie mußte man sie gequält haben, daß sie annehmen konnte, er würde sie freigeben, nur weil sie Sorgen in sein Leben brachte.

Als Lonny nach etwa einer Stunde wieder herunterkam, sah sie sehr blaß aus und sah ihn unruhig und angstvoll an.

»Lutz, hast du meinen Brief gelesen?«

Ernst sah er ihr in die Augen.

»Ja, Lonny – aber ich will schnell vergessen, was darin stand. Will vergessen, daß meine Lonny daran denken konnte, mir einen Abschiedsbrief zu schreiben. Sag mir eins, Lonny, hast du Angst vor den Sorgen, die vielleicht nicht ganz ausbleiben werden, wenn wir uns verheiraten, wenigstens in der ersten Zeit nicht, bis ich mich durchgebissen habe?«

Sie sah ihn bestürzt an.

»So wirst du das doch nicht aufgefaßt haben, Lutz! Um mich habe ich doch keine Sorgen gehabt, nur um dich! Es wird dir viel Schweres aufgeladen werden.«

Er zog sie an den Händen neben sich in den Wagen.

»Gottlob, daß ich diesen Brief nicht heute morgen lesen konnte, ehe ich bei dir war. Und nun denken wir nicht mehr daran. Glaubst du, daß ich dich auf diesen Brief hin freigegeben hätte?«

Ihr blasses Gesicht rötete sich.

»Nein, Lutz, nein, ich hoffte, daß du mich nicht freigeben würdest. Es erschien mir aber als meine Pflicht, dir dies alles zu schreiben. Ich mußte dir doch klarmachen, was du auf dich nehmen würdest, wenn du auf mich warten wolltest. Aber nun ist alles wieder gut, Lutz, jetzt, da meine Stiefmutter ihren Schmuck opfern will, wird ja alles leichter, wenigstens die ersten Jahre.«

Er drückte ihre Hand mit liebevollem Druck.

»Ich fürchte mich vor nichts, Lonny, wenn du nur bei mir bist«, sagte er mit verhaltener Stimme.

Und dann setzte er den Wagen wieder in Bewegung, und Lonny berichtete ihm, daß Doktor Tanner den Termin übernommen hatte und daß er in die noch schwebenden Verfahren einspringen würde, soweit die Klienten nichts anderes beschließen wollten.

»Ich soll heute nachmittag das Material bereithalten, er wird kommen und alles mit dem Bürovorsteher und mir besprechen. Er ist nicht abgeneigt, die ganze

Praxis Doktor Friesens zu kaufen, denn der einzige Erbe Doktor Friesens ist Landwirt und wird froh sein, wenn er etwas aus der Praxis löst.«

Lutz nickte verständnisvoll.

»Das wird für alle Teile gut sein. Weißt du, Lonny, was ich versuchen werde?«

»Nun?«

»Ich werde versuchen, die beiden Autos aus Doktor Friesens Nachlaß zu kaufen. Es sind hochwertige Wagen, und wenn sie überhaupt verkauft werden, wird man sie mir vielleicht billig ablassen.«

Lonny nickte nachdenklich.

»Du kannst das immerhin versuchen, Lutz; die Wagen sind ja beide sehr schön. Aber werden dir dann nicht inzwischen die beiden anderen Wagen, die du kaufen wolltest, entgehen?«

»Das ist nicht zu befürchten, die Nachfrage ist jetzt nicht groß.«

»Wenn du noch etwas von meinem Geld dazunehmen willst, Lutz, es steht dir zur Verfügung. Jetzt, da ich für die Eltern nicht zu sorgen brauche, da Mama mit ihrem Schmuck einspringen will, kann ich gut davon entbehren, ich brauche für meine Aussteuer nur die Hälfte.«

»Auf gar keine Fall, Lonny! Was du nicht ausgibst, verwahre für dich. Und wenn alles so glückt, wie ich mir denke, werde ich bald deinen Vater dafür entschädigen können, daß du ihm nichts mehr von deinem Gehalt abgeben kannst.«

Sie streichelte seinen Arm.

»Lutz, lieber, guter Lutz – willst du diese Sorge wirklich auf dich nehmen?«

»Hast du das anders von mir erwartet, Lonny?«

»Nein, nein, deshalb war mir ja so bange um dich.

Ich weiß, wie vornehm deine Gesinnung ist. Wenn du mit Vater sprichst, sage ihm, was du mir eben gesagt hast, es wird ihn freuen und ruhiger machen.«

»Wärest du nur erst mein, wären wirklich alle Hindernisse beseitigt, Lonny!«

So sprachen sie sich alles vom Herzen, was sie noch bedrückte, und Lutz machte einen sehr großen Umweg, ehe er Lonny wieder am Büro absetzte.

Es gab in den nächsten Tagen noch viele Aufregungen und viel Arbeit. Doktor Tanner war jeden Tag auf einige Stunden im Friesenschen Büro, um sich einzuarbeiten. Lutz kam auch jeden Tag einige Male und berichtete Lonny, was in der Villa Doktor Friesens geschah. Ein Testament hatte dieser nicht hinterlassen. Sein Vetter war angekommen mit seiner Gattin, und die beiden saßen schon ganz fest als Erben.

Lutz hatte Lonny noch an demselben Tage gesagt:

»Morgen werde ich wohl die beiden Herrschaften herumfahren müssen und viel in Anspruch genommen sein. Vielleicht sehen wir uns in den nächsten Tagen nicht. Aber du erhältst irgendwie Nachricht von mir.«

Als Lonny an diesem Abend nach Hause kam, ziemlich müde und abgespannt, berichtete sie ihren Eltern erst einmal alles Wichtige, was mit dem Tod Doktor Friesens zusammenhing. Aber dann fragte Frau Hermine gespannt und unruhig, ob Lonny ihren Abschiedsbrief an Lutz widerrufen habe.

Lonny bejahte das und sagte der Stiefmutter, daß sie Lutz von ihrer Sinnesänderung schon berichtet habe.

»Ich habe bereits an Lutz geschrieben, Lonny; Papa hat sich von mir bereden lassen, euch sein Jawort zu geben.«

Lonny sah den Vater an, der ihr liebevoll zunickte. Sie dankte ihrer Stiefmutter so herzlich, als es ihr möglich war, obwohl sie sich wieder fragen mußte, was diese vollständige Umstellung derselben veranlaßt haben könnte.

Sie berichtete aber dann den Eltern, daß Lutz es als seine Pflicht betrachte, für die Eltern zu sorgen, sobald er nur dazu in der Lage sei. Da sprühte es seltsam in Frau Hermines Augen auf.

»Nun, Lonny, eines Tages werden wir ihn ja beim Wort nehmen müssen, aber ich hoffe, daß er sich dann so weit emporgearbeitet haben wird, daß ihm das nicht schwer wird. Ich bin von seiner vornehmen Gesinnung überzeugt und weiß, daß er uns nicht darben lassen wird, wenn es ihm gutgeht. Und ich hoffe, wir werden ihn nun bald bei uns sehen.«

Wieder fühlte Lonny instinktiv, daß diese Worte ihrer Stiefmutter nicht echt klangen. Immer hatte sie das Gefühl, als müsse sie fragen: »Was hat dich so sehr verändert, warum gibst du dich so ganz anders als sonst, und warum gabst du so plötzlich deine Einwilligung zu unserer Verbindung, nachdem du erst so sehr dagegen warst?«

Sie fand keine Antwort darauf und schalt sich selbst, daß sie die liebevolle Zärtlichkeit der Mutter nicht erwidern konnte. Es war ihr unmöglich, zu glauben, daß eine lautere Liebe und Güte dieses neue Verhalten diktierten.

Als Lutz am nächsten Morgen sein Frühstück verzehrte, erhielt er mit der Post das Schreiben Frau Hermine Straßmanns. Schnell öffnete er den Umschlag, begierig, zu erfahren, was sie ihm geschrieben hatte, und las:

»Mein lieber Herr von Hennersberg!

Was gestern abend geschehen ist, müssen Sie vergessen. Wir waren alle ein wenig nervös und erregt. Ich vielleicht am meisten, in der Angst um Lonnys Schicksal. Ich liebe das Kind zu sehr, als daß ich leichten Herzens in eine Verbindung gewilligt hätte, die leider keine glänzende zu nennen ist. Ganz offen, ich habe immer davon geträumt, daß unsere schöne und liebenswerte Tochter einmal eine ganz große Partie machen würde, und in meinem Bestreben, ein so großes, glänzendes Glück für sie zu finden, bin ich vielleicht zu weit gegangen. Sie werden es mir nicht als Unrecht anrechnen, mein lieber Herr von Hennersberg, wenn ich eine zu zärtliche, zu besorgte Mutter war, denn wir lieben ja Lonny alle beide.

In der vergangenen Nacht sind mir aber nun schwere Bedenken gekommen, ob Lonnys Glück wirklich dort lag, wo ich es für sie suchte. Und die Erkenntnis wachte in mir auf, daß ich durch mein Verhalten eher ihr Glück zerstört, anstatt gefördert haben könne. Ich hatte ja erkennen müssen, daß zwischen Ihnen und Lonny eine echte, starke Liebe besteht, und nach langen Kämpfen bin ich nun zum Bewußtsein gekommen, daß ich es nicht ertragen kann, Lonny unglücklich werden zu sehen.

So habe ich einen Ausweg gefunden:

Ich werde meinen Schmuck opfern, und wir beiden alten Leute werden uns einschränken. Wir wollen auf alle Annehmlichkeiten verzichten und freudig jedes Opfer bringen, um euch eine baldige Verbindung zu ermöglichen. Und meinen Mann habe ich bestimmt, Ihnen sein Jawort zu geben. Auch er will alles tun, was in seinen Kräften steht, um das Glück seines Kindes nicht in Frage zu stellen.

So, mein lieber Herr von Hennersberg, das mußte ich Ihnen sagen, und ich bitte Sie, mir nicht nachzutragen, wenn ich gestern in meiner Nervosität etwas heftig war. Ich will Sie wie einen geliebten Sohn in mein mütterliches Herz aufnehmen. Wir erwarten Sie so bald wie möglich, und ich bitte Sie um Nachricht, wann Sie kommen können, damit ich ein stillfriedliches Verlobungsfest rüsten kann.

Leider mußte ich von Doktor Friesens plötzlichem, tragischem Ende hören, und vielleicht sind Sie nicht in der Lage, schon in den allernächsten Tagen zu uns zu kommen, deshalb bitte ich um Ihren schriftlichen Bescheid. Und schon jetzt begrüße ich Sie als unsern geliebten Sohn und freue mich, Ihnen eine Mutter sein zu dürfen. Mit herzlichem Gruß, zugleich von meinem Gatten, verbleibe ich

Ihre Ihnen herzlich ergebene

Hermine Straßmann«

Lutz erging es wie Lonny; er fragte sich, was Frau Hermine zu dieser plötzlichen Sinnesänderung und zu dieser überfließenden Liebenswürdigkeit veranlaßt haben könnte. Der Ton des Briefes erschien ihm gekünstelt, nicht ehrlich und wahr. Selbst wenn er in Betracht zog, daß der plötzliche Tod Doktor Friesens und die dadurch zerstörten Heiratspläne, die sie mit Lonny hatte, sie günstig für ihn beeinflußt hatten, konnte er die übergroße Liebenswürdigkeit nicht verstehen. Aber – was auch ihre Sinnesänderung herbeigeführt hatte, sie sollte gesegnet sein, da sie seine Verbindung mit Lonny ermöglichte. Er schrieb einige Zeilen der Erwiderung.

Diesen Brief sandte er sofort ab und mußte sich dann beeilen, mit einem der beiden Autos am Portal der Villa vorzufahren, um die Erben Doktor Friesens zum Erbschaftsamt zu bringen.

Er blieb den ganzen Tag unterwegs und wurde auch noch am Abend in Anspruch genommen. Wenn er auch vielleicht dagegen hätte Einspruch erheben können, da er nicht in Lohn und Brot dieser Herrschaften stand, so wollte er sich ihnen doch gefällig zeigen. Er hatte nun schon gehört, daß die Erben nicht nur die Autos, sondern überhaupt die Villa verkaufen wollten. Da sie auf ihrem Landgut weiterleben würden, gab es für die Villa keine Verwendung. Sie hatten mehrere Kinder, und das Erbe, das ihnen so unerwartet in den Schoß gefallen war, sollte zusammengehalten und für die Kinder angelegt werden.

Lutz hoffte also, billig zu den beiden Autos zu kommen. Die Erben besaßen selbst ein Auto, das ihnen genügte. Er zeigte sich darum willig und gefällig und konnte den Herrschaften allerlei Dienste erweisen. Der Vetter Doktor Friesens merkte sehr wohl, daß Lutz ein gebildeter und sehr intelligenter Mensch war, und ließ sich ab und zu in eine längere Unterhaltung mit ihm ein.

Auch Lonny war in diesen Tagen angestrengt tätig. Es lastete gewissermaßen alle Verantwortung auf ihr für die schwebenden Prozesse. Der Bürovorsteher war außerstande, die Initiative zu ergreifen, wenn es nötig war, und Doktor Friesen hatte ja viel mehr mit Lonny als mit ihm gearbeitet.

Doktor Tanner war schon mit den Erben in Unterhandlung getreten wegen völliger Übernahme der Praxis Doktor Friesens. Er war sehr froh, daß ihm Lonny zur Seite stand, deren Tüchtigkeit er kannte.

13

Das Begräbnis Doktor Friesens war vorüber, und der Vetter war als unbestrittener Erbe eingesetzt worden. Diesem lag viel daran, möglichst schnell alles Nötige zu erledigen, denn es ging jetzt in den Frühling hinein, und als Landwirt war er zur Zeit fast unabkömmlich. So übertrug er Doktor Tanner den Verkauf der Villa mit allem Inventar. Einige Stücke desselben, die er zu behalten wünschte, sollten eingepackt und nach dem Gut geschickt werden.

Als Lutz sich jetzt als Liebhaber für die Autos meldete, wurde er mit dem Vetter schnell handelseinig. Lutz bekam die beiden Wagen für den außerordentlich billigen Preis von zehntausend Mark, den er sofort bar erlegte. Er wußte, die Wagen waren das Doppelte wert, und war sehr stolz und froh über diesen Kauf. Lutz hatte sich die Sympathie der glücklichen Erben erworben, und man wollte ihn ein wenig dafür schadlos halten, daß er so plötzlich seine Stellung verlor. Die andern Angestellten und Dienstboten bekamen auch eine Entschädigung. Lutz meldete den Glücksfall mit den billig erstandenen Autos Lonny mit strahlenden Augen und sagte ihr zugleich, daß er am nächsten Sonntag abend endlich wieder einmal frei sein werde. Die Herrschaften reisten am Sonntag nachmittag ab, er mußte sie noch zur Bahn bringen, dann gehörten die Wagen ihm.

Und sie konnten, das war ein weiterer Vorteil für ihn, so lange in der Garage bleiben, bis die Villa verkauft werden würde. Auch seine Wohnung konnte Lutz solange behalten; er mußte sich nur verpflichten, die Herrschaften, die noch einige Male wegen der Erbschaftsangelegenheit in Berlin zu tun hatten, zu fahren.

Es war anzunehmen, daß sich für die Villa so schnell kein Käufer finden würde, und Lutz ging mit Freuden auf diese Bedingung ein. Er würde auf diese Weise eine ganze Weile die Garagenmiete sparen. Zudem war ihm auch noch ein beträchtlicher Vorrat an Benzin zugesprochen worden; die Erben waren in ihrem Glück großmütig gewesen. Lutz war sehr glücklich über das alles.

Doktor Tanner hatte die Praxis Doktor Friesens und den größten Teil der Angestellten mit übernommen, auch den Bürovorsteher. Nur einige junge Leute waren entlassen worden, die schnell eine andere Stellung fanden. Auch Zörner blieb bei Doktor Tanner.

Sehr gern hätte dieser auch Lonny für sich verpflichtet, er wußte ganz genau, was für eine hervorragende Stütze er an ihr hätte, aber Lonny sagte ihm, daß sie sich bald verheiraten würde, und da mußte er verzichten, so leid es ihm tat.

Dies alles wickelte sich ziemlich schnell ab.

Über die schlimmste Zeit wollte Lonny Doktor Tanner ihre Hilfe noch zur Verfügung stellen, und das nahm er nur zu gern an.

Nun war endlich der Sonntag herbeigekommen, an dem Lutz von Lonny und ihren Eltern erwartet wurde. Frau Hermine war eifrig beschäftigt, ein Festmahl zu bereiten. Sie konnte sich anscheinend nicht genug tun, um gutzumachen.

Lonny war immer wieder von ihr ausgefragt worden, ob sie wirklich die Angelegenheit mit dem Abschiedsbrief ohne Trübung ihres Verhältnisses zu Lutz erledigt habe. Es war, als habe sie eine heimliche Angst, daß Lutz jetzt noch zurücktreten könne. Diese Angst, die Lonny herausfühlte, war ihr ebenso unerklärlich wie das ganze Verhalten der Stiefmutter.

An jenem Tag, als Frau Hermine die Zeitung so ängstlich vor den Augen ihrer Angehörigen verborgen hatte, gab es am Abend die übliche Aufregung, die immer eintrat, wenn einmal die Zeitung verlegt oder verschwunden war. Der Major hatte schlechte Laune gehabt und über Nachlässigkeit gewettert. Meta bekam einen Rüffel, konnte sich aber nicht entsinnen, wo die Zeitung geblieben war, und Frau Hermine erklärte schließlich beleidigt, es sei doch an so einem ereignisreichen Tag unwichtig, wo die Zeitung geblieben sei. Lonny, die dazukam, als dies Thema erörtert wurde, hörte gerade, wie die Stiefmutter sagte, auch sie habe keinen einzigen Blick in die Zeitung tun können, weil ihr so viel Wichtiges im Kopf herumgegangen sei. Das fiel Lonny auf, weil sie sich erinnerte, daß die Mutter am Morgen, als sie ins Wohnzimmer trat, so vertieft in das Blatt gewesen war, daß sie ihren Eintritt nicht bemerkt hatte. Sie Szene mit der heruntergefallenen und dann wieder in der Morgenrocktasche verschwundenen Zeitung stand noch ganz deutlich vor ihr. Aber sie glaubte, daß die Mutter nur in Geistesabwesenheit oder Nervosität so gehandelt hatte und sich dessen wohl kaum bewußt gewesen war. Wenn sie jetzt sagen würde, daß die Zeitung möglicherweise noch im Morgenrock der Mutter steckte, ginge eine neue Hetzjagd nach dieser Zeitung los. So betrat Lonny, ohne ein Wort zu sagen, das Schlafzimmer der Eltern und faßte in die beiden Taschen des Morgenrocks ihrer Mutter. Darin fand sie aber die Zeitung nicht mehr. Die Stiefmutter hatte sie also irgendwohin gelegt, und es war klüger, nicht mehr davon zu reden, zumal der Vater sich zu beruhigen begann. Die Stiefmutter hatte dann allerlei wichtige Gesprächsstoffe aufgebracht, so daß die verlorengegangene Zeitung in Vergessenheit geriet.

Also Frau Hermine richtete ein Festmahl und war den ganzen Tag geschäftig, daß es auch die Anerkennung der Anwesenden finden möge. Der Major stellte sogar zwei Flaschen Wein in einen Eimer mit kaltem Wasser – Eis zu halten war zu kostspielig.

Lonny ging der Mutter zur Hand, und dabei besprachen die beiden Frauen die Anschaffung von Lonnys Aussteuer. Sie wollte sie sich zum größten Teil selbst anfertigen und damit beginnen, sobald sie von Doktor Tanner nicht mehr gebraucht wurde. Denn Lutz wollte, wie er Lonny gesagt hatte, spätestens Pfingsten heiraten.

Punkt sieben Uhr traf Lutz ein, und zwar mit einem Strauß roter Rosen für Lonny und mit einigen schönen Fliederzweigen für Frau Hermine.

Man ließ ihn gar nicht dazu kommen, seine Werbung noch einmal vorzubringen, der Major schloß ihn herzlich in die Arme und nannte ihn seinen lieben Sohn, und Frau Hermine folgte seinem Beispiel mit großer zur Schau getragener Herzlichkeit. Dann schob sie ihn mit einem schelmischen Lächeln Lonny in die Arme. Zum ersten Male durfte sich das Brautpaar mit Zustimmung der Eltern küssen.

Trotz aller Glückseligkeit, die Lonny und Lutz empfanden, wirkte es doch seltsam auf sie, daß Frau Hermine sich gar nicht genug tun konnte, ihrer Freude über die doch zustande gekommene Verlobung zu äußern. Immer wieder faßte sie Lutz' Hand und nannte ihn ihren lieben Sohn, dem ihr ganzes mütterliches Empfinden gehöre, soweit es nicht Lonny schon mit Beschlag belegt habe. Sie pries sich immer wieder glücklich, daß sie das Glück ihrer Kinder habe begründen können. Lutz konnte sich nicht versagen, bei sich zu denken, daß weniger mehr gewesen wäre.

Erst, als Frau Hermine wieder geschäftig in die Küche lief und der Major nach dem Wein sah, hatte das Brautpaar eine kleine Weile Zeit für sich. Und es sah sich glückselig an und küßte sich innig.

Als der Major wieder hereinkam, sagte er lächelnd:

»Es ist rührend, wie sehr Mama sich an eurem Glück freut. Ich habe wirklich nicht gewußt, wie sehr sie dich liebt, Lonny, und Lutz hat sie nun auch in ihr Herz geschlossen.«

Lonny sah zu dem Vater hinüber, ohne daß Lutz ihre Hand aus der seinen ließ.

»Ich habe es auch nicht gewußt, Papa, und ich komme mir sehr undankbar vor, weil ich zuweilen böse auf sie war.«

Lutz konnte aber so wenig wie Lonny das Gefühl nicht loswerden, daß die Majorin zu viel tat in ihren Liebesbeteuerungen. Wenn sie sich auch damit abgefunden hatte, daß Lonny eine nur sehr mäßige Partie machte, so konnte er ihr doch unmöglich den einst heißersehnten Freier für die Stieftochter ersetzen.

In diesem Sinn äußerte sich Lutz auch später Lonny gegenüber, als man das Brautpaar auf ein Weilchen allein gelassen hatte. Und Lonny erwiderte mit einem kleinen Lachen:

»Es geht mir wie dir, Lutz; auch ich bin noch immer ängstlich, daß diese Hochstimmung Mamas eines Tages ins Gegenteil umschlagen wird. Aber es soll uns nicht kümmern, wenn es plötzlich anders wird; wir haben Papas Segen und Einwilligung, und das ist die Hauptsache.«

»Und du wirst nie wieder kleinmütig und verzagt werden, meine Lonny?«

Sie schmiegte sich in seine Arme.

Sie lachten beide glücklich, und Lonny sagte dann seufzend: »Wenn wir nur eine Wohnung bekommen, Lutz; das ist jetzt die größte Sorge.«

Er sah sie zuversichtlich und ein wenig übermütig an.

»Schlimmstenfalls setze ich irgend jemand erbarmungslos auf die Straße, um dir ein Nest bauen zu können. Sei nur ruhig, wir sind ja nicht an eine bestimmte Gegend gebunden, können weit draußen wohnen. Morgen erledige ich auf dem Polizeiamt meine Anmeldung als Droschkenautobesitzer und Selbstfahrer. Einen netten Chauffeur für den zweiten Wagen habe ich in Aussicht; es ist auch einer, der froh ist, Anstellung zu finden. An die Autos muß ich Zähler anbringen lassen. Und du sollst sehen, Lonny, wie sich die Fahrgäste auf meine schmucken Wagen stürzen, wir werden das Geld scheffeln.«

Lachend sah sie in seine übermütig funkelnden Augen.

»Schließlich wirst du gar nicht wissen, wohin mit allem Geld.«

»Oh, das hat keine Not, ich werde ja eine schöne Frau haben, und die werde ich mit Diamanten und Perlen behängen, wenn ich das viele Geld nicht anderweitig unterbringen kann.«

Als sie dann wieder mit den Eltern zusammensaßen, besprachen sie mit diesen alles Nötige. Und dabei fiel Lonny wieder auf, wie seelenruhig ihre Stiefmutter sich den schwierigsten Fragen gegenüber zeigte. Sie sagte immer wieder begütigend:

»Nur keine Angst, es wird schon alles gutgehen; man muß sich nicht alles noch schwerer vorstellen, als es ist. Mit gutem Mut und gutem Willen werden wir alles überwinden.«

Der Major war begeistert von seiner Frau.

»Kinder, könnt ihr euch eine bessere Mutter wünschen? Du bist wirklich bewundernswert, Hermine. Dein Mut und deine Zuversicht beschämen uns alle«, sagte er, ihr die Hand küssend.

Sie wurde ein wenig rot, sagte dann aber lächelnd:

»Ich will doch gutmachen, Botho, und ich bin so fest davon überzeugt, seit ich meinen Widerstand aufgegeben habe, daß Lutz sich schnell emporarbeiten wird, daß ich wirklich keine Sorge mehr haben kann, daß alles gutgeht.«

Da küßte ihr auch Lutz die Hand.

»Ich danke Ihnen tausendmal, Mama. Es freut mich, daß Sie so zuversichtlich sind.«

»Nun, Lutz, dann mußt du aber schleunigst das steife Sie aus deiner Anrede streichen, sonst bin ich beleidigt. Du sagst doch zu Papa auch du.«

Lutz verneigte sich ein wenig betreten. So leicht ihm das Du dem Major gegenüber über die Lippen gekommen war, so schwer fiel es ihm, Frau Hermine du zu nennen. Aber auf diesen Wunsch von ihr konnte er es nicht mehr vermeiden.

»Verzeih, Mama, ich wagte es nicht und danke dir, daß du es mir gestattest«, sagte er etwas unsicher.

Lonny drückte ihm unter dem Tisch verstohlen die Hand; sie konnte Lutz nachfühlen, daß er damit ein Opfer brachte. Aber so, wie sich die Stiefmuter gab, konnte er sich nicht weigern.

Man saß lange beieinander. Es gab noch viel zu besprechen. Und die beiden jungen Menschen zögerten die Trennung hinaus, solange es ging. Erst als der Major müde wurde, verabschiedete sich Lutz.

14

Wochen waren vergangen seit Doktor Friesens jähem Tod. Seine schöne, vornehme Villa stand leer, mit herabgelassenen Rolläden. Am Gartentor hing ein Schild: »Diese Villa ist mit allem Inventar zu verkaufen. Näheres bei dem Pförtner.«

Lonny saß jetzt daheim und nähte, von ihrer Stiefmutter fleißig unterstützt, an ihrer Aussteuer.

Der Frühling war mit aller Pracht ins Land gezogen, ein seliger Frühling für Lutz und Lonny. Sie sahen sich jeden Tag. Lutz war sehr zufrieden mit seinen Einkünften, es schien wirklich so, als wenn die Fahrgäste am liebsten immer seine Wagen benutzten.

Die Hauptsorge für das junge Paar war jetzt die um eine Wohnung. Damit sah es schlimmer aus, als man erwartet hatte. Große Wohnungen waren vielleicht noch zu bekommen, aber nicht so kleine, bescheidene, wie sie für das junge Paar in Frage kamen.

Frau Hermine brachte jeden Abend die Zeitungen an, damit man in den Anzeigen nach Wohnungen forschen konnte. Und eine Abends sagte sie, als wieder alle vier um den Tisch saßen und in den neuen Zeitungen blätterten:

»Ich werde doch mal den Stoß Zeitungen hereinholen, der sich angesammelt hat. Es sind da Zeitungen dabei, die wir nicht selber lesen; Meta sammelt sie, wenn sie Waren darin nach Hause bringt.«

»Aber Mama, das sind doch keine neuen Zeitungen, darin werden wir kaum etwas finden«, sagte Lutz.

Sie zuckte nervös die Achseln.

»Man muß alles versuchen, sonst kommt ihr überhaupt zu keiner Wohnung. In fünf Wochen wollt ihr heiraten, und wir wissen noch nicht, wo ihr wohnen könnt.«

Lutz und Lonny sahen sich verstohlen an. Sie waren schon fest entschlossen, in die Garagenwohnung zu ziehen, bis sich etwas anderes finden würde.

Frau Hermine brachte nun die Zeitungen herein und ließ den ganzen Stoß auf den Tisch fallen.

»So«, sagte sie unternehmungslustig, »jetzt stehen wir nicht eher auf, als bis wir etwas gefunden haben.«

Wer sie genau beobachtet hätte, dem wäre es aufgefallen, daß sie sehr blaß war. Sie machte sich sogleich daran, eine Zeitung zu entfalten. Die andern wollten ihr den Willen tun und nahmen auch eine Zeitung nach der andern von dem Stoß herunter, obwohl sie sich keinen Erfolg versprachen.

Lutz berichtete dabei, daß er am nächsten Morgen schon um fünf Uhr einen Fahrgast abholen müsse, den er nach Leipzig fahren solle. Er werde erst am Abend zurückkommen, da er den betreffenden Herrn auch noch in der Umgegend von Leipzig herumfahren müsse, wo dieser Geschäfte habe.

Und weiter wurde eine Zeitung nach der andern durchgesehen, ohne nennenswerten Erfolg. So bekam schließlich Lonny eine Zeitung in die Hand, an der ihr auffiel, daß sie seltsam viele Brüche hatte, so, als sei sie sehr eng zusammengefaltet worden. Sie achtete aber erst nicht darauf, sah auch nicht, daß Frau Hermines Blick in einer seltsam funkelnden Unrast zu ihr hinüberflog. Lonny sah nach dem Datum. Es war die Zeitung von jenem Morgen, an der ihr der Tod Doktor Friesens gemeldet worden war.

»Ach sieh, Lutz, diese Zeitung ist von Doktor Friesens Todestag datiert.«

Lutz beugte sich mit Lonny zusammen über diese Zeitung. Lonny schlug den Anzeigenteil auf und sah hinab. Und plötzlich stieß sie einen überraschten Ruf aus.

»Lutz – mein Gott – Lutz!«

Er sah in ihr jäh gerötetes Gesicht.

»Was hast du denn, Lonny?«

Sie sah ihn mit großen, erschreckten Augen an und deutete auf eine ziemlich große Anzeige.

»Lutz – lies doch – lies das doch!« stammelte sie fassungslos.

Lutz beugte sich herab auf die Stelle, die ihr Finger bezeichnete, und sah jetzt auch seinen fettgedruckten Namen. Und nun las er die ganze Anzeige:

»Millionenerbe gesucht!«

Der Freiherr Lutz von Hennersberg, Sohn des im Krieg gefallenen Oberst Freiherr Georg von Hennersberg und seiner Gattin, der Baronesse Brambach, wird gebeten, seine Adresse dem Rechtsanwalt Harry Fleed, San Francisco, Kalifornien, Golden Gate Street 24, möglichst umgehend mitzuteilen. Er ist von seinem Oheim, dem Freiherrn Henner von Hennersberg, verstorben am 24. Januar 1930, zum Universalerben seines etwa einundeinhalb Millionen Dollar betragenden Vermögens eingesetzt worden.«

Lutz starrte mit großen Augen auf die Anzeige, faßte endlich den Sinn derselben und sah wieder auf das Datum hinab. Und da begriff er, daß diese Anzeige am Morgen nach jenem Abend in der Zeitung erschienen war, an dem ihn der Major abgewiesen hatte und an dem Frau Hermine so ausfallend gegen ihn geworden war. Mit einem blitzähnlichen Verstehen hob er den Blick und sah Frau Hermine mit einem scharfen, forschenden Ausdruck an. Es sah, daß sie vor unterdrückter Erregung bebte und rot und blaß wurde, obwohl sie doch noch gar nicht hätte wissen können, was in dieser Anzeige stand. Es sah, wie sie sich krampfhaft bemühte, unbefangen auszusehen, was ihr jedoch nicht gelang.

Inzwischen war aber auch Lonny plötzlich ein Licht aufgegangen; sie sah die Erregung der Stiefmutter, starrte auf die Zeitung hinab und erkannte nun an den vielen Brüchen und Kanten, daß es dieselbe Zeitung war, in die die Stiefmutter an jenem Morgen so sehr vertieft war und die sie dann seltsamerweise so engzusammengefaltet und in der Morgenrocktasche barg. Und sie erinnerte sich, daß diese Zeitung dann einfach verschwunden war und nicht mehr zum Vorschein kam. Plötzlich wurde ihr alles klar.

Jetzt wußte Lonny mit einem Mal, warum ihre Stiefmutter von jenem Morgen an ein so völlig verändertes Wesen zur Schau getragen hatte, wußte, warum diese Zeitung erst verschwunden und nun mit so unverkennbarer Absichtlichkeit hier auf den Tisch gebracht worden war. Einer von ihnen mußte ja die Anzeige sehen, und wenn sie niemand anders gesehen haben würde, dann hätte sie die Stiefmutter eben selbst »entdeckt«.

Lonny sah zu Lutz empor, sah, wie er sein blasses Gesicht jetzt von der Majorin abwandte und sich ihr zuwendete. Und sie las in seinen Augen, daß auch er alles begriffen hatte, sah aber auch in seinen geliebten Augen einen Ausdruck brennenden Zweifels, der ihr selbst galt. Ja, Lutz zweifelte in diesem Augenblick an ihr selbst, das fühlte sie und wurde dunkelrot und verlegen, wie bei einer Sünde ertappt. Sie war wie gelähmt, konnte nur eins fassen, daß Lutz auch ihr mißtraute, nicht nur der Stiefmutter.

Und Lutz sah die tödliche Scham und Verlegenheit in Lonnys Augen und deutete sie falsch in diesem Augenblick, wo er selbst so ganz außer Fassung war. Er raffte die Zeitung mit einem harten Griff zusammen und wurde sehr blaß. Wieder bohrten sich seine Augen erst in das Gesicht der Majorin, die vergeblich ihre Verlegenheit bezwingen wollte, und dann in das Lonnys, das voll banger Unsicherheit war. Ein wahnsinniger Schmerz übermannte ihn und ließ ihn gar nicht zum Bewußtsein seiner reichen Erbschaft kommen. Mit heiserer, verhaltener Stimme sagte er: »Also deshalb! Deshalb wurde ich plötzlich in Gnaden aufgenommen, deshalb wolltest du deinen Abschiedsbrief zurückhaben, ehe ich ihn gelesen hatte. Nun verstehe ich alles.«

Es schien ihm ungeheuerlich, aber er konnte jetzt nichts anderes denken. Es sah Lonnys unbeschreibliche Verlegenheit, sah die Scham in ihrem Antlitz und sah die fassungslose Miene der Majorin. Nur der Major schien von nichts zu wissen, er starrte verblüfft die drei Menschen an. Das alles spielte sich in Sekunden ab. Und ohne noch ein Wort zu sprechen, ohne eine Erklärung zu geben oder entgegenzunehmen, stürmte Lutz plötzlich aus dem Zimmer, riß draußen seine Mütze vom Garderobenständer und verließ die Wohnung.

Wie von Sinnen lief er stundenlang im Freien umher. Nicht, daß er diese große Erbschaft machen sollte erregte ihn jetzt, sondern nur der Ekel und die Verachtung vor der Majorin und die dumpfe Angst, der bohrende Zweifel, daß Lonny von dieser Komödie gewußt haben könnte.

Er brauchte fast eine Stunde, um wieder klar denken zu können. Und da kam er wieder zu sich. Er blieb stehen und schlug sich an die Stirn. Nein, Lonny konnte nichts gewußt haben, Lonny war nicht fähig, so eine betrügerische Rolle zu spielen. Wie hatte er bloß so etwas denken können? In den härtesten Ausdrücken schalt er sich wegen seines Mißtrauens, und plötzlich lief er wieder zum Haus des Majors zurück. Aber inzwischen war es sehr spät geworden, der Rückweg dauerte mindestens eine Stunde, und hier draußen war weder ein Wagen, noch eine Elektrische zu sehen. Als er vor dem Haus ankam, war alles dunkel, nur in Lonnys Zimmer brannte noch Licht. Er sah hinauf und streckte wie in heißer Sehnsucht die Hände empor.

»Lonny, süße Lonny, hier unten steht dein törichter Lutz und schämt sich seines Verdachtes. Und er kann es dir doch nicht mehr sagen.«

So sprach er im Herzen mit der Geliebten. Und er blieb lange Zeit stehen und sah hinauf, immer hoffend, sie würde an das Fenster treten und ihn sehen.

Es fiel ihm auf die Seele, daß er morgen nach Leipzig fahren mußte, erst übermorgen konnte er Lonny wiedersehen. Aber inzwischen war er dann wenigstens wieder ganz ruhig geworden. Aber sie durfte doch nicht so lange in Unruhe bleiben. Er wollte ihr eine Zeile schreiben, die sie morgen im Lauf des Tages mit der Post bekommen würde. Und so trat er den Heimweg an. Er dachte nun erst wieder mit vollem Bewußtsein an seine Erbschaft.

»Millionenerbe gesucht!« So hatte über der Anzeige gestanden. Und jetzt mußte er plötzlich wie erlöst vor sich hinlachen. Wie herrlich, er würde reich sein, würde Lonny ein schönes, sonniges Leben schaffen können. Oh, seine arme Lonny hatte sich scheinbar gar nicht gefreut über dies Erbe, ganz fassungslos und erschrocken war sie gewesen. Was hatte er ihr nur Häßliches zugetraut? Sie sollte ihm all die kleinen Sorgen vorgespielt haben, dies ängstliche Rechnen um Groschen? Wo hatte er nur seinen Verstand gehabt?

Am liebsten wäre er wieder umgekehrt und hätte doch noch Einlaß verlangt, um Lonnys Verzeihung zu erhalten. Wenn sie aber sein Mißtrauen gemerkt hatte und deshalb an seiner Liebe zweifelte, was sollte er dann tun? Er beschloß, ihr wenigstens einige Zeilen zu schreiben.

Und zu Hause angekommen, schrieb er:

»Meine Lonny! Du darfst mir nicht zürnen, was Du auch von mir denken magst. Verzeihe mein törichtes Davonstürmen, es geschah in einer augenblicklichen Verwirrung. Ich bin sehr unglücklich, daß ich nach Leipzig fahren muß, aber ich gab mein Wort. Ich werde sehr unruhig sein, bis ich Dich wiedersehe. Behalte mich lieb, meine Lonny! Verzeihe mir. Übermorgen abend komme ich, sobald ich wieder zurück bin. Mit innigen Küssen

Dein Lutz«

So, mehr wollte und konnte er jetzt nicht schreiben. Daraus würde sie sehen, daß er seine Ruhe wiedergefunden hatte, und auch sie würde ruhiger sein. Müde warf er sich dann auf sein Bett, nachdem er seinen Wekker gestellt hatte. Sehnsüchtig an Lonny denkend, schlief er ein.

15

Der Major hatte Lutz ganz überrascht nachgesehen. Er merkte, daß irgend etwas nicht stimmte, ahnte aber nicht, was es war.

»Was ist denn zum Donnerwetter los? Weshalb stürmt denn Lutz mit solchen Orakelsprüchen davon?« fragte er ärgerlich.

Lonny schrak aus ihrer Betäubung empor. Sie sah mit toten, leeren Augen die Stiefmutter an, die etwas betreten stammelte:

»Ich weiß nicht, ich verstehe nicht!«

Lonny richtete sich mit einem Ruck empor, strich sich das Haar aus der Stirn und sagte tonlos:

»Doch, du weißt es, du weißt es besser als wir alle. Gottlob, daß Papa nicht von dir eingeweiht wurde in deinen feinen Plan, dir um jeden Preis einen reichen Schwiegersohn zu verschaffen. Ich erkannte sehr wohl die Zeitung, in die du an jenem Morgen so vertieft warst, daß du mich nicht eintreten hörtest. Ich sah, wie du die Zeitung eng zusammenfaltetest und in deine Morgenrocktasche stecktest. Die Brüche und Kanten waren ja noch so gut zu sehen. Oh, ich weiß alles! Heute spieltest du uns scheinbar ahnungslos die Zeitung in die Hand, einer von uns mußte ja die Anzeige sehen, die Lutz als Erben sucht. Ich sah dein blasses, erregtes Gesicht, und alles wurde mir klar. Und auch Lutz ist das alles klargeworden, wenn er auch nicht, wie ich, Beweise hatte. Er weiß, welche Komödie du uns vorgespielt hast, das ging aus seinen Worten hervor. Aber – das schlimmste ist, daß er mich mit dir im Bund glaubt, er zweifelt an mir – er –«

Sie brach ab, konnte vor Weh und Jammer nicht weitersprechen. Kein Wort brachte sie mehr heraus. Die Verzweiflung übermannte sie. Hastig lief sie aus dem Zimmer, begab sich in ihr Stübchen und schloß sich ein. Wie vernichtet sank sie in einen Sessel und starrte verzweifelt vor sich hin.

Der Major hatte sich erhoben, als die Tür hinter Lonny zufiel. Er sah streng auf seine Frau.

»Was soll das alles heißen, Hermine?«

Sie warf trotzig den Kopf zurück.

»Nun gut, du sollst Klarheit haben! Ich habe es nur gut gemeint. An jenem Morgen, als ich übernächtig im Wohnzimmer saß und vor Sorgen nicht aus und ein wußte, fand ich in der Zeitung eine Anzeige, in der Lutz als Millionenerbe seines Onkels Henner von Hennersberg gesucht wurde. Natürlich regte mich das sehr auf, aber ich sagte mir sogleich, daß ich verhindern müsse, daß Lutz oder ihr diese Anzeige zu Gesicht bekommen würdet. Wir hatten ihn abgewiesen, und wenn wir nun klein beigeben würden, mußte er sicher glauben, daß dies nur der Erbschaft halber geschah.

Ich sah Lonnys Glück gefährdet, man konnte nicht wissen, ob Lutz, sobald er um diese Erbschaft wußte, zu Lonny zurückkehren würde. Es war doch möglich, daß er der Erbschaft wegen nach Kalifornien reisen und nicht wiederkommen würde. Ich wußte, daß ich es diplomatisch anfangen mußte, ihn zurückzuholen und mit Lonny fest zu verloben, ehe er von der Erbschaft erfuhr. So habe ich glücklich alles wieder eingerenkt und wartete nun auf eine harmlose Gelegenheit, um Lutz diese Zeitung in die Hand zu spielen. Daß er gleich die Sache durchschauen würde, hatte ich nicht erwartet. Ich habe jedenfalls mein Bestes getan, habe dir und Lonny freie Bahn geschaffen, Lonny ist seine Braut, und ich werde mich natürlich hüten, ihm einzugestehen, daß ich die Anzeige schon früher gesehen habe. Er hat ja keine Beweise wie Lonny, und sie darf sie ihm nicht ausliefern. Ich werde ihm Vorwürfe machen über sein Davonstürmen, und er wird schon wieder zur Vernunft kommen. Und Lonny auch. Daß er sehr erregt war, ist ja verständlich; es ist doch keine Kleinigkeit, wenn ein armer Schlucker plötzlich Millionen erbt.

So, das ist alles. Lonny soll mir nur dankbar sein; wer weiß, was geworden wäre, hätte ich nicht eingegriffen. Ihre entrüsteten Bemerkungen hätte sie besser nicht vom Stapel lassen sollen. Ich habe nur ihr Bestes gewollt.«

Fassungslos hatte der Major zugehört.

»Du hättest das alles lieber erst mit mir besprechen sollen«, sagte er bekümmert.

Sie lachte hart auf.

»Du hättest verlangt, daß ich die Zeitung an Lutz ausliefere. Ich kenne doch deine fast krankhaften Ehrbegriffe, mit denen man glatt verhungern kann.

Lonny wird sich schon beruhigen, wenn sie das alles beschlafen hat; ich werde Lutz auch klarmachen, daß sie nicht davon wußte. Es wird alles nicht so heiß gegessen, wie es gekocht wird. Natürlich wäre es mir auch lieber, wenn Lutz nichts gemerkt hätte; aber wenn ihr beide vernünftig seid, du und Lonny, wird sich schon alles wieder einrenken lassen.«

Der Major fuhr sich über die Stirn.

»Jedenfalls ist das eine sehr unangenehme Sache.«

»Ich denke, es ist eine sehr angenehme Sache, daß Lutz Millionen erbt. Lonny macht eine glänzende Partie, und wir sind auch aus aller Sorge heraus.«

Es gab noch ein langes Her und Hin zwischen den beiden Gatten, aber schließlich sah der Major ein, daß er nichts ungeschehen machen konnte. Augenblicklich war wirklich nichts anderes zu tun, als Lutz' Rückkehr abzuwarten und sich dann, so gut es ging, aus der Sache zu ziehen.

Für Lonny aber lag die Sache viel tragischer. Sie war in einen schweren Herzenskonflikt geraten. Ihr war das schmerzlichste, daß Lutz an ihr zweifelte. Daß er das tat, hatten ihr seine Worte verraten.

»Deshalb wolltest du deinen Abschiedsbrief zurückhaben.« So hatte er gesagt. So glaubte er also, daß sie ihm die ganze Zeit eine abscheuliche Komödie vorgespielt hatte. Und mit dieser Erkenntnis war Lonnys Glück zerstört. Sie saß ganz kraftlos in ihrem Zimmer und fragte sich, was jetzt werden sollte. Nein, nein, sie konnte ihm nicht wieder in die Augen sehen, es würde sie töten, diese geliebten Augen kalt und verächtlich auf sich ruhen zu wissen.

Sie sprang auf, wie auf der Flucht vor diesen Gedanken.

Es wurde ihr klar, sie mußte fort, durfte Lutz nicht wiedersehen. Sie mußte ihn freigeben, und – das konnte sie nur, wenn sie von zu Hause fortging. Die Eltern würden nicht wollen, daß sie sich von ihm löste, würden sie quälen und bestürmen, seine Frau zu werden, würden sie einfach nicht verstehen. Deshalb mußte sie fort, weit fort, durfte nicht noch einmal mit Lutz zusammenkommen.

Aber, was würde es für eine Szene geben, wenn sie dem Vater und der Stiefmutter morgen erklärte, daß sie die Verlobung mit Lutz lösen wollte? Man würde sie für unsinnig, überspannt erklären und sie nicht verstehen. Es blieb ihr nur die Flucht – ja, schnelle Flucht. Sie mußte fort sein, ehe Lutz wiederkam.

Und plötzlich dachte sie an den Trustmagnaten John Stanhope. Es ging wie ein Ruck durch ihre Gestalt. John Stanhope? Er hatte ihr gesagt, wenn sie je frei würde und drüben ihr Glück versuchen wolle, möge sie zu ihm kommen, jederzeit werde eine gute Stellung für sie frei sein. Wo hatte sie doch die Visitenkarte mit seiner Adresse hingetan? Sie kramte mit fliegenden Händen in ihrer Schreibmappe, und da fiel ihr die Karte in die Hände. Das erschien ihr wie ein Fingerzeig des Schicksals.

So faßte sie endlich den festen Entschluß, zu entfliehen. Mechanisch begann sie einen der Koffer zu pakken, in dem sie schon einige fertige Leibwäsche für ihre Aussteuer verwahrt hatte. Und während sie packte, überlegte sie, was sie noch alles zu tun hatte. Dem Vater mußte sie einen Teil von ihrem Geld zurücklassen, er durfte nicht in Not geraten, solange sie es verhindern konnte. Bei Mister Stanhope würde sie ein sehr gutes Gehalt beziehen, davon konnte sie dann dem Vater regelmäßig abgeben.

An ihre Stiefmutter konnte sie nur mit Grauen und Abneigung denken. Ihr nicht mehr zu begegnen, würde für sie eine Wohltat sein. Aber wie kam sie fort, ohne daß jemand ihre Flucht bemerkte? Ganz heimlich mußte sie das Haus verlassen, am besten diese Nacht noch. Aber nein, das ging nicht, ohne Geräusch konnte sie den schweren Koffer nicht aus dem Haus schaffen. Und einen Paß mußte sie haben. Auf die Bank mußte sie auch noch gehen. Also, heute nacht konnte sie nicht fliehen, sie mußte warten, bis morgen früh der Vater fort war und die Stiefmutter ihre täglichen Besorgungen für den Haushalt machte. Da blieb sie immer eine ganze Weile aus. Indessen konnte sie sich schnell ein Auto holen, ihren Koffer hinunterschaffen lassen und davonfahren. Immer vertrauter wurde ihr der Gedanke an ihre Flucht. Sie ging nicht zu Bett in dieser Nacht, sie hätte ja doch keine Ruhe gefunden. Leise, jedes Geräusch vermeidend, setzte sie ihr Werk fort, und als sie alles, was sie brauchte, in den einen Koffer gepackt hatte, begann der Morgen zu grauen. Es war ein feuchter, herb duftender Frühlingsmorgen. Müde ließ sie sich an ihrem kleinen Schreibtisch nieder, um einen Brief an den Vater und einen an Lutz zu schreiben. Da fiel ihr ein, daß sie hier schon einmal einen Abschiedsbrief an Lutz geschrieben hatte, jenen unseligen Brief, den sie von Lutz hatte zurückfordern wollen. Auch damals war ihr das Herz schwer gewesen, als sie ihm geschrieben hatte, daß sie ihn freigeben wollte. Aber, wie viel schwerer wurde es ihr heute!

Zuletzt schrieb sie einen Zettel für ihre Stiefmutter, den diese nach ihrem Verschwinden finden sollte:

»Papa weiß, wohin ich gegangen bin; es wird gut sein, wenn Du kein Aufsehen über mein Verschwinden erregst.

Lonny«

Weiter vermochte sie kein Wort hinzuzufügen. Der Groll gegen diese Frau, die ihr Glück zerstört hatte, ließ es nicht zu. Sie steckte den Zettel in einen Umschlag und schrieb den Namen ihrer Stiefmutter darauf. Das wollte sie auf den Tisch legen, wenn sie sich entfernte. Nun war sie mit ihren Vorbereitungen fertig.

Sie kleidete sich für die Reise an. Währenddessen wurde an ihre Tür geklopft, und die Stiefmutter rief ihr zu, sie möge zum Frühstück kommen.

Sie erwiderte, so ruhig sie konnte, daß sie nicht wohl sei und der Ruhe bedürfe.

»Aber Lonny, sei doch vernünftig!« rief die Stiefmutter.

»Ich bitte dich, laß mich in Ruhe, ich brauche kein Frühstück, ich habe Kopfweh.«

Da entfernte sich Frau Hermine. Sie mußte wohl den Vater beruhigt haben, denn er kam nicht an ihre Tür. Gern hätte sie noch einmal seine Stimme gehört, denn ihr war, als gehe sie für immer von ihm. Eine Weile später hörte sie ihn fortgehen. Sie trat an das Fenster und blickte ihm, von der Gardine geborgen, nach. Ihre Augen wurden trüb, als sie der hohen aufrechten Gestalt nachsah.

Unruhig lauschte Lonny nun hinaus. Endlich hörte sie, daß die Stiefmutter zu Meta sagte:

»In spätestens einer Stunde bin ich wieder zurück, Meta; den Frühstückstisch können Sie abräumen, meiner Tochter ist nicht ganz wohl und bleibt auf ihrem Zimmer.«

Dann fiel die Korridortür ins Schloß; Lonny lauschte atemlos. Sie trat an das Fenster und sah ihrer Stiefmutter nach, bis sie verschwunden war.

Da schlich sich Lonny hinaus, ohne Meta, die in der Küche arbeitete, etwas zu sagen. Unbemerkt verließ sie die Wohnung und eilte so schnell sie konnte zur Haltestelle der Elektrischen. Zum Glück kam gerade eine herbei. Mit dieser fuhr sie bis zur nächsten Droschkenstelle. Sie stieg aus, nahm ein geschlossenes Auto und fuhr nach Hause zurück. Der Chauffeur war bereit, ihr den Koffer herunterzuholen, und folgte ihr ins Haus.

Mit bebenden Händen, von der Angst gejagt, daß die Stiefmutter schon zurück sein könnte, schloß sie die Tür auf. Meta steckte neugierig ihren Kopf aus der Küchentür und starrte verblüfft auf Lonny.

So ruhig sie konnte, sagte Lonny zu Meta:

»Lassen Sie sich nicht in Ihrer Arbeit stören, Meta; ich will nur meinen Koffer fortbringen.«

Meta war nicht übermäßig mit Intelligenz belastet; sie wunderte sich nur, daß das gnädige Fräulein zur Korridortür hereinkam, da sie doch auf ihrem Zimmer sein sollte. Aber den Kopf zerbrach sie sich darüber nicht.

Der Chauffeur lud den Koffer auf seine Schulter. Lonny legte den Zettel im Umschlag auf den Tisch und folgte dem Chauffeur.

»Bitte, sagen Sie Mama, ich habe ihr aufgeschrieben, wohin ich den Koffer bringe, Meta.«

Diese nickte und trocknete sich die nassen Hände an ihrer Schürze ab. Lonny ging an ihr vorüber zur Korridortür, die der Chauffeur schon passiert hatte. Eine unsinnige Angst befiel sie plötzlich, daß jetzt, aller Berechnung zum Trotz, Lutz die Treppe heraufkommen und ihre Flucht verhindern oder daß die Stiefmutter zu früh zurückkommen könne.

Sie zittterte am ganzen Körper. Aber kein Mensch begegnete ihr, ungestört konnte sie das Auto besteigen. Sie warf noch einen letzten Blick am Haus empor, zu ihrem Fenster. Dann lehnte sie sich aufatmend, wie einer schweren Gefahr entronnen, zurück, und der Wagen fuhr davon.

Am Lehrter Bahnhof ließ sie das Auto halten und löste sich eine Karte zweiter Klasse nach Hamburg. Sie gab ihren Koffer gleich dorthin auf. Dann fuhr sie zum Paßamt. Schnell war dort ihr Anliegen erledigt. Nun begab sie sich zur Bank, hob fünftausenddreihundertfünfundzwanzig Mark ab und gab Anweisung, daß die andern fünftausend Mark für ihren Vater zur Verfügung blieben. Als auch das erledigt war, fuhr sie in ein Reisebüro, erkundigte sich nach dem nächsten Dampfer, der nach New York fuhr, und erhielt den Bescheid, daß dieser morgen von Hamburg abfuhr. Eine Kabine erster Klasse war noch frei, sie belegte dieselbe und reichte gerade mit ihrem Geld noch aus, ohne die fünftausend Mark angreifen zu müssen.

Wie im Fieber hatte sie das alles erledigt. Nun sie sicher war, fortzukommen, gab sie den Brief an ihren Vater durch die Rohrpost auf, und den an Lutz steckte sie in den Briefkasten.

Darauf fuhr sie wieder zum Lehrter Bahnhof zurück und hatte gerade noch Zeit, einen Imbiß zu nehmen.

Mit geschlossenen Augen saß sie dann im Zug. Sie blieb bis Hamburg allein im Abteil, und das war ihr eine Wohltat. Willenlos überließ sie sich ihrem Schmerz. Morgen, wenn Lutz von Leipzig zurückkam, fuhr sie schon auf dem Dampfer in die offene See hinaus. Und – sie würde Lutz nie wiedersehen. Nie mehr würde sein Blick zärtlich und liebevoll in dem ihren ruhen, nie mehr würde sie seine geliebte Stimme hören, die ihren Namen immer wie eine Liebkosung aussprach. Alles das war vorbei für immer. Er würde sie vergessen, würde vielleicht froh sein, daß sie ihn freigab. Lutz war nicht ein Mensch, der noch lieben konnte, wenn er verachten mußte. Alles war vorbei – und Lutz würde sich seiner Freiheit freuen. Dagegen empörte sich aber ihre Liebe. Nein, nein, freuen würde er sich nicht, zumal wenn sie ihm den Beweis brachte durch ihr Fortgehen, daß er ihr unrecht getan hatte. Es würde ihm weh tun, wie es ihm damals weh getan hatte, als sie ihm den Abschiedsbrief geschrieben hatte.

Bei diesen Gedanken rannen ihr endlich über die blassen Wangen erlösende Tränen, die sie ungehindert fließen lassen konnte, da sie allein war.

Und als am nächsten Morgen der Dampfer in See stach, stand Lonny mit übernächtigtem Gesicht an der Reling und sah auf die abschiedwinkenden Menschen zurück. Ihr galt keiner dieser Abschiedsgrüße. Sie war ein einsamer, verlassener Mensch, mit einem Herzen, das wie ein Stein in der Brust lag. Mit toten, leeren Augen sah sie zurück auf die entschwindende Heimat.

16

Der Major hatte am Morgen in sehr bedrückter Stimmung das Haus verlassen. Obwohl er seiner Gattin keine Vorwürfe mehr machte, fühlte er doch, daß sie ein unehrliches Spiel getrieben hatte. Und daß er trotzdem Lutz gegenüber für sie würde eintreten müssen, war ihm peinlich.

Er kam nicht über seine unfrohe Stimmung hinweg, irgend etwas quälte ihn, und freudloser noch als sonst ging er seinem schweren Tagwerk nach; immer treppauf und –ab, immer auf der Jagd nach einem Menschen, der eine Versicherung abschließen wollte. Der Erfolg war auch heute sehr unbefriedigend; müde und abgespannt begab er sich am Spätnachmittag in das Versicherungsbüro, um, wie jeden Tag, Rechenschaft über seine Tätigkeit abzulegen. Erstaunt sah er auf einen Brief hinab, der ihm dort ausgehändigt wurde. Er war mit der Rohrpost gekommen. Sofort erkannte er Lonnys Handschrift und schrak zusammen. Das war so ungewöhnlich, daß er ahnte, es müsse irgend etwas geschehen sein. Unruhig riß er den Umschlag auf und las:

»Mein lieber, lieber Papa! Du mußt verzeihen, wenn ich Dir weh tun muß. Glaube mir, ich kann nicht anders handeln. Wenn Du nach Hause kommst, wirst Du mich nicht mehr finden. Ich kann nicht bleiben, Papa, kann nicht mehr mit Mama unter einem Dach leben nach allem, was geschehen ist, und – kann Lutz Hennersbergs Frau nicht werden.

Du wirst mich wahrscheinlich nicht verstehen, wirst mir nicht nachfühlen können, wie furchtbar es mir ist, daß Lutz mir mißtraute, daß er annehmen konnte, ich hätte um Mamas Spiel gewußt und mich daran beteiligt. Wie ich geartet bin, würde eine Ehe, die nicht gegenseitig auf unerschütterlichem Vertrauen begründet ist, uns namenlos unglücklich machen. Und wo einmal das Vertrauen zwischen zwei Menschen erschüttert ist, kann es nicht wiederhergestellt werden, zumal ich leider nicht beweisen kann, daß ich völlig unschuldig bin. Es würde mich schon unsagbar quälen, müßte ich den Versuch machen, mich zu rechtfertigen. Ich habe Lutz das alles auch geschrieben, habe ihn freigegeben.

Daß ich heimlich gehe, darum bitte ich Dich um Verzeihung; aber Ihr hättet mich ganz sicher halten wollen, und ich konnte mich doch nicht halten lassen. Aber sorge Dich nicht, ich lasse Dir auf der Bank fünftausend Mark anweisen, damit Ihr nicht in Not kommt. Das reicht schon mit dem, was Du verdienst, mindestens für ein Jahr. Die andere Hälfte des Geldes nehme ich mit mir, damit ich nicht in Verlegenheit komme. Beunruhige Dich aber nicht, mir steht eine sehr gute Stellung in Aussicht, aber ich muß eine weite Reise machen, um sie antreten zu können. Verzeih mir, wenn ich Dir heute das Ziel meiner Reise noch nicht angebe, ich will erst an Ort und Stelle sein und ein festes Unterkommen angeben können. Du bekommst über alles Nähere in wenigen Wochen Bescheid.

Leb wohl, mein lieber Papa, zürne mir nicht, ich konnte nicht anders handeln. Heute kann ich Dir nicht mehr schreiben, es ist alles so wund und weh in mir.

Das Losreißen von Lutz macht mir bittere Schmerzen. Behalte mich ein bißchen lieb, Papa, und verzeih mir.

Deine sehr verzagte Lonny«

Der Major hatte sich niedersetzen müssen, er sah blaß und fahl aus. Einer der Beamten trat zu ihm und sah ihn besorgt an.

»Herr Major, fühlen Sie sich nicht wohl?«

Es sah auf, riß sich zusammen und steckte den Brief ein. Seine Hand bebte dabei.

»Es geht vorüber, eine kleine Schwäche – ich habe mich etwas überanstrengt, und die Frühlingsluft macht schlapp«, stieß er heiser hervor. Und der alte Soldat gab sich Haltung und richtete sich straff empor. Er erledigte seine Geschäfte und trat dann den Heimweg an.

Aus Lonnys Flucht erfuhr er erst, wie schwer sie von alledem betroffen war. Und nun stieg doch wieder ein bitterer Groll gegen seine Frau in ihm auf. Kein Zweifel, sie hatte unehrenhaft gehandelt und dadurch Lonny aus dem Haus getrieben.

Natürlich beunruhigte er sich auch darüber, was Lonny vorhatte. Obwohl sie schon immer tapfer ihren Mann gestanden hatte im Lebenskampf, hatte sie doch im Schutz seiner Häuslichkeit leben können. Jetzt ging sie allein und schutzlos hinaus in die Welt, und er wußte nicht einmal wohin, ahnte nicht, welcher Art die Menschen waren, die ihr eine Stellung geboten hatten. Weit, weit fort wollte sie gehen? Das war für ihn ein so ungeheurer Begriff, wo lag dieses: Weit fort?

Was würde Lutz zu alldem sagen? Hatten ihn wirklich gestern Zweifel und Mißtrauen auch gegen Lonny so haltlos davonstürmen lassen, oder hatte seine Frau recht, daß ihn nur die Freude über die Erbschaft davongetrieben hatte? Und – war er nach Leipzig gefahren, oder hatte er das aufgegeben?

Etwas wie Sehnsucht nach Lutz war in ihm. Er war ihm lieb und teuer geworden wie ein Sohn; seine Frische, seine Energie hatten ihn aufgemuntert. Es verlangte ihn danach, sich mit Lutz über das alles aussprechen zu können.

Er änderte plötzlich die Richtung seines Weges, wollte zu Lutz hinausfahren und sehen, ob er nicht doch vielleicht die Fahrt nach Leipzig aufgegeben hatte. Jetzt war doch so eine Fahrt nicht mehr wichtig für ihn. Aber er kannte Lutz Hennersbergs stark ausgeprägtes Pflichtbewußtsein nicht. Lutz hatte sein Wort gegeben, seinen Fahrgast nach Leipzig und wieder zurückzufahren, und dies Wort zu halten, hinderte ihn auch die reiche Erbschaft nicht.

Der Major erhielt von dem Pförtner der Friesenschen Villa den Bescheid, daß Herr Hennersberg nach Leipzig gefahren sei und erst am nächsten Abend zurückkehren würde.

So trat der Major bekümmert den Heimweg an.

Seine Frau kam ihm aufgeregt entgegen.

»Endlich kommst du heim! Ausgerechnet heute läßt du so lange auf dich warten. Ich habe so viel Aufregung gehabt. Hat dir Lonny geschieben? Denke dir, sie ist heute vormittag, als ich einkaufen gegangen war, mit einem großen Koffer davongefahren. Ich fand diesen Zettel in einem Umschlag auf ihrem Zimmer – ohne jede Anrede, es ist empörend. Ganz krank bin ich vor Aufregung und Unruhe. Sage mir doch endlich, ob du Nachricht von ihr hast.«

Mit diesem erregten Wortschwall fiel sie über ihn her.

Er las den Zettel und sagte, so ruhig er konnte:

»Du hast mich ja nicht zu Worte kommen lassen, Hermine. Ja, ich habe Nachricht von ihr – hier, lies diesen Brief.«

Er reichte seiner Gattin Lonnys Brief und fiel müde in einen Sessel. Wenn er noch Hoffnung gehabt hätte, daß Lonny doch vielleicht noch zu Hause sein könne, sah er sich darin getäuscht.

Als Frau Hermine Lonnys Brief gelesen hatte, fiel sie mit einem Schwall von Vorwürfen und Anklagen über ihren Mann her.

»Dieses undankbare Geschöpf! Einfach davonzulaufen wir irgendeine Beliebige. So eine glänzende Partie aufzugeben, als ob es gar nichts wäre! Nur in törichter Überspanntheit! Und ihre Eltern läßt sie in Not und Elend zurück. So gut hätten wir es haben können, und sie stürzt uns in Not und Sorgen. Überspannt ist sie von jeher gewesen, das hätte man ihr beizeiten austreiben müssen. Mit klaren Sinnen läuft doch ein Mädchen nicht vor einer so glänzenden Versorgung davon. Erst hat sie Himmel und Hölle in Bewegung gesetzt, um diese Verlobung zu ertrotzen, und nun man ihr den Willen getan hat, läuft sie einfach davon, hinaus in die Welt. So ein Skandal!«

Sie steigerte sich immer mehr in ihren Zorn hinein, daß es nun nichts werden sollte mit der glänzenden Versorgung durch den reichen Schwiegersohn. Immer wütender und ausfallender wurde sie, bis der Major sich schließlich jäh erhob und auf den Tisch schlug.

»Jetzt ist es genug, Hermine, du vergißt dich! Kein Wort mehr gegen Lonny – du kannst wahrscheinlich gar nicht verstehen, wie tief sie getroffen worden ist.«

Lutz Hennersberg war in einer sonderbaren Gemütsstimmung nach Leipzig gefahren. Wie in einem Chaos wirbelten seine Gedanken durcheinander. Noch heftiger als in der vergangenen Nacht machte er sich Vorwürfe, daß er auch nur einen Augenblick an Lonny hatte irrewerden können.

Und wütend und ärgerlich über sich selbst, vernichtete er jenen Abschiedsbrief Lonnys, während er in Leipzig eine Weile vor einem Lokal hielt, in dem sein Fahrgast abgestiegen war. Er zerriß ihn in winzige Stückchen und gab sie dem Wind preis. Von Leipzig gab er dann ein Telegramm auf an den Rechtsanwalt Harry Fleed:

»Anzeige gelesen. Bitte ausführliche Nachricht, das Nötigste per Kabel.«

Abends gegen sieben Uhr traf er in seiner Garage wieder ein und eilte auf sein Zimmer, um sich umzukleiden und Lonny dann aufzusuchen. Als er in sein Wohnzimmer trat, sah er auf der roten Wollplüschdekke auf dem Tisch einen Brief liegen. Dieser war schon gestern abend angekommen. Lutz nahm den Brief auf und erkannte sofort Lonnys Schrift, diese klare, schöne, vornehme Schrift, die ein Abbild ihres Charakters war. Erregt öffnete er den Umschlag und zog verschiedene, engbeschriebene Seiten heraus. Seine Hand bebte, als er las:

»Mein lieber Lutz! Du gingst gestern abend von mir mit einem häßlichen Mißtrauen. Ich stand diesem Mißtrauen hilflos gegenüber. Im selben Augenblick wie Du hatte ich erkannt, was für ein falsches Spiel meine Stiefmutter mit Dir, mit uns allen getrieben hatte. Die Schamröte stieg mir ins Geischt und machte mich so verlegen, als sei ich selber eines Betrugs schuldig. Laß mich darüber schweigen, wie ich unter Deinem Argwohn gelitten habe, wie ich noch leide. Ich gebe Dich frei! Du sollst begreifen, daß mir Dein Reichtum nichts, gar nichts gilt. Mit dem armen Lutz, der an mich glaubte und mir vertraute, hätte ich unsagbar glücklich werden können; mir dem reichen Lutz, der mir mißtraut, der mir etwas so Häßliches zutrauen konnte, kann ich meiner Wesensart nach nicht glücklich werden. Du bist frei; noch ehe Du vielleicht mit einer erzwungenen Entschuldigung zurückkehrst – oder Deine Freiheit zurückforderst, will ich aus Deinem Leben verschwunden sein. Sorge Dich nicht um mich; es steht mir eine gute Stellung offen, schon seit langer Zeit. Leb wohl, Lutz! Und alles Glück der Welt für Dich.

Noch ein letzter Gruß, Lutz Hennersberg, und noch ein letztes Mal

Deine Lonny«

Lutz war in einem Sessel zusammengebrochen und starrte auf den Brief hinab. Was mochte Lonny gelitten haben, was litt sie noch? Er haßte sich, daß er ihr das angetan hatte, und begriff erst nun ganz, wie sehr er sie mit seinem törichten Zweifel gekränkt und gedemütigt hatte.

Er raffte den Brief zusammen und steckte ihn zu sich, und so, wie er ging und stand, rannte er hinunter in die Garage, kurbelte seinen Wagen wieder an und fuhr davon. Als er vor dem Haus des Majors hielt, nahm er sich kaum Zeit, seinen Wagen zu sichern.

»Wo ist Lonny?« stieß er heiser hervor, als er dem Major gegenüberstand.

Der Major schluckte seine Erregung nieder.

»Ich weiß es nicht, Lutz, ich hoffte es von dir zu hören.«

Lutz fiel, wie aller Kraft beraubt, in einen Sessel.

»Ist sie wirklich fort, wirklich abgereist?«

Der Major reichte Lutz den Brief Lonnys, und dieser tauschte ihn mit dem seinen aus.

Die Herren lasen beide die Briefe durch, und die Majorin beobachtete Lutz mit heimlichem Forschen. Gottlob, er sah nicht so aus, als denke er daran, Lonny aufzugeben. So konnte doch noch alles gut werden. Das gab ihr den Mut, sich an Lutz zu wenden:

»Ich habe es gut gemeint, Lutz; ich wollte nicht, daß du von der Erbschaft erfuhrst, ehe du ganz zu uns gehörtest, und wollte ebensowenig, daß mein Mann oder Lonny etwas davon wußten, ehe du davon erfahren solltest. Ich fürchtete, du würdest anderen Sinnes werden, wenn du plötzlich reich wärest.«

Mit einem unbeschreiblichen Blick sah Lutz Frau Hermine an.

»Ich verstehe Lonny und begreife ihre Handlungsweise. Wenn ich nur eine Ahnung hätte, wohin sie sich gewendet hat. Mir ist, als hätte sie mir einmal von irgendeiner bedeutenden Persönlichkeit erzählt, die sie gern als Sekretärin engagieren wollte, aber – ich habe damals nicht so genau aufgepaßt. Jetzt müssen wir abwarten, und das wird eine grausame Strafe für mich sein. Gib mir dein Wort, lieber Vater, daß du mir sofort ihren Aufenthalt verrätst, sobald sie ihn dir mitteilt.«

Der Major reichte ihm die Hand. »Mein Wort darauf.«

Frau Hermine erhob sich und streckte Lutz bittend die Hand entgegen.

»Lutz, kannst du mir nicht verzeihen?

Er sah sie mit einem düsteren Blick an.

»Was Lonny leidet, das leidet sie durch dich und durch mich. Wenn ich Lonny mir zurückgewinnen kann, dann werde ich dir verzeihen können – sonst nicht, denn dann kann ich auch mir selbst nicht verzeihen.«

Er drückte dem Major die Hand, verbeugte sich kurz vor Frau Hermine und ging davon, mit schwer bedrücktem Herzen. Der Major sah ihm seufzend nach. Die Majorin aber frohlockte innerlich. Es mußte doch noch alles gut werden, Lonny würde ja nicht aus der Welt sein, und Lutz würde sie schon wieder heimholen.

17

Lonny wurde inzwischen von dem Dampfer weiter und weiter über das Meer getragen. Es riß an ihrem Herzen, daß sie sich von Lutz hatte trennen müssen, und sie hatte Augenblicke, in denen sie am liebsten über Bord gesprungen wäre, weil ihr das Leben ohne Lutz unerträglich schien. Aber dann sank sie immer wieder matt und willenlos in sich zusammen.

Erst als der Dampfer sich New York näherte, riß sie sich aus ihrer Gleichgültigkeit.

Es war eine sehr frühe Vormittagsstunde, als sie den Dampfer verließ. Da sie der englischen Sprache vollständig mächtig war, hatte sich alles ganz glatt abgewikkelt. Durch den Kapitän erfuhr sie von einem guten, nicht zu teuren Hotel. Dort fand sie beste Aufnahme, als sie sich auf den Kapitän des Dampfers berief. Man wies ihr ein Zimmer an, das so hoch lag, wie sie noch nie in ihrem Leben gewohnt hatte. Sie erfrischte sich, kleidete sich zweckmäßig um und beschloß, nun sofort das Geschäft Mister Stanhopes aufzusuchen.

Da sie nicht Bescheid wußte, nahm sie ein Auto. Dieser Luxus erschien ihr als eine Zeitersparnis, und der Wahlspruch »Time is money« schien hier in der Luft zu liegen.

Es war ein ziemlich weiter Weg und das Auto dementsprechend teuer. Aber nun lag das riesengroße, vielstöckige Gebäude vor ihr, und sie betrat die Eingangshalle mit einem etwas beklommenen Gefühl. Unschlüssig sah sie sich um. Hier schien kein Mensch für den anderen Zeit zu haben, alles hastete aneinander vorbei, und sie kam sich vor wie ein überflüssiges Hindernis in der Erscheinungen Flucht.

Aber endlich faßte sie sich ein Herz und ging, ihre Befangenheit bezwingend, auf eine Art Pförtnerloge zu. Sie fragte den Beamten, der dort an einem Pult stand, wo sie Mister John Stanhope finden würde. Mit einem kalten, abwägenden Blick sah der Beamte sie an. Aber in Lonnys Augen lag etwas, was ihn ein wenig dienstbeflissen machte. Er sagte, sich aufrichtend:

»Mister Stanhope ist verreist und überhaupt nur nach schriftlicher Anmeldung zu sprechen.«

Lonny erschrak. Mister Stanhope verreist – das war eine sehr unerfreuliche Botschaft für sie.

»Auf wie lange ist Mister Stanhope verreist?«

»Unbestimmt!«

»Können Sie mir sagen, wer ihn in seiner Abwesenheit vertritt?«

»In welcher Angelegenheit?«

»Es handelt sich um eine Stelle, die mir Mister Stanhope zugesagt hat.«

»Wegen Stellung wollen Sie sich nach Zimmer einhundertzehn bemühen; da drüben sind die Fahrstühle.«

Nach kurzer Zeit stand sie vor dem Personalchef. Dieser sah Lonny erst einmal scharf und kritisch durch seine Hornbrille an.

»Was wünschen Sie?« fragte er. Lonny legte ihre Karte vor ihn hin.

»Ich suche eine Stellung, mein Herr«, sagte Lonny so ruhig, wie es ihr möglich war.

»Als was?«

»Mister John Stanhope stellte mir in Aussicht, daß ich den Posten seiner Privatsekretärin einnehmen könne.«

»Ooh!«

Der Personalchef rückte seinen Sessel herum und starrte Lonny an, als habe sie verlangt, den Posten als Prokurist einzunehmen. Lonny wurde sehr unbehaglich zumute. Sie nahm alle Kraft zusammen, um ihre Ruhe zu bewahren, und fuhr fort:

»Meine Worte scheinen Sie in Erstaunen zu setzen, deshalb will ich Ihnen erklären, daß Mister Stanhope vor einigen Monaten in Deutschland den Wunsch äußerte, mich zu seiner Privatsekretärin zu machen. Ich hatte in meiner Eigenschaft als Sekretärin des Rechtsanwaltes Doktor Friesen die Ehre, Mister Stanhope kennenzulernen, während ich die Verträge für die Vertrustung mehrerer amerikanischer und deutscher Firmen ausarbeitete. Dabei machte mir Mister John Stanhope das Anerbieten, seine Privatsekretärin zu werden, falls ich jemals meine Stellung bei Doktor Friesen aufgeben würde und nach New York kommen wolle. Doktor Friesen ist bei einem Autounfall ums Leben gekommen, ich bin frei und kam hierher, um mich Mister Stanhope zur Verfügung zu stellen.«

Sie sagte das alles so ruhig und bestimmt, daß sich der bebrillte Mister Yacht langsam von seinem Staunen erholte. Aber er zuckte die Achseln.

»Mister Stanhope ist auf vier Wochen in Florida, um Seebäder zu nehmen. Er hat keinerlei Anordnungen in bezug auf Sie hinterlassen.«

»Das ist verständlich, da er nicht annehmen konnte, daß ich so bald für ihn verfügbar sein würde. Es ist mir natürlich sehr unangenehm, daß Mister Stanhope abwesend ist. Aber er hat mir gesagt, daß für Leute meiner Art immer eine Stelle bei Mister Stanhope sicher sei. Er gab mir seine Karte; hier ist sie. Und ich denke, das Wort eines Amerikaners ist so gut wie das eines Deutschen.«

Es zuckte ein wenig um den Mund des Mister Yacht. Er überlegte eine Weile. Lonny machte ihm nicht den Eindruck einer Schwindlerin. Möglich, daß Mister Stanhope wirklich etwas an dieser vornehm und sicher auftretenden Deutschen lag. Er hatte auch tatsächlich noch keine Privatsekretärin angestellt, weil er eben die passende Persönlichkeit noch nicht gefunden hatte. Mister Yacht wußte um die Vertrustungsangelegenheit und daß Mister Stanhope vor einigen Monaten in Deutschland gewesen war. Dieser pflegte solche Versprechungen, wie er sie dieser jungen Dame gegeben haben sollte, zu halten. Immerhin wußte aber Mister Yacht nicht, was er mit dieser jungen Deutschen anfangen sollte. Und so sagte er achselzuckend:

»Mister Stanhope wünscht in diesen vier Wochen mit keinerlei geschäftlichen Nachrichten behelligt zu werden. Ich muß Sie daher bitten, in vier Wochen wiederzukommen.«

Betroffen sah Lonny ihn an, aber ehe sie noch etwas erwidern konnte, sagte Mister Yacht:

»Leben Sie wohl, Miß Straßmann.«

Willenlos schritt Lonny hinaus. Niedergeschlagen kehrte sie in das Hotel zurück, diesmal sich bis zur Untergrundbahn durchfragend, denn den Luxus eines Autos wollte sie sich nicht noch einmal gönnen. Ganz verzagt saß sie in ihrem Hotelzimmer, dessen Einrichtung übrigens auch von einer fast bedrückenden Sachlichkeit zeugte. Und sie grübelte, was sie tun sollte. War es ratsam, auf Mister Stanhopes Rückkehr zu warten, oder sollte sie versuchen, eine andere Anstellung zu bekommen?

Und würde Mister Stanhope, wenn er zurückkam, auch Wort halten? Er hatte ihr jenes Versprechen allerdings vor Zeugen gegeben. Doktor Friesen war freilich tot, aber – da war doch noch der amerikanische Rechtsanwalt dabei gewesen, der auch aus New York war. Wie hieß er doch gleich? Richtig, Mister Dumby! Ja, wenn sie sich an diesen Mister Dumby wenden würde – ob er ihr nicht vielleicht einen Rat geben konnte?

Sie fuhr hinunter in den Teeraum des Hotels, nahm ihren Tee ein und einen Imbiß und sah dann im Adreßbuch nach, wo Rechtsanwalt Dumby sein Büro hatte.

Am nächsten Vormittag fuhr sie mit der Untergrundbahn in die Nähe der Straße, wo Mister Dumbys Praxis lag. Und heute hatte sie mehr Glück als gestern. Mister Dumby war anwesend und ließ sie auch gleich vor, als sie ihm eine Karte hineinschickte, auf die sie geschrieben hatte: »Ehemalige Sekretärin von Doktor Friesen, Berlin. Ich erinnere Sie an den Abschluß des Trustvertrags.«

Mister Dumby kam ihr in seinem Sprechzimmer entgegen. »Ah, Miß Straßmann! Wie geht es Ihnen?«

Sie lächelte.

»Augenblicklich geht es mir gerade nicht gut, Mister Dumby. Ich habe gestern hier eine große Enttäuschung erlebt.«

Und sie erzählte ihm von ihrem vergeblichen Besuch im Betrieb von Stanhope. Dann fuhr sie fort:

»Sie waren Zeuge, Mister Dumby, als Mister Stanhope mir die Anstellung versprach, und ich bin deshalb zu Ihnen gekommen, um Sie zu bitten, mir zu raten, was ich in dieser Angelegenheit tun soll. Ich möchte nicht gern vier Wochen lang das kostspielige Leben einer Arbeitslosen in New York führen. In meiner Not dachte ich an Sie. Vielleicht können Sie mir einen Rat geben.«

Mister Dumby dachte nach und sah dabei Lonny mit wohlgefälligen Augen an, während er sein Kinn zwischen Daumen und Zeigefinger der rechten Hand rieb. Das Kinn wurde ganz rot, bis er anscheinend einen Rat gefunden hatte und Lonny mit einem humoristischen Ausdruck ansah.

»Hm! Mister Stanhope legte viel Wert darauf, Sie als Privatsekretärin zu verpflichten, das weiß ich. Er hat mir auf unserer gemeinsamen Heimreise auf dem Dampfer noch verschiedentlich von Miß Straßmann vorgeschwärmt. Es hat ihm sehr leid getan, daß er Sie Doktor Friesen nicht abspenstig machen konnte, und doch hat ihm gerade das Eindruck gemacht. Er würde sehr ärgerlich sein, würden Sie, nun Sie ihn nicht angetroffen haben, eine andere Stellung annehmen. Hätte er nur eine Ahnung gehabt, daß Sie jetzt frei werden würden, dann hätte er sicher Anordnungen hinterlassen für den Fall, daß Sie sich melden würden. Aber warten Sie, Miß Straßmann, ich werde mich mal telefonisch mit Mister Yacht verbinden lassen.«

Dieser meldete sich denn auch gleich, und es entspann sich nun folgendes Gespräch:

»Hallo, Mister Yacht?«

»Yes, wer dort?«

»Mister Dumby, Rechtsanwalt!«

»Ja, Mister Dumby. – Womit kann ich dienen?«

»Gestern war eine junge Dame bei Ihnen, Miß Straßmann.«

»Jawohl!«

»Sie haben die junge Dame fortgehen lassen, Mister Yacht. Ich will Ihnen folgendes zu bedenken geben: Als Mister Stanhope Miß Straßmann das Angebot machte, als seine Privatsekretärin zu ihm zu kommen, war ich Zeuge. Ich weiß, es liegt ihm unendlich viel daran, diese tüchtige Kraft zu gewinnen. Mister Stanhope wird sehr erzürnt sein, wenn Sie die Dame nicht festhalten, bis er zurückkommt.«

»Was soll ich aber tun, Mister Dumby? Ich habe doch keine Anhaltspunkte.«

»Miß Straßmann auf jeden Fall anstellen und sich so Mister Stanhope zu Dank verpflichten. Sie werden ihr doch als Chef der Personalabteilung irgendeinen entsprechenden Posten anweisen können, den sie einnehmen kann, bis Mister Stanhope zurückkehrt. Ich übernehme die Verantwortung, Mister Yacht.«

»Wirklich?«

»Unbedingt!«

»Gut, dann ist ja alles in Ordnung! Ist Miß Straßmann für Sie erreichbar?«

»Sie ist bei mir, sitzt mir gegenüber.«

»Gut! Bitte, schicken Sie sie zu mir.«

Lachend hängte Mister Dumby an.

»Die Sache ist in Ordnung, Miß Straßmann. Mister Yacht wird Sie irgendwie beschäftigen, bis Mister Stanhope zurückkommt und weiter über Sie bestimmen wird.«

Lonny reichte ihm aufatmend die Hand.

»Ich danke Ihnen herzlich, Mister Dumby!«

Zehn Minuten später war sie, vorläufig für die juristische Abteilung, als Sekretärin angestellt mit einem Gehalt, das in Dollar so hoch war, wie sie es bei Doktor Friesen in Mark bezogen hatte. Vorsichtshalber sagte Doktor Yacht:

»Ich mache Sie darauf aufmerksam, Miß Straßmann, daß Ihre Einstellung provisorisch ist. Mister Stanhope wird nach seiner Rückkehr selber weiterentscheiden müssen.«

»Ich danke Ihnen, Mister Yacht, und hoffe bestimmt, daß Sie meinetwegen keine Unannehmlichkeiten haben werden.«

Mit einiger Erleichterung kehrte Lonny ins Hotel zurück. Sie hatte noch Zeit, sich in der Nähe ihres künftigen Wirkungskreises ein Unterkommen in einem freundlichen, kleinen Boardinghouse zu suchen, ehe sie ihre Stellung antrat. Und als sie ihre Übersiedlung bewerkstelligt hatte und den ersten Abend allein in ihrem sehr niedlichen Zimmerchen saß, atmete sie auf. Ihr war, als habe sie nun das Schwerste hinter sich. Freilich, an zu Hause durfte sie nicht denken, dann überfielen sie die Schmerzen wieder mit aller Macht. Und die Sehnsucht nach Lutz quälte sie namenlos.

18

Lutz hatte unruhevolle Tage hinter sich. Jeden Tag fragte er bei Lonnys Vater an, ob noch immer keine Nachricht von ihr eingetroffen sei. Er schlief schlecht, hatte keinen Appetit, und sein Gesicht wurde schmäler. Nach wie vor übte er sein Amt als Droschkenchauffeur aus, und da dieser Beruf in einer verkehrsreichen Stadt wie Berlin immerhin auch Nerven kostet, war sein Zustand jetzt nicht beneidenswert.

Eines Tages bekam er von dem Rechtsanwalt Harry Fleed in San Francisco zunächst einmal ein ausführliches Telegramm:

»Nachforschungen haben ergeben, daß Sie der gesuchte Erbe tatsächlich sind. Hinterlassenschaft Hennersberg steht zur Verfügung. Genaues Verzeichnis aller Werte brieflich unterwegs. Kommen baldigst erwünscht, aber nicht unbedingt erforderlich. Wert der Erbschaft einundeinhalb Millionen Dollar. Weise zehntausend Dollar auf Ihren Namen an Deutsche Bank, Berlin. Bitte weitere Wünsche. Harry Fleed.«

Lutz stieg nun doch die Röte der Aufregung ins Gesicht. Bisher hatte er immer noch Zweifel gehabt, ob es wirklich seine Richtigkeit mit der Erbschaft hatte. Und dieser einsichtsvolle Rechtsanwalt Fleed hatte den vernünftigen Gedanken gehabt, ihm erst einmal zehntausend Dollar anzuweisen.

Er grübelte darüber nach, wie wohl sein Onkel Henner zu so großem Reichtum gekommen war. Wie hatte er, der Abenteurer von Beruf, so viel Geld erwerben können? Und warum hatte er nie mehr von sich hören lassen? Sein Vater hatte ihn doch längst als tot betrauert.

Lutz überlegte, ob er nun noch immer als Chauffeur tätig sein sollte, und mußte sich sagen, daß das keinen Zweck mehr habe. Er wollte für das Auto, das er selber gefahren hatte, noch einen zweiten Chauffeur einstellen, dann hatte er auch Bewegungsfreiheit, wenn Kunde von Lonnys Aufenthalt kam. Denn daß er sich dann sofort auf die Reise machen würde, ganz gleich, wo sie sein mochte, war sicher.

Seine Wohnung über der Garage gab er aber noch nicht auf, hoffte er doch noch immer, daß Lonny ihm eines Tages selbst ein Lebenszeichen geben würde. Es konnte doch nicht sein, daß sie für immer von ihm gegangen war, daran durfte er nicht denken, wenn er nicht verzweifeln wollte. So waren Wochen vergangen seit Lonnys Verschwinden, als eines Morgens der Major in Lutz' Wohnzimmer auftauchte, in dem dieser tatenlos grübelnd saß. Lutz sprang auf und sah ihn erregt an.

»Vater, du? Hast du Nachricht von Lonny?« rief er heiser.

Der Major zog einen Brief hervor.

»Ja, Lutz, endlich. Ich habe dir mein Wort gegeben, daß du erfahren sollst, wo sie ist. Hier – ihr Brief.«

Lutz riß dem Major das Schreiben fast aus der Hand. Mit einem Aufatmen, das einem Stöhnen glich, vertiefte er sich in den Inhalt des Schreibens.

Da hieß es zum Schluß:

»Sei mir nicht böse, mein lieber Papa, daß ich fortging; ich konnte nicht anders. Schreib mir ein gutes Wort – ich brauche es so nötig, fühle ich mich doch grenzenlos einsam und verlassen hier im fremden Land, zwischen lauter fremden Menschen, die nicht einmal Zeit für sich haben, viel weniger für andere. Denke daran, daß ich mir selbst am wehesten habe tun müssen. Ich werde Dir schreiben, so oft ich kann, und Dich immer auf dem laufenden halten über mein Schicksal. Bitte, sende mir auch recht oft Nachricht. Behalte mich ein bißchen lieb, es tut so weh, allein zu sein. Meine Gedanken sind immer daheim bei Dir und bei Lutz. Ich bitte Dich inständig, teile mir mit, wie es ihm geht. Aber Du darfst ihm nicht sagen, wie sehr ich mich nach ihm sehne, darfst ihm um keinen Preis meine Adresse geben – ich muß mich zur Ruhe durchringen. Schreibe bald, mein lieber Papa – und bleib gesund.

Deine Lonny«

In Lutz Hennersbergs Augen schimmerte es feucht, als er den Brief zu Ende gelesen hatte; so viel hatte er noch zwischen den Zeilen gelesen, was ihm das Herz umdrehte.

Er sah zu dem Major auf.

»Ich danke dir, Vater, daß du mir den Brief gabst. Und ich reise mit dem nächsten Dampfer nach New York. Lonny darf um keinen Preis einen Vertrag mit Mister Stanhope abschließen, sie darf sich nicht binden. Ich hole sie heim, Vater, sie muß mit mir zurückkommen.«

Die beiden Männer hielten sich fest bei den Händen. Dann richtete sich Lutz straff empor, alle Schlaffheit war von ihm gewichen. Er wußte nun, in Tagen konnte er bei Lonny sein, konnte sein Glück zurückerobern. Nicht länger war er zur Tatenlosigkeit verdammt.

Die Herren besprachen noch allerlei, und dann fuhr Lutz mit dem Major in die Stadt. Er wollte sich im Reisebüro erkundigen, wann der nächste Dampfer abging, bei der Deutschen Bank sehen, ob das von Mister Fleed angekündigte Geld für ihn angewiesen war. Geld mußte er haben zu seiner Reise, und wenn die zehntausend Dollar noch nicht eingetroffen waren, mußte er einen seiner Wagen beleihen lassen.

Aber das Geld war da. Und nun hatte Lutz schon etwas Greifbares von seiner Erbschaft. Den Major bat er, mit seinen Chauffeuren während seiner Abwesenheit abzurechnen.

»Wenn ich mit Lonny zurückkomme, Vater, dann werden wir auch über deine Zukunft reden; du gibst dann deine Stellung als Versicherungsbeamter auf, und vielleicht übernimmst du dann die Verwaltung der Autos; wir können noch einige dazukaufen, und du hast dann einen Wirkungskreis, der dich unabhängig macht und dich doch noch nicht ausschaltet«, sagte Lutz.

Der Major drückte ihm nur stumm die Hand, reden konnte er nicht. Lutz erfuhr, daß der nächste passende Dampfer am Montag abging. Bis dahin konnte er alles erledigt haben, und so bestellte er eine Kabine für sich.

Sein Herz war ihm nun schon viel leichter; bald würde er bei Lonny sein, bald sie wiederhaben. Er zweifelte gar nicht daran, daß er sie von seiner Liebe überzeugen konnte, wenn er nur erst bei ihr war. Sie mußte ihm glauben, daß er an jenem Abend halb von Sinnen war. Nur sie erst wiedersehen, sie in seinen Armen halten, dann würde alles wieder gut sein.

Von New York aus wollte Lutz dann gleich nach San Francisco reisen, um seine Erbschaftsangelegenheit zu regeln; sicher war es gut, wenn er selber hinüberging.

Am nächsten Morgen, als Lutz sich von einem seiner Chauffeure zum Bahnhof bringen lassen wollte, kam gerade noch ein dicker, schwerer Brief von Mister Harry Fleed aus San Francisco. Er steckte ihn uneröffnet zu sich, weil es höchste Zeit war, zum Bahnhof zu kommen. Er wollte ihn erst lesen, wenn er im Zuge saß.

Lutz hatte sich in den letzten Tagen neu ausgestattet und sah in seinem eleganten Reiseanzug sehr vornehm und gediegen aus. Und sein Kabinenkoffer war eben nur zu neu, um ebenso vornehm zu wirken.

Sobald er sich in seiner Abteilecke am Fenster eingerichtet hatte, fuhr der Zug ab.

Und nun öffnete er den gewichtigen Brief. Der Umschlag enthielt außer einem Schreiben des Rechtsanwaltes eine Testamentsabschrift und allerlei andere Papiere.

In dem Testament hieß es unter anderem:

»Ich, Endesunterzeichneter, testiere also: Mein gesamtes Barvermögen sowie die weiter unten angeführten Liegenschaften und Wertgegenstände, also meine ganze bewegliche und unbewegliche Habe, hinterlasse ich meinem Neffen, dem Freiherrn Lutz von Hennersberg, einzigem Sohn meines im Krieg gefallenen Bruders, des Freiherrn Georg von Hennersberg, und seiner ebenfalls verstorbenen Gemahlin, der geborenen Baronesse von Brambach, den ich hiermit zu meinem Universalerben ohne jede Einschränkung einsetze. Ehe ich ausführlich angebe, was ich zu vererben habe, möchte ich meinem Neffen Lutz mitteilen, warum ich all die Jahre nichts von mir hören ließ. Ich habe immer Abenteurerblut in meinen Adern gehabt, konnte mich nicht in die engen Verhältnisse meines Vaterlandes fügen. Ich wanderte aus, zuerst nach Texas. Das Leben, das ich geführt habe, war ein abenteuerliches und wildes, weil ich die Gefahr liebte und mein Leben immer aufs Spiel setzen mußte, um es immer von neuem gewinnen zu können. Als mein kleines Erbe ziemlich aufgebraucht war, ich aber anders nicht verdienen konnte, was ich brauchte, wurde ich zuerst Zirkusreiter in einem Wanderzirkus. Das war mir auf die Dauer noch zu zahm; reiten konnte ich schon von Kind auf so gut, daß man mir den Spitznamen ›Der Zentaur‹ gegeben hatte. Ich mußte mehr einzusetzen haben, wenn mich das Leben reizen sollte. Und – so wurde ich Dompteur. Ich dressierte wilde Tiere und liebte meine Bestien mehr als die Menschen, weil sie mich besser verstanden als diese, mit ganz wenigen Ausnahmen.

Ich hatte meinen Namen schon abgelegt, als ich als Zirkusreiter auftrat; nannte mich nur Charles Henner, nach meinen beiden Vornamen, und schrieb auch meinem Bruder nicht mehr, weil ich nicht lügen mochte und weil ich meinem Bruder ersparen wollte, sich meiner schämen zu müssen. Wenn Dich, mein lieber Lutz, mein Leben und Treiben interessiert, so findest Du genaue Aufzeichnungen darüber in meinem Tagebuch, das ich für Dich hinterlasse. Du wirst daraus ersehen, daß der Freiherr Henner von Hennersberg auch als Tierbändiger ein ganz anständiger Kerl gewesen ist.

Und nun soll das Vermögen, das ich verdient habe, Dir, Lutz von Hennersberg, zugute kommen. Gründe mit meinem Geld ein neues, gesundes Geschlecht, und schäme dich nicht, daß Dein Onkel Henner ein Tierbändiger, aber noch mehr ein Tierfreund war.«

Es folgte nun eine genaue Aufstellung aller Vermögenswerte. Außer seinem großen Barvermögen hinterließ er Lutz ein Landhaus bei San Francisco, wo er seine Tage beschlossen und in dem er eine auf seinen weiten Reisen erworbene wertvolle Sammlung von allerlei Dingen aufgestellt hatte.

Lutz las die letzten Worte seines Onkels noch mehrere Male durch; es wurde ihm dabei warm ums Herz.

Eine tiefe Dankbarkeit erfüllte ihn für diesen seltsamen Mann, der ihm durch sein reiches Erbe aus aller Not und aus allen Schwierigkeiten half. Er wollte ihm ein dankbares Gedenken weihen.

In Hamburg blieb er noch eine Nacht im Hotel und begab sich am nächsten Morgen an Bord des Dampfers. Seiner Sehnsucht erschien die Seereise sehr lang, aber sie tat ihm doch gut nach all den Qualen und Aufregungen der letzten Wochen, so daß er in bester Verfassung in New York anlangte.

19

Lonny hatte sich inzwischen leidlich gut in New York eingelebt. Der Chef der juristischen Abteilung hatte von Mister Yacht Weisungen bekommen, und er staunte über Lonnys Kenntnisse und ihre präzise Arbeit. Man sah hier schon die künftige Privatsekretärin Mister Stanhopes in ihr, und das war ein sehr einflußreicher Posten. Lonny wurde also sehr liebenswürdig von allen Seiten aufgenommen, soweit der amerikanische Geschäftsmensch über Liebenswürdigkeit verfügt.

Als die vier Wochen um waren und man Mister Stanhope täglich erwarten konnte, kam erst mal wieder eine Nachricht von ihm, daß er noch eine Woche fernbleiben würde, weil er unterwegs gleich noch Geschäfte abwickeln wollte.

Lonny hatte mit starkem Herzklopfen seine Ankunft erwartet, und als sie hörte, daß dieselbe nun abermals um eine Woche verschoben war, wurde sie noch viel unruhiger.

Am meisten fürchtete sie die Sonntage. In der Woche hatte sie ihre Arbeit, wurde abgelenkt und mußte die Gedanken auf die Arbeit konzentrieren; aber die Sonntage waren ihr eine Qual. Sonnabend vormittags hörte sie Verabredungen ihrer Kollegen und Kolleginnen zum Wochenende, es wurden Ausflüge, Segelfahrten, Ruderpartien oder doch der Besuch eines Theaters oder Kinos geplant. Eine oder die andere der jungen Damen hatte sie schon aufgefordert, sich anzuschließen, aber Lonny hatte immer mit freundlichem Dank abgelehnt. Sie konnte es noch nicht ertragen, in lustiger Gesellschaft zu sein.

So beschränkte sie sich darauf, nachmittags ein wenig allein in der Stadt herumzustreifen, um sie kennenzulernen. Sie machte auch einmal einen einsamen Ausflug an den Badestrand, sah mit traurigen Augen dem lustigen Treiben zu und ließ die Augen sehnsuchtsvoll über das Meer schweifen.

Da drüben lag irgendwo die Heimat ...

Und das Heimweh überfiel sie mit einer solchen Wucht, daß sie es nicht wieder wagte, ans Meer zu gehen.

Nun war wieder ein Sonntag herangekommen. Sie ahnte nicht, daß gestern abend Lutz Hennersberg in New York angekommen war. Sie hatte sich, wie jeden Sonntag, etwas später von ihrem Lager erhoben, langsam angekleidet und das Frühstück eingenommen in dem hübschen, mit Blumen geschmückten Frühstücksraum des Boardinghouses. Inzwischen war ihr Zimmer in Ordnung gebracht worden, und sie zog sich dahin zurück, um sich zum Ausgehen fertig zu machen. Die Sonne schien verlockend, und sie wollte einen Spaziergang machen. Kaum hatte sie jedoch ihr Zimmer wieder betreten, als angeklopft wurde und auf ihren Zuruf einer der Neger erschien, die im Haus die Bedienung übernommen hatten. Es war ein anstelliger, intelligenter Bursche, der mit ihr immer in deutscher Sprache redete, weil er diese Sprache gern lernen wollte.

»Oh, Miß Straßmann, es sein ein Herr gekommen, der Miß Straßmann sprechen will in eine sehr dringende Angelegenheit.«

Verwundert sah Lonny ihn an.

»Ich empfange keine Besuche, Tom, das wissen Sie«, erwiderte sie schroff und auf ihren Ruf bedacht.

Der schwarze Diener lachte sie an, daß alle seine weißen Zähne blitzten.

»Fremder Mister sehr wichtig zu sprechen hat mit Miß Straßmann, sein eine ganz alte Mister. Wartet im Sprechzimmer auf Miß Straßmann, sein ganz gewiß sehr wichtig; Miß Straßmann müssen zu ihm gehen und sprechen mit ihm.«

Tom hatte gelogen, aber es erschien ihm unverfänglicher, wenn er den Besucher als alten Herrn hinstellte. Er hatte ein sehr fürstliches Trinkgeld von dem fremden Herrn erhalten, und dafür hätte er zur Not Miß Straßmann auch mit Gewalt ins Sprechzimmer gebracht.

Lonny konnte sich nicht denken, was irgendein alter fremder Herr mit ihr zu sprechen haben könne, aber dann fiel ihr ein, daß vielleicht Mister Stanhope zurückgekommen sei und nach ihr geschickt haben könne.

»Gut, Tom, ich komme sogleich«, sagte sie.

Sie legte ihren Hut wieder ab, zog die Handschuhe aus und ging hinaus. Tom hielt ihr mit breitem Lächeln die Tür auf. Sie schritt durch die menschenleere Diele. Heute, am Sonntag, war alles ausgeflogen, sogar ein Teil der Dienerschaft. Mit einer tiefen Verbeugung öffnete Tom die Tür des Sprechzimmers, das fürstliche Trinkgeld des Besuchers hatte Miß Straßmann in seinen Augen mit einer Glorie umgeben. Das Sprechzimmer war mit hellem Sonnenlicht gefüllt, wodurch Lonny erst ein wenig geblendet wurde, als sie eintrat. Sie sah nur wie einen Schatten eine schlanke Männergestalt mitten im Zimmer stehen, konnte aber das Gesicht nicht gleich erkennen. Erst als der Besucher dicht vor sie hintrat, zuckte sie zusammen und stieß einen leisen Schrei aus.

»Lutz!«

Sie wurde totenbleich und wankte, wie aller Kraft beraubt. Aber schon hatte sie Lutz in seine Arme gerissen und hielt sie fest, als wollte er sie nie mehr loslassen. Im Übermaß des Glückes, sie endlich wiederzuhaben, stieß er immer wieder in jubelnder Inbrunst ihren Namen hervor.

»Lonny! Lonny! Lonny!«

Mit großen, erschreckten Augen sah sie zu ihm auf.

»Lutz! Mein Gott, Lutz, du?«

»Ja, Lonny, meine Lonny, ich, dein Lutz, den du so grausam verlassen hast! Ach Lonny, daß ich dich nur endlich wiederhabe. Wie furchtbar weh hast du mir getan!«

Sie erzitterte in seinen Armen und hatte nicht die Kraft, sich loszumachen; es war eine so namenlose Seligkeit, in seinen Armen zu ruhen, in seine heißgeliebten Augen sehen zu können. Und diese Augen senkten sich in die ihren mit einem Ausdruck unsagbarer Zärtlichkeit und Innigkeit. Sie schluchzte auf vor glücklicher Erregung.

»Lutz – ach Lutz, ich tat mir doch selbst am wehesten.«

Er preßte seine Lippen auf die ihren, lange und innig. Und dann sagte er weich und zärtlich:

»Wie konnte meine Lonny mir das antun?«

»Lutz, du hast doch an mir gezweifelt, hast mir mißtraut, hast von mir geglaubt, daß ich dir eine so abscheuliche Komödie vorgespielt hätte.«

Er sah sie mit brennenden Augen an, und sie merkte, wie schmal sein Gesicht geworden war. Das erschütterte sie.

»Lonny, was an jenem unseligen Abend in mir vorging, das weiß ich selber kaum noch. Es kam alles so unerwartet, meine Gedanken verwirrten sich, ich sah, daß deine Stiefmutter mich so seltsam anstarrte, und sah, wie du in tiefer Scham die Farbe wechseltest, und da, ja, Lonny, eine ganz kurze Weile glaubte ich, du hättest jenen Abschiedsbrief nicht wieder zurückgenommen, wenn du nicht erfahren hättest, daß ich ein reicher Erbe war. Du weißt ja nicht, wie sehr du mich mit jenem Abschiedsbrief gekränkt hattest, das hatte ich noch nicht verwunden. Aber dieser Zweifel, dieses Mißtrauen zerfiel schnell in nichts, als ich mir dann überlegte, daß du mir unmöglich eine solche Komödie hättest vorspielen können, wenn du die Anzeige gelesen hättest. Ich war wie sinnlos davongestürmt, aber ich machte mir schon bittere Vorwürfe. Meine einzige Hoffnung war, daß du meinen Zweifel gar nicht bemerkt hättest; ich wußte nicht einmal, was ich in meiner Aufregung zu dir gesagt hatte. Das las ich dann erst in deinem Brief. Lonny – wie weh hast du mir mit diesem Brief getan! Es war dein zweiter Abschiedsbrief an mich, aber er traf mich viel, viel härter noch als der erste. Wenn ich dir weh tat mit meinem Zweifel, so hast du mir mit deinem Brief viel weher getan. Du mußt mir meinen törichten, schnell vorübergehuschten Zweifel vergeben, Lonny, denn – siehst du, du hast auch an mir gezweifelt, an meiner Liebe. Liebtest du mich weniger, als du an mir und meiner Liebe zweifeltest?«

»Ach, Lutz, kann es denn sein? Zu verzeihen brauche ich dir nichts, ich habe dir nie gezürnt, war nur unsagbar traurig. Lutz, sind nun wirklich alle Zweifel fort, liebst du mich wirklich so, wie es sein muß, wenn wir glücklich werden wollen?«

»Wäre ich sonst hier, Lonny?« sagte er und küßte sie,

bis sie beide atemlos waren. Und sie erwiderte seine Küsse in großer Glückseligkeit. Dann fragte Lutz plötzlich:

»Jetzt sorge ich mich nur noch um eins, Lonny – wie stehst du zu Mister Stanhope? Hast du schon einen Vertrag mit ihm gemacht? Bist du auf längere Zeit gebunden?«

Sie schüttelte lächelnd den Kopf.

»Es ist noch gar nicht zurück; seine Heimkehr hat sich noch um acht Tage verschoben, aber er muß in diesen Tagen ankommen.«

Zärtlich streichelte er ihre Wangen.

»Wir haben uns nun beide nichts mehr vorzuwerfen, Lonny, denn schließlich bist du genauso kopflos davongestürzt wie ich an jenem Abend. Das soll uns eine bittere Lehre sein, mein geliebtes Herz; so etwas soll nie mehr zwischen uns geschehen. Du und ich – Lonny, wir gehören doch zusammen. Was hätten wir ohne einander anfangen sollen?«

Sie atmete tief auf.

»Laß uns nie mehr daran denken, Lutz; es war eine schlimme Zeit.«

»Und das alles danken wir im Grunde deiner Stiefmutter.«

Ein Schatten flog über ihr Gesicht.

»An sie mag ich gar nicht denken, Lutz. Aber sage mir, wie hat sich Papa zu meiner Flucht gestellt?«

»Nun, er war beinahe so unglücklich wie ich. Ich soll dir seine Verzeihung bringen und tausend Grüße. Ich habe versprochen, dich wieder heimzuholen, Lonny.«

Etwas unsicher sah sie ihn an.

»Ich weiß nicht, Lutz, ob ich gleich loskommen kann von der Firma Stanhope. Sicher muß ich erst kündigen.«

Er lachte in glücklichem Übermut auf.

»Wenn die Firma Stanhope riskieren will, daß ich nicht von deiner Seite weiche, soll sie versuchen, dich festzuhalten. Aber wir müssen noch viel besprechen, Lonny, und das kann nicht in diesem zwar sehr netten, aber doch recht ungemütlichen Sprechzimmer geschehen. Mach dich fertig, Lonny, wir wollen erst mal ins Freie und dann sehen, wo wir ein behagliches Plätzchen finden, um uns alles vom Herzen reden zu können.«

Tom, der Neger, strahlte über das ganze Gesicht, als er eine Weile später Lonny und Lutz an das draußen haltende Auto, das Lutz hergebracht hatte, begleitete und den Wagenschlag mit Grandezza öffnete. Lutz gab ihm abermals ein Trinkgeld, aber Lonny sagte lachend:

»Er hat mir gesagt, du seist ein alter Mister, Lutz.«

Tom grinste.

»Miß Straßmann nicht gekommen wäre in das Sprechzimmer, wenn Tom gesagt, daß junger Mister sie erwarte. Tom schlau!«

Lutz griff lachend in seine Tasche und reichte Tom noch ein Trinkgeld.

»Tom ist sehr schlau gewesen«, sagte er anerkennend.

Das Auto fuhr davon, und Tom steckte lachend sein Trinkgeld ein.

Lutz hatte mit Lonny vereinbart, daß sie beide in sein Hotel fahren wollten, um dort gemeinsam zu speisen. Lonny machte freilich ein etwas besorgtes Gesicht; dies vornehme Hotel sah sehr teuer aus. Aber sie sagte noch nichts. Als sie aber dann im Speisesaal eine stille Ecke gefunden hatten und Lutz bei dem Kellner ein auserlesenes Essen bestellte, sah sie Lutz erschrokken an. Und als der Kellner davongegangen war, sagte sie leise:

»O Lutz, das wird furchtbar teuer sein; du hast wohl keine Ahnung, was man hier in New York für Preise zahlt?«

Er lachte sie übermütig an.

»Du hast wohl ganz vergessen, Lonny, daß ich inzwischen eine große Erbschaft gemacht habe.«

Beklommen sah sie in sein lachendes Gesicht.

»Daran muß ich mich erst gewöhnen, Lutz.«

»O Lonny, ich glaube fast, der arme Lutz war dir lieber als der reiche?«

Sie sah ihn zärtlich an.

»Lutz ist Lutz, ob arm oder reich, das ist mir gleichgültig.«

»Mir aber nicht, mein liebes Herz. Ich finde es sehr angenehm, nicht mehr so ängstlich mit dem Pfennig rechnen zu müssen.«

»Weißt du denn schon, ob wirklich alles mit der Erbschaft stimmt?«

Er lachte über ihre ängstlichen Augen.

»Vorläufig habe ich erst einmal zehntausend Dollar bekommen als Vorschuß auf die Erbschaft. Eine Million Dollar liegt noch auf der Bank in San Francisco; dann habe ich noch ein Landhaus geerbt, das ich aber verkaufen werde, da wir sicher nicht in San Francisco leben werden; außerdem noch eine kostbare Sammlung und verschiedene andere sehr nette Sachen. Alles in allem beläuft sich die Erbschaft auf anderthalb Millionen Dollar, also mehr als sechs Millionen Mark.«

Ganz entsetzt sah sie ihn an.

»Mein Gott, das ist ja furchtbar!« entfuhr es ihren Lippen.

Er lachte herzlich über diesen Ausruf, und schließlich mußte sie mitlachen und sagte dann mit reizender Schelmerei:

»Dann können wir uns also das teure Essen ohne Gewissensskrupel schmecken lassen, Lutz?«

»Ich hoffe, daß es dir munden wird, meine Lonny.«

Es waren wundervolle Stunden für die beiden jungen Menschen. Lutz strahlte, daß er Lonny verwöhnen konnte, und Lonny strahlte, weil er so glücklich war, sie so verwöhnen zu können, und weil sie nun wieder in seine Augen sehen und seine zärtliche Stimme hören konnte. Dabei sprachen sie sich alles vom Herzen, was sie einander noch zu sagen und was sie während der Trennung erlebt und erlitten hatten. Lutz berichtete dann Lonny, was er aus dem Testament seines Onkels erfahren hatte, und sagte ihr, daß er bald nach San Francisco reisen wolle.

»Ich halte es für besser, wenn ich selber dort nach dem Rechten sehen und alles regeln kann. Schade, Lonny, daß wir nicht schon verheiratet sind, sonst müßtest du mich begleiten.«

Lonny atmete tief auf.

»Es ist vielleicht gut, Lutz, daß deine Reise nach San Franzisco mir Zeit läßt, meine Anstellung bei Stanhope ordnungsgemäß aufzugeben; ich möchte doch nicht davongehen wie die Katze vom Taubenschlag, da man sich meiner in der Not angenommen hat.«

»Nun gut, Lonny, mag es so sein. Aber erst bleibe ich noch einige Tage hier, um mir so viel wie möglich in deiner Gesellschaft New York anzusehen. Du wirst aber morgen gleich im Büro melden, daß du deine Stellung aufgeben wirst.«

»Wie lange brauchst du zu deiner Reise nach San Francisco, Lutz?«

»Genau kann ich das vorher nicht angeben, Lonny; aber jedenfalls komme ich schnellstens zurück. Und dann treten wir gemeinsam die Heimreise an. Ich gebe nachher gleich ein Telegramm an deinen Vater auf, damit er weiß, daß zwischen uns alles gut ist. Ach Lonny, Lonny – wie bin ich froh, dich wiederzuhaben.«

Sie sah ihn mit feuchten Augen an.

»Ich hatte nicht geglaubt, daß ich je wieder so glücklich werden könne, mein Lutz.«

Sie drückten einander verstohlen die Hände und sahen sich strahlend an.

Nachdem sie gegessen hatten, fuhren sie zum Strandbad hinaus und saßen dort einige Stunden auf einer der Terrassen, das fröhliche Leben und Treiben beobachtend. Heute packte Lonny das Heimweh nicht wieder – Lutz war ja bei ihr, und er verkörperte ihr die Heimat.

Am Abend besuchten sie eins der Dachgartenrestaurants, und dann begleitete Lutz Lonny wieder bis an ihre Wohnung, wo Tom, der Neger, Lonny gravitätisch die Tür öffnete.

20

Am nächsten Morgen meldete Lonny im Büro daß sie um ihre Entlassung bitten müsse. Man war um so mehr überrascht, als gestern Mister Stanhope eingetroffen war und schon seine Freude darüber geäußert hatte, daß Miß Straßmann seine Privatsekretärin werden wolle.

Man überließ es Lonny, Mister Stanhope zu eröffnen, daß nichts daraus werden würde. Sie war in sein Privatkontor bestellt worden, und sie begab sich dahin. Mister Stanhope begrüßte sie sehr freundlich und sprach ihr seine Freude aus, daß er nun endlich wieder eine Privatsekretärin gefunden habe, mit der zu arbeiten ein Gewinn sein würde, zumal sich während seines sehr nötigen Erholungsurlaubs bei ihm eine Menge Arbeit angehäuft habe.

Lonny sah ihn etwas verlegen an.

»Es tut mir leid, Mister Stanhope, daß ich Ihnen wieder eine Enttäuschung bereiten muß. Es hat sich inzwischen in meinem Leben eine große Änderung vollzogen. Ich – ich werde mich verheiraten.«

Betroffen sank der Trustmagnat in seinen Sessel zurück.

»Verheiraten? Miß Straßmann, Sie sind ein schönes Mädchen, aber daß Sie so schnell in New York einen Mann gefunden haben, wundert mich doch sehr.«

Mit einem fast schelmischen Lächeln sah Lonny zu dem allmächtigen Mann auf.

»Ich habe ihn auch nicht hier gefunden, Mister Stanhope; er – er ist mir von Deutschland hierher gefolgt, um mich zurückzuholen.«

Es sah sie eine Weile prüfend an. Dann sagte er trokken:

»Well, ich hätte es ihm wohl nachgetan, wenn ich ein junger Mann wäre. Aber ich bin wahrhaftig sehr betrübt, daß mir mein Wunsch nun nicht in Erfüllung gehen soll. Was hätten Sie getan, wenn ich zufällig zu Hause gewesen wäre und bereits einen mehrjährigen Vertrag mit Ihnen gemacht hätte, wie ich das heute nachholen wollte? Ich werde Mister Yacht sehr böse sein, daß er Sie nicht gleich auf Jahre hinaus für mich verpflichtet hat.«

Lonny preßte die Handflächen fest zusammen.

»Das wäre für mich sehr schlimm gewesen, Mister Stanhope, und für meinen Verlobten auch; aber Sie hätten mich schließlich doch freigeben müssen.«

Mit einem humoristischen Lächeln sah er sie an.

»Das wäre vielleicht sehr teuer geworden; billigen Kaufes hätte ich Sie nicht wieder hergegeben.«

Wieder flog ein Schelmenlächeln über Lonnys Gesicht.

»Mein Verlobter hätte doch wohl die Ablösungssumme aufgebracht.«

»Hm! Dann hätte er sehr reich sein müssen.«

»Ist er auch, Mister Stanhope.«

»Ah, Sie machen eine gute Partie?«

Sie machte eine hastig abwehrende Bewegung.

»Bitte, sagen Sie das nicht, das ist eine abscheuliche Bezeichnung. Ich liebe meinen Verlobten, und er war sehr arm, als ich ihn kennenlernte. Als er plötzlich durch eine große Erbschaft sehr reich wurde, bin ich davongelaufen – hierher, nach Amerika, weil ich nicht wollte, daß er glauben sollte, ich würde ihn seines Geldes wegen heiraten.«

Kopfschüttelnd und verständnislos, aber entschieden interessiert sah er sie an.

»Ich habe schon in Deutschland gemerkt, daß Sie viel Stolz haben, Miß Straßmann. Wie unklug von Ihnen, vor einem reichen Mann davonzulaufen, den Sie doch schon geliebt haben, als er ein armer Mann war.«

Sie nickte zustimmend.

»Ja, es war sehr töricht, das hat mir mein Verlobter gestern nach seiner Ankunft auch klargemacht.«

Wieder sah er sie eine Weile prüfend an, wie eine Kuriosität.

»Bitte, erzählen Sie mir das. Wie kam das alles? Es ist von Interesse für mich; ich muß sehr viel arbeiten mit Deutschen, und man kann lernen von allem.«

Lonny berichtete nun in kurzen Worten, was sie Mister Stanhope preisgeben konnte. Sie berichtete von Lutz' Schicksal, wie er kurzerhand Chauffeur geworden war, als es keine andere Existenzmöglichkeit mehr für ihn gab, obwohl er ein Freiherr von Hennersberg war, und wie sie beide trotz ihrer Armut hatten heiraten wollen. Sie sprach dann auch von Lutz' Onkel, von seinem Abenteurerblut, seinen Tierdressuren und seinem Testament. Da richtete sich Mister Stanhope sehr interessiert auf.

»Wie heißt dieser Onkel Ihres Verlobten?«

»Freiherr Karl Henner von Hennersberg, aber er trat nur unter seinen beiden Vornamen Charles Henner auf.«

»Ah, Charles Henner! Ich habe ihn gekannt, habe seine großartigen Tierdressuren bewundert. Und ihn selbst. Ich hörte auch von seinem im Januar erfolgten Tod, den ich sehr bedauerte. Also das war der Onkel Ihres Verlobten! Sie müssen ihn mir vorstellen, Miß Straßmann, ich muß ihn kennenlernen. Warten Sie – Sie kommen morgen mit ihm zum Lunch in meine Wohnung; meine Frau wird sich freuen, so interessante Leute kennenzulernen – und eine so feinfühlige Deutsche, die vor ihrem Mann davonläuft, weil er Geld hat.«

»Ich nehme diese Einladung für meinen Velobten und mich sehr gern an, Mister Stanhope, aber ich bitte Sie, mich Ihrer Frau Gemahlin nicht noch sentimentaler zu schildern, als ich in Wirklichkeit bin. Nicht vor seinem Geld lief ich davon, sondern weil ich fürchtete, er könnte glauben, daß mich sein ererbter Reichtum zu irgend etwas verlocken könne, was ich nicht für gut und recht halte«, sagte Lonny lachend.

»Gut, es genügt auch so. Sie sind und bleiben eine Deutsche in Reinkultur. Und tüchtig – wie es die Deutschen bei aller Sentimentalität sein können. Man kann doch von ihnen lernen. Ihre Anstellung ist natürlich beendigt, ich will Sie nicht gegen Ihren Willen halten.«

»Ich werde meine Stellung gern noch bis Ende dieses Monats ausfüllen, Mister Stanhope. Mein Verlobter reist erst noch nach San Francisco, und erst, wenn er zurückkommt, werde ich mit ihm die Heimreise antreten.«

»Deshalb brauchen Sie aber doch nicht mehr zu arbeiten, Sie können sich doch die Wartezeit angenehmer vertreiben.«

»Ich liebe meine Arbeit, und wenn ich arbeite, wird mir die Zeit schneller vergehen.«

Wieder sah er sie forschend und erstaunt an.

»Gut, dann arbeiten Sie in dieser Zeit mit mir! Ich habe sehr viel zu tun, gerade jetzt, wo sich so viel in meiner Abwesenheit aufgehäuft hat. Wenn Sie so arbeitshungrig sind, dann helfen Sie mir aus dieser Arbeitslast heraus, die meine Nerven gleich wieder sehr überanstrengen würde.«

»Mit Vernügen, Mister Stanhope; ich habe mir immer gewünscht, mit einem so bedeutenden Mann, wie Sie sind, arbeiten zu können. So kann ich mir diesen Wunsch wenigstens einige Wochen erfüllen.«

»Gut, und ich werde wenigstens einige Wochen meinen Wunsch erfüllt sehen, Sie als meine Privatsekretärin zu beschäftigen.«

Sie sah ihn schelmisch an.

»Und vielleicht überzeugen Sie sich in dieser Zeit, daß ich gar nicht so gut für diesen Posten tauge, wie Sie annahmen.«

Er schüttelte den Kopf.

»Diese Überzeugung werde ich nicht bekommen. Schade! Also morgen um ein Uhr zum Lunch in meiner Wohnung, mit Ihrem Verlobten. Und – nun können wir gleich an die Arbeit gehen.«

Und Mister Stanhope und Lonny schafften schon heute gemeinsam einen guten Teil der Arbeit, die sich aufgehäuft hatte.

Am anderen Tag speiste Lonny mit Lutz im Hause des Trustmagnaten, und dieser und seine Frau genossen mit vielem Vergnügen die Gesellschaft der beiden glücklichen und tüchtigen Menschen.

Lutz reiste drei Tage später nach Kalifornien, brachte seine Erbschaftsangelegenheit in Ordnung, ließ die wertvolle Sammlung seines verstorbenen Onkels verpacken und nach Deutschland verfrachten. Er konnte in diesen Tagen auch gleich das Landhaus verkaufen, für das der Rechtsanwalt Fleed schon einen ernsthaften Liebhaber gefunden hatte.

Harry Fleed übergab Lutz auch das versiegelte und an ihn adressierte Päckchen, das seines Onkels Tagebuch enthielt. Das nahm Lutz mit sich, las es mit brennendem Interesse auf der Rückreise nach New York durch und hielt es in Zukunft hoch in Ehren, wie auch die sehr kostbare und interessante Sammlung.

Das Vermögen seines Onkels ließ er vorläufig zum Teil auf amerikanischen Banken und nur einen Teil desselben auf deutsche Banken überweisen. Harry Fleed zeigte sich ihm bei dieser Gelegenheit als ein tüchtiger und zuverlässiger Berater. Als Lutz ihm dafür dankte, wehrte er diesen Dank ab.

»Charles Henner hat mir einst einen unschätzbaren Dienst erwiesen. Ich versprach ihm, Ihnen in der Erbschaftsangelegenheit jeden nötigen Dienst zu erweisen. Ich habe mein Wort gehalten. Das ist alles.«

So wickelte sich alles schneller ab, als Lutz geglaubt hatte, und nach reichlich drei Wochen konnte er wieder nach New York zurückkehren. Er bedauerte sehr, daß Lonny nicht mit ihm hatte die Schönheiten Kaliforniens genießen können, doch tröstete er sich damit, daß er später einmal mit ihr diese Reise machen würde; er konnte sich das jetzt leisten.

In New York angekommen, wurde Lutz mit Lonny nochmals zu Mister Stanhope eingeladen. Lutz mußte von San Francisco berichten und konnte Mister Stanhope erzählen, daß in seines Onkels Tagebuch wiederholt der Name John Stanhope vorkomme. Der Onkel hatte verschiedene Begegnungen mit dem Trustmagnaten geschildert. Das interessierte John Stanhope sehr, und er freute sich, daß Lutz ihm diese Stellen zeigte. Er war darin als ein sehr interessanter, gediegener und kluger Mann geschildert.

Mister Stanhope sagte dann freimütig zu Lutz:

»Ich wäre nicht böse gewesen, wenn Sie viel länger in San Francisco zu tun gehabt hätten, denn dann hätte ich meine außerordentlich tüchtige Sekretärin länger behalten können. Aber ich will nicht egoistisch sein; ich glaube, die deutsche Art hat von Miß Straßmann ein wenig auf mich abgefärbt. Ich bin so selbstlos, ihr zu gönnen, daß sie an Ihrer Seite glücklich wird. Sie hat in diesen Wochen Enormes geleistet, alle Rückstände sind restlos aufgearbeitet, und ich kann nun zur Not noch eine Weile ohne Sekretärin auskommen. Das werde ich wohl müssen, ich bin durch Miß Straßmanns Dienste noch anspruchsvoller geworden und werde so leicht keinen Ersatz für sie finden. Sie sind jedenfalls ein beneidenswerter Mensch, Herr von Hennersberg, daß Sie so eine Frau heimführen dürfen.«

»Das weiß ich, Mister Stanhope«, sagte Lutz, strahlend zu Lonny hinübersehend.

Einige Tage später traten Lutz und Lonny die Heimreise an. Es war eine wundervolle Fahrt für die beiden Liebenden. Zum ersten Mal hatten sie beide Zeit, ihr Glück auszukosten. Ungestört konnten sie ihre Gedanken austauschen und erkannten dabei immer mehr, wie sehr sie füreinander geschaffen waren. Die Trennung hatte ihre Liebe noch vertieft; sie wußten nun, daß sie einander zum vollen Lebensglück notwendig waren.

Pfingsten war freilich längst vorbei, der Sommer ging schon zu Ende, als sie endlich Hochzeit halten konnten. Und diesmal war es ihnen nicht schwer, eine passende Wohnung zu finden; nach eingehenden Beratungen mit Lonny hatte sich Lutz entschlossen, die Villa Doktor Friesens zu kaufen. Dort schlug das junge Paar seinen Wohnsitz auf, nachdem es von der Hochzeitsreise zurückgekehrt war.

Frau Hermine war glimpflich davongekommen; man ging über ihre Verfehlungen hinweg, ohne nochmals mit einem Wort darauf zu sprechen zu kommen.

Lutz hatte für seinen Schwiegervater noch einige gebrauchte Autos gekauft, und dieser hatte sein Amt als Versicherungsagent niedergelegt und leitete die Geschäfte. Er rechnete mit den Chauffeuren ab, kontrollierte sie und tat alles, um das Geschäft zu fördern. Er lebte förmlich dabei auf und war seinem Schwiegersohn sehr dankbar, daß er ihm einen so befriedigenden und einträglichen Wirkungskreis erschlossen hatte. Sein Einkommen vergrößerte sich immer mehr, und er konnte immer wieder neue Wagen einstellen. So führte er nun als Autodroschkenbesitzer ein sorgloses und zufriedenes Leben. Was Lutz einst für sich erstrebt und geplant hatte, das ging jetzt für den Major in Erfüllung.

In der Garagenwohnung, die Lutz einst innegehabt, wohnte jetzt der erste Chauffeur, den Lutz damals eingestellt hatte. Er war von Lutz engagiert worden. Zwei schöne neue Wagen standen in der Garage für das junge Paar bereit.

Die Sammlung Henner von Hennersberg war in zwei Parterreräumen der Villa Friesen aufgestellt, und sie war eine Fundgrube für eifrige Wisschenschaftler, denen Lutz gern gestattete, ihre Studien daran zu machen.

Als Lutz mit Lonny von der Hochzeitsreise zurückgekommen war, hatte er gesagt:

»So, Lonny. Du hast nun Arbeit in Hülle und Fülle, um deinen Hausfrauenpflichten nachzukommen, und ich werde mich nach einem Unternehmen umsehen, damit auch ich mein wohlgerütteltes Maß an Arbeit bekomme. Ohne Arbeit, ernste, ausfüllende Tätigkeit, ist das Leben nicht lebenswert für mich. Onkel Henners

Erbe soll der Grundstock sein, auf den ich aufbaue. Sein Erbe soll auch noch vielen anderen Menschen, die ich in meinem neuen Unternehmen beschäftigen werde, Segen bringen.«

Lonny nickte ihm mit strahlenden Augen zu.

»Das wußte ich, Lutz; ich kenne dich doch. Hast du schon bestimmte Pläne?«

»Ja, Lonny, und diese Pläne will ich mit meiner tüchtigen Frau besprechen; ich weiß, daß sie deine Billigung finden werden.«

Sie sah ihn mit ihren klaren, leuchtenden Augen an.

»Zu einem Drohnendasein haben wir beide kein Talent, Lutz. Ich freue mich, daß du mich für wert hältst, alles mit dir zu besprechen.«

Er zog sie in seine Arme und sah ihr mit heißer Zärtlichkeit in die Augen.

»Meine süße Frau – mein guter Kamerad«, sagte er innig.

Und sie küßten sich beide in andachtsvoller Zärtlichkeit.